Für Leah, die mich mit ihren bewegenden Worten zu Tränen gerührt, mich begleitet hat und die erste war, die sich intensiv mit diesem Buch auseinandergesetzt hat. Danke für alles.

beautiful

nightmare

death can't separate me from you

Vorwort

Dieses Buch ist der Anfangsteil eines eigentlichen Doppelbandes, welchen ich 2015 begonnen habe und 2017 mit dem zweiten Teil abschloss. Diese kleine Reihe heißt „Bittersweet Sorrow".

Wer „Dirty Reality" liest und sich davor nicht „Beautiful Nightmare" widmet, der wird die Geschichte überhaupt nicht nachvollziehen können, da sie auf dem ersten Teil davon basiert. Wer „Beautiful Nightmare" liest und sich danach nicht „Dirty Reality" vornimmt, der wird nie die Klarheiten erfahren, wieso die Story genauso abgelaufen ist, wie sie im ersten Teil beschrieben wurde, es könnte sein, dass es dann komplett unverständlich scheinen kann. Die beiden Bücher sind Einzelteile, gehören aufgrund von diesem Prinzip allerdings auch irgendwie zusammen, das zweite knüpft direkt an das erste an. Allerdings lesen sich zwei Einzelteile etwas leichter. Das war mein Gedanke, nach welchem ich diesen Doppelband letztendlich aufgebaut habe. Viel Spaß!

Prolog

Es war nicht so spät, wie es herüberkam. Normalerweise saßen um diese Uhrzeit an Samstagen noch die angetrunkenen Jugendlichen in den Straßen Berlins, die jetzt normalerweise nicht so verlassen waren. Man kann es auf verschiedene Arten und Weisen sehen. Einige Straßen sind wirklich leer und ausgestorben, wenn es nach Mitternacht ist, aber für dieses Gebiet war es typisch, dass sich doch noch ein paar junge Leute herumtrieben. Eigentlich. Oder Obdachlose, die auf ein paar Zeitungen schliefen, auf denen manchmal schon Ratten saßen, die alten Männer, deren Haare so ungepflegt waren, dass sie beinahe schon ausfielen oder fast einem Vogelnest glichen. Ab und an stand ein Drogendealer an einer Ecke und wollte irgendwem Gras, Kokain oder sonst irgendein anderes, merkwürdiges Zeug andrehen, so war es normalerweise, wenn sie um diese Uhrzeit, nämlich halb zwei Uhr nachts, unterwegs war. Das kam jetzt nicht sonderlich oft vor, schließlich war sie gerade mal 16 geworden und wenn, waren immer ihre Freunde dabei oder wenigstens eine Begleitung. Heute war sie alleine. Das erste Mal war sie alleine in den Bus gestiegen, mitten in der Nacht, das erste Mal ist sie nachts alleine durch dunkle, enge Berliner Gassen gestreift, ohne jemandem überhaupt Bescheid zu geben. Ihre Augenlider waren schwer wie Blei, wenn sie ehrlich war, aber blickte sie hoch in die dichten, schwarzen Wolken und die tief dunkle Nacht und dachte sie an den Grund, warum sie das hier alles überhaupt tat, da wurde sie wieder hellwach und kämpfte sich weiter. Sie hatte mit allem gerechnet – dass sie hätte kiffen müssen, um weiterzukommen, weil ein Mann ihr sonst mit Schlägen gedroht hätte. Das war ihrer besten Freundin schon einmal passiert, aber sie war sowieso eine richtige Partymaus, sie wollte sich von der ganzen Dealerei, der Drogenszene und den Komasäufern fernhalten. Dass sie sich mit Betrunkenen schlagen und danach verletzt die Polizei hätte rufen müssen, nachdem die Täter schon längst über alle Berge waren, um dann zu spät zu kommen. Aber heute lag nicht ein Obdachloser in der dunkelsten Ecke, es war viel schauerlicher, aber vielleicht lag das auch an ihrer Wahrnehmung, da sie ganz allein war. Das einzige, was vorbeihuschte, waren zwei Mäuse in einem dreckigen Seitenweg. Sie schielte dort hinein, ging eigentlich davon aus, dass die fehlenden Personen sich dort verkrümelt hatten und sie gleich in eine Schlägerei verwickelt werden würde, aber nein. Wirklich nur die Mäuse und ein ausgesetzter Hund, der jaulend an einer Straßenlaterne festgebunden war. Das arme Tier. Aber ansonsten schien das „Asi-Viertel" in der Nähe von seinem Haus, das sonst ein sehr aktives Nachtleben betrieb, wie ausgestorben zu sein. *„Das ist ja fast noch unheimlicher, als wenn jemand hier wäre. Denn das kommt einfach nicht normal rüber. Was ist bloß passiert?"* Vielleicht hätte es anders auf sie gewirkt, wenn jemand bei ihr gewesen wäre. Allein nahm man alles immer als viel bedrohlicher wahr, unbeschützt, ausgeliefert. Es ging ihr nicht wirklich gut damit. Sie griff sich in ihre lilafarbenen, eben sogar extra noch gelockten Haare mit dem leichten Pony, der aber schon herausgewachsen war und hoffte einfach, dass noch nichts mit ihm und ihr geschehen war. Sie schlief heute bei ihm – und wahrscheinlich auch mit ihm. Und das ist der Grund, warum sie sich mitten in der Nacht aufgemacht hatte. Um diese verdammt realistische Tatsache zu verhindern. Es machte ihr Angst. Er war der Junge, den sie schon so lange liebte. Wie konnte dieses Mädchen ihre Träume zerstören? Es war einfach, sie müsste es einfach kaputt machen. Dann würde er erkennen, wer sie war. Nicht nur die beste Freundin seit Kindertagen, nein, die Wahre. Es war nicht mehr weit. Sah sie denn akzeptabel aus? Das violetthaarige Mädchen blickte an ihrem dünnen Körper herunter, der in einen langen, dicken, schwarzblauen Kunstpelzmantel gewickelt war, passend zu dem schwarzen Kleid und den gleichfarbigen Overknees. Das einzig andersfarbige waren die Schuhe, die in der Farbe des Mondes, der über ihr schien, schimmerten. War sie bereit? Noch wenige Meter. Bis zu dem Haus, in dem sie eigentlich immer ihre Wochenenden verbrachte. Verbracht hatte, besser gesagt. Seit es die Andere gab, hatte sie schon Ewigkeiten keinen Fuß mehr alleine hineingesetzt. Vorher war sie andauernd hier. Aber heute war es kein schöner Anlass, das einzige, was sie gerade verspürte, war rasende Eifersucht, die ihr geradezu das Herz zerfraß. Und ihre Leber. Sie kippte sich einen Schnaps in den Mund. Sie hatte zwei mit, es waren diese kleinen Fläschchen, die man bei Supermärkten immer an den Kassen bekam. Sie durfte das, es war Wochenende, sie war schon 16 und außerdem musste sie stark sein, falls sie zu spät kam und - oder etwas sah, was sie noch lange verfolgen würde. Und allein, wie sie ins Haus eindringen würde, war alles andere als sicher. Das Mädchen hasste Alkohol sehr, fürchtete dieses Teufelszeug. Aber die Angst, dass sie das alles nicht ohne verkraften würde, war einfach viel stärker als diese große Abneigung. Auch wenn das eine sehr große Angst sein musste, doch die war in ihrem Fall auf jeden Fall da.

Endlich war sie da. Tief atmete das Mädchen ein, kippte sich den zweiten Schnaps direkt hinterher, pfefferte die leeren, kleinen Glasflaschen in einen Busch und nahm den großen Stein aus ihrem Rucksack heraus. Kurz musste sie Luft holen. War es wirklich wert, dass sie so viel Schaden anrichtete? Ja, das war es. Im Kopf malte sie sich schon die unglaubliche Anzahl an Sozialstunden aus, die sie deshalb absolvieren müsste, doch das konnte sie nicht abhalten. Sie war schon so weit gekommen, jetzt durfte sie kurz vor ihrem Ziel nicht die Flinte ins Korn werfen. Und dann tat sie es, sie warf ihn gegen das unterste Küchenfenster und wie erwartet, das Fenster war kaputt, aber nicht komplett. Es war aber die einzige Möglichkeit, hineinzukommen, ohne zu klingeln. Ihr Schwarm hatte sturmfrei, also gab es auch keine Eltern, die die Einbrecherin hätten erwischen können. *„Wenn die beiden oben herummachen, bekommt der eh nichts* *mit"*, dachte sie sich schluckend. Aber dann wusste sie, dass das doch besser war, so konnte sie beide miteinander auf frischer Tat ertappen. Wollte sie das überhaupt? Sie seufzte – und versuchte, durch das Fenster zu gelangen. Gar nicht so einfach, wenn die kaputte Scheibe scharfe Kanten hat. *„Fuck!"* Sie riss sich ein Loch in die dünne Strumpfhose und schnitt sich an der Schulter. *„Zum Glück weiß ich, wo hier das Verbandszeug..scheiße!"* Ihr Bein war ebenfalls voller Blut, welches sie nicht sehen, aber spüren konnte - ebenso wie der Küchentisch, auf dem sie gelandet war – jedoch kannte sie sich nach 10 Jahren schon so gut aus, dass sie auch im Dunkeln die Wunden stillen konnte, während sie leise vor sich hin fluchte. Aber allein das dauerte schon knapp zehn Minuten, was sie krass verunsicherte. *„Lohnt es sich noch?"* Ja, fünf Minuten später hatte sie sich gerade für das Heraufsteigen der Treppen entschieden, grübelnd und nicht wirklich darauf vorbereitet. Sie hatte alle möglichen Bilder im Kopf, überlegte sich, ob jetzt noch irgendetwas passieren könnte. Sie war doch alle Möglichkeiten bereits durchgegangen..

Sie ging leise. Ganz leise. Schritt für Schritt, Stufe um Stufe. Noch zehn, noch neun, noch acht. Weiter. Noch sieben, se...

Und plötzlich geschah es komplett anders als erwartet. Ein spitzer Schrei. Ein Knallen, das an einen Schuss erinnerte. Der nächste Schrei, der schnell verstummte. Es hatte sich angehört wie ein kleines Mädchen, das gerade sehr stark verletzt wurde. Wie in einem Horrorfilm, nein, fast schlimmer, das konnte nicht echt sein. Der Klang eines herunterfallenden Gegenstandes, es konnte alles sein, sie jedoch tippte auf ein Messer oder sonst irgendetwas aus Stahl oder Metall. Wieso konnte sie diese Geräusche so gut zuordnen? Sonst war ihr Gehör eher ausgesprochen schlecht. Das Mädchen kannte den Klang irgendwo her und sie war sich auch bewusst, dass hier nichts Gutes von sich gehen konnte. Schritte. Ein leises Röcheln, das „Hilfe" seufzte. Schritte. Schnelle Schritte. Das Geräusch von hohen Schuhen. Das Mädchen bekam Angst. Es wurde nach zwei Minuten an ewig scheinender Stille nicht besser, es war so schlimm, sie wusste nicht, was sie tun sollte, fühlte sich regelrecht betäubt. War sie bei einem Mord dabei gewesen? Und wer ist denn überhaupt ermordet worden, es klang wie ein Mädchen, wie gesagt... Quatsch, sie war zu gestresst und hatte deswegen komische Gedanken, was und wie sollte es denn überhaupt passiert sein? Der Junge guckte gerne mal Horrorfilme, wieso denn heute nicht, wenn seine Freundin da war? Also...

Der Gedanke wurde abrupt unterbrochen, weil ein erneuter Schrei zu hören war. Und wieder diese Schritte. *„Ich werde dich zerstören!"*, schrillte eine bekannte Stimme. Wieso war sie bekannt? Wieso musste es so sein? Es ging alles viel zu schnell, zu schnell, um einen klaren Gedanken zu fassen. *„Hilfe! Helft mir!"*, röchelte eine ebenfalls bekannte Stimme aus dem Nebenzimmer. Es war kein Film. Sie konnte sich nicht mehr halten, egal wie gefährlich es sein sollte. *„JONAS?!"* Das Mädchen rannte die restliche Treppe hoch und riss die Zimmertür auf.

„*JONAS!?* " Sie rief seinen Namen wieder, so laut wie es ihre Stimmbänder zuließen. Der Junge lag nackt auf dem Zimmerboden. Seine Freundin stand vor ihm, ihr weißes Nachthemd war blutbefleckt und mit einem gigantischen Messer zielte sie auf ihn und machte den Anschein, als wolle sie mit enormer Wucht auf ihn einstechen, schien ihn jedoch glücklicherweise nicht ganz zu treffen. Auf alle Fälle nicht jedes Mal.. Gerade noch rechtzeitig konnte sie sich bemerkbar machen. „*JONAS! JONAS, BITTE SAG DOCH WAS!*" Sie stieß das Mädchen beiseite. Es rannte los. Sie wollte es verfolgen, aber sie war geschockt genug, schrie auf den Jungen ein, er solle doch bitte etwas sagen. Klare Handlung – Fehlanzeige. Zu große Überforderung durch seinen Anblick und die verfolgte Handlung, die sich immer und immer wieder vor ihrem inneren Auge abspielte. „*JONAS, VERDAMMT, WAS HAT SIE MIT DIR GETAN?!*" In Rage, Wut und Trauer schrie sie auf ihn ein, weinte und verband die offenen Wunden mit den Materialien, mit denen sie sich selbst mit Mühe eben versorgen musste. Natürlich war es nicht genug, wie auch?

Plötzlich regte der junge Mann sich, kläglich und verkrampft.

„*Diana...geh...Nebenzimmer...Schwester..*" Kaum hatte er die Worte von sich gegeben, fiel er in Ohnmacht. Und auf einmal fiel ihr ein, wer da gerade geschrien hatte. Das Mädchen stürmte ins Nebenzimmer und betätigte brutal den Lichtschalter. Zwei gähnend leere Betten kamen ihr entgegen, sie wollte schon wieder zu Jonas rennen, bis sie auf den Boden sah – und dort ein kleines Mädchen lag. Jonas' kleine Schwester. Jacky. Von Kugeln durchlöchert. Blutend wie ein Schwein, das gerade geschlachtet wurde, nein, noch schlimmer, sie lag nahezu in einem kleinen See aus ihrem eigenen Blut. Es war ein elendiger, entsetzlicher Anblick.. *„JACKY! JACKY! DAS KANN DOCH NICHT WAHR SEIN!"* Sie stürzte sich auf den kleinen Körper und auch wenn er bereits unendlich blutete und es keine Stelle gab, aus der keine rote Flüssigkeit rann, lehnte sie sich gegen sie und versuchte alles, um sie wiederzubeleben. Und bekam es nicht hin, sie schien wie tot zu sein. *„Ich muss den Krankenwagen rufen"*, schluchzte Diana, wählte und erzählte, während sie nicht aufhören konnte zu weinen. *„Goethestraße 23 bitte, und bitte schnell."* Daraufhin sank sie heulend neben der scheinbar toten Schwester ihres Schwarmes auf den Boden. Lange konnte sie nicht weinen. Plötzlich stand da jemand hinter ihr. Und legte seine Hände um ihren Nacken. Es war nicht einmal mehr Zeit, um aufzuschreien, als eine kalte Hand ihr ruckartig, schnell und fest gegen die Kehle drückte. Und dann spürte sie gar nichts mehr.

1. Kapitel

Jonas wurde in einem Krankenhausbett wach. Das merkte er, weil er noch nie so unbequem gelegen hatte, wie als er vor wenigen Jahren mal im Krankenhaus war. Die bekannte Härte hatte er nach wenige Minuten identifizieren können. Es war noch dunkel draußen, es war schließlich noch tiefer Winter und Mitte Januar. Warum er im Krankenhaus war, konnte er sich nicht erklären. Was war passiert? Wieso war es passiert? Und wer ist die Person neben ihm, die in dem anderen Bett liegt? Er war sich gar nichts bewusst, bis er an sich heruntersah. Sein kompletter Oberkörper war in Bandagen gewickelt, an denen zum Teil ziemlich Blut klebte. Außerdem trug er weiße Krankenhauskleidung. Warum war er nicht zuhause? Er konnte sich an nichts mehr erinnern. Wenn doch wirklich etwas passiert war, dann müsste er es doch wissen. Das einzige, was er noch wusste war, dass seine Freundin Feline abends bei ihm war. Sie hatten Filme geguckt, gekuschelt und auch die eine oder andere Herummacherei war dabei gewesen. Aber was war danach? Er konnte sich an nichts erinnern. Er lag bestimmt bis die Sonne durch das Zimmer fiel, wach da und überlegte, bis ihn die Müdigkeit dann doch übermannte und er wieder einschlummerte.

Gegen neun, wie es der kleine Wecker neben seinem Bett anzeigte, wachte Jonas auf und wollte sich umdrehen. Als er es probierte, konnte er es nicht, weil sein Oberkörper so sehr schmerzte. *„Aua!"* Die Person im Bett neben ihm drehte sich um und sah ihn an. *„Jonas! Du lebst!"* Er blickte erstaunt zu ihr rüber und erkannte einige Sekunden später, wer es war. Es war seine beste Freundin, Diana. Das hübsche Mädchen mit den lilafarbenen Haaren und den Wangenpiercings, die sie noch nicht so lange hatte. An Silvester hatte er sie das erste Mal gesehen. Und wie fertig sie aussah. In dem wunderschönen Gesicht lagen Anspannung und tiefe Trauer. Sie hatte Wunden an der Schulter und am Bein. Und weinte plötzlich hemmungslos. Jonas wollte aufstehen und sie in den Arm nehmen, aber er konnte nicht, es war einfach zu schmerzhaft und unangenehm. *„Diana, wein' doch bitte nicht! Was ist gestern nachts passiert? Und wo ist Feline?"* Das Mädchen begann, noch heftiger aufzuschluchzen. *„Ich bin so froh, dass sie dich nicht umgebracht hat!"* Jonas verstand die Welt nicht mehr. Hatte Diana irgendwelche Drogen genommen oder warum erzählte sie jetzt so etwas? *„Wieso weißt du denn gar nichts mehr"*, heulte sie weiter, *„du stehst wahrscheinlich so sehr unter Schock, dass du es nicht mehr weißt! Wenn ich es dir erzähle, weißt du es vielleicht gleich wieder!"* Er war immer verwirrter und verstand es nicht. Aber irgendwo mussten diese Wunden doch herkommen, er hatte nicht probiert, sich selbst zu töten, nein, das würde er niemals tun. Außerdem war doch Feline da. Und wo war sie jetzt? Wenn ihr Freund doch anscheinend verwundet war, sollte sie nicht im Krankenhaus sein und nicht Diana? Woher wusste die überhaupt davon?

Es schien, als seien alle seine Erinnerungen ausgelöscht worden. Auf seiner Stirn hätte ein fettes rotes Fragezeichen stehen können, er war hilflos.

„Diana..kannst du mir das bitte alles erklären?" Sie wollte gerade anfangen, als es an der Tür klopfte. *„Herein?"*, meinte sie daraufhin zaghaft, als eine Schwester eintrat. *„Hier, das Frühstück. Geht es euch besser?"* Diana nickte, Jonas wollte gerade etwas sagen, als Diana ihm drohend den Finger hinhielt. So war er nur umso verwirrter, als er schon gerade eben war. *„Also wir haben uns erholt. Und Jonas ist wach, zum Glück. Wie sieht es mit Jacky aus? Konnte man sie retten?"* - *„Nein..leider nicht. Sie ist vor fünf Stunden endgültig von uns gegangen."* Jonas, der gerade schon an seinem Brötchen kaute, ließ es fallen und blickte entsetzt zur Krankenschwester. *„Jacky?! Meine kleine Schwester?! Tot?! Was zur Hölle ist passiert, ich muss sie sehen,was ist denn bloß los?!"* Er wollte aufspringen, aber Diana hielt ihn fest und bat die Schwester zu gehen. Kaum war die Tür zu, sagte sie, er solle sich schonen, weil er am vorigen Tage lebensgefährlich verletzt worden war. *„Ich muss zu Jacky!"*, schrie er dennoch. *„Ich kann dir alles erklären"*, versuchte Diana ihn zu beruhigen. In ihrem Kopf steckte dennoch eine große Frage: Wo waren seine Erinnerungen? Oder, was noch viel relevanter war, weil sie es ja wirklich mit ihren eigenen Augen gesehen hatte...warum hatte Feline das eigentlich getan? Ihren eigenen Freund töten! Und seine Familienmitglieder!?

Eine halbe Stunde später saßen sie gemeinsam auf

Dianas Bett und frühstückten. Sie redete auf ihn ein und versuchte ihm klarzumachen, was gestern, gegen zwei Uhr nachts in seinem Haus geschehen war. *„Als ob! Das kann nicht sein, Feline war da, sie hätte etwas gesagt! Aber etwas ist ja anscheinend echt passiert, sonst würden wir uns ja nicht im Krankenhaus befinden. Außer dir ist wohl noch ein Mörder oder eine Mörderin eingebrochen, anders kann ich mir das nicht erklären. Und durch den Schock habe ich dann mein Gedächtnis verloren, das ergibt ja sogar Sinn.“*, erwiderte Jonas einige Minuten darauf. *„Ja, eine Mörderin! Aber du hast sie sogar reingelassen, es ist Feline, verdammt!“,* beharrte Diana und sah ihn verzweifelt an. Wieso konnte er es nicht merken? Sie hatte so viele Geheimnisse an sich, die Tatsache war gar nicht so unrealistisch, selbst, wenn man von den vorherigen Ereignissen absah. *„Dann erzähl mal bitte ganz genau, was du mitbekommen hast, Diana.“* Er wollte ihr eine Chance geben. Vielleicht dachte sie sich ja nicht alles aus, eventuell konnte er Spuren auf den Mörder erahnen, wenn sie es erzählte. Diana rollte eine Träne die Wange herunter, sie blieb am linken Piercing kennen. *„Okay.“* Sie sah ihn an und begann mit ihrer Schilderung. Sie erzählte, dass sie von der Übernachtung erfahren hatte und sich Sorgen gemacht hatte und darum zum Haus gefahren war. Dass irgendwie alles anders gewesen war, so, als ob alles tot war. Es hatte sich angefühlt wie ein Zeichen. Dann war sie ins Haus eingebrochen und hatte die Scheibe zerstört. *„Die Scheibenränder waren sehr scharf.“* Das erklärte die großen Wunden... Sie erzählte von den

Schritten. Den Schreien. Und dass sie ihn auf dem Boden liegen gesehen hatte. Hilflos. Verletzt durch Messerstiche. Und Jacky. Erschossen. Und sie hatte Feline rennen gesehen. Und dann vollkommen schockiert den Krankenwagen gerufen. *„Und dann hat mich plötzlich jemand gewürgt, kurz und so fest, dass ich sofort in Ohnmacht gefallen bin. Als ich dann aufgewacht bin, waren zwei Ärzte neben mir. Wie sie in dein Haus gekommen sind, ist mir ehrlich gesagt ein Rätsel..."* - *„In mein Haus kommt jeder anscheinend rein! Und das kann nicht sein! Feline war die ganze Zeit bei mir! Wir haben rumgemacht, Filme geguckt und mehr.."* - *„Ja, schön. Du hast falsche Erinnerungen! Oder, es fehlt ein riesiger Teil! Also, da waren Ärzte und Sanitäter. Einer hob mich gerade auf eine Trage, als ich wach wurde. Ich war kaum ansprechbar, noch im Schock. Mir wurde erzählt, dass ich am ganzen Körper gezittert haben soll! Das ist doch krass..du hast übrigens neben mir gelegen, nahezu leblos. Jacky war aber nicht da. Ich glaube, den Anblick hätte ich, noch unter Schock stehend, sowieso nicht ausgehalten. Ich glaube, das tue ich immer noch nicht, denn das war schlimm. Ich lag dann da in diesem verdammten Krankenwagen und habe hyperventiliert. Es war eine regelrechte Schockstarre, vor allem, ich habe die Ärzte die ganze Zeit gefragt, ob du beim Bewusstsein bist. Du warst es stundenlang nicht. Ich weiß noch, dass ich geweint habe. Sie haben unsere Eltern angerufen. Sie wissen nur, dass wir verletzt sind, aber nicht wodurch. Als deine davon erfahren haben, dass eine der jüngeren Töchter tot war, war ihnen* *sogar die kaputte Fensterscheibe egal, über die sie sich zunächst beschwert haben. Wo war Lena eigentlich? Sie hat Glück gehabt...ich habe alles geschildert, aber sie haben mir nicht geglaubt.“* - „*Weil es Unsinn ist*“, unterbrach Jonas Diana, „*aber Lena, also Jackys Zwillingsschwester, war auf einer Übernachtungsparty.*“ Diana wollte sich nicht von Jonas abbringen lassen. „*Okay, und dann ist der Krankenwagen angekommen. Inzwischen war ich sogar schon bei vollem Bewusstsein, nur immer noch im Schock. Und zuerst hat der Wagen vor unserem angehalten. Sie haben Jacky herausgehoben. Ich konnte nicht hingucken, als ich ihre Füße erkannt habe, habe ich weggeguckt. Die Leute, die sie getragen haben, mussten echt starke Nerven haben...es war schlimm. Du hast da immer noch gelegen, verwundet. Dann hat eine Ärztin dich auch ins Krankenhaus gefahren auf der Trage. Das war gegen halb 4, das hatte zumindest jemand aus dem Sanitäterteam vorher mal erwähnt. Dann wurdest du in einen weiteren Raum gefahren, in den ich nicht durfte. Da ich selbst Verletzungen hatte, wollte eine Schwester mit mir reden und dass ich schon mal aufs Zimmer gehe, aber ich konnte nicht. Erst, wenn ich wusste, dass du wach bist. Es war keine Müdigkeit da, viel zu groß die Angst, was die Geschehnisse anging...ich saß bestimmt eine Stunde vor diesem verdammten Raum, Jonas! Bis sie gesagt haben, dass du die Augen geöffnet hättest. Ich wollte rein, durfte es aber immer noch nicht. Und dann habe ich ihnen geglaubt. Und mich von der Schwester auf ein Doppelzimmer führen lassen. Ich habe darauf bestanden, dass wir zusammen in eins kommen, weil ich dabei sein wollte, wie du wach wirst. Also so richtig. Weißt du?"* Jonas nickte, seine beste Freundin sprach weiter. *„Und weil ich keine Klamotten mithatte, habe ich so weiße Krankenhausklamotten bekommen. Du übrigens auch, als du nackt auf dem Boden lag-"* - *„Als ob!"*, empörte der Junge sich, *„doch!"*, rief Diana, *„tut mir leid, aber es war so!"* Sie hatte das Bild vor Augen. Wenn es keine ernste Situation gewesen wäre, hätte er ein tolles Model abgegeben. So nackt auf dem Boden..aber es war Todesernst, wortwörtlich! *„Anschließend habe ich da gelegen und mich gezwungen, nicht zu schlafen. Als du nach einer unbestimmten Zeit auch hereingefahren wurdest, habe ich dann sofort gefragt, ob du denn wach seist. Warst du aber nicht. Der Doktor hat dich von einem Schlauch abgebunden und gesagt, dass du tief schlafen würdest und ich das auch solle. Ich hatte da aber was gegen, nur leider konnte ich es nicht verhindern, kurze Zeit später sind mir die Augen zugefallen...aber nun ja, egal. Ich war umso glücklicher, als ich dich morgens wach gesehen habe."* Dianas Kumpel blickte sie an. *„Da kommt also dieser Schnitt an meinem Arm her"* - er deutete drauf - *„und oha, das klingt so schrecklich...und irgendwie wahr...oh Gott, welcher Teufel hat das nur angerichtet!"* Er glaubte Diana, DAS es passiert war, aber nicht WAS, also mit WEM! *„Der Teufel ist Feline, Jonas! Du bist mit einer Psychopathin zusammen, du liebst eine Mörderin!"* Sie blickte wieder energisch zu ihm rüber. Jonas schüttelte den Kopf. *„Also, Diana. Ich glaube dir ausnahmslos*

*alles, du bist meine beste Freundin, egal wie absurd es
klingt. Aber dass meine eigene Freundin in meinem
Haus herummordet, ist mir dann noch eine Nummer zu
extrem. Das glaube ich dir bei bestem Willen
nicht!"* Sie seufzte. Der Junge war hoffnungslos – und
verliebt. Hoffnungslos verliebt. Komisch, er hatte sie
früher noch gehasst und stand auf ihre beste
Freundin..wie das jetzt so heftig werden konnte, konnte
sie sich ja nicht erklären. Sie wusste nicht, wen sie
schlimmer fand. Ach, beide! Warum konnte er nicht sie
lieben..sie seufzte ein zweites Mal auf, als Jonas eine
weitere Frage stellte. *„Okay, ich bin verdammt froh,
dass du da gewesen bist. Sonst wäre ich jetzt sehr
wahrscheinlich nicht mehr am Leben – wegen des
Mörders."* Sagte er. *„Feline!",* dachte Diana. Sie
wusste es, aber wollte nicht noch mehr komische
Blicke ihres Schwarmes einfangen. *„Aber warum
warst du überhaupt da?"* Verdammt. *„Ähm."* - *„Ja,
sag's mir bitte."* Eine ernste Miene seinerseits. *„Ich
war so eifersüchtig, weil ich nicht wollte, dass du Sex
mit einer anderen hast, ich komme ja allein damit nicht
klar, dass du sie liebst und küsst, also das hat mich so
fertiggemacht, dass ich losgefahren bin, um es zu
verhindern und euch den Moment zu zerstören. Das
konnte ich leider Gottes nicht aufhalten, aber dafür
deinen Tod?"* Nein, das war zwar die Wahrheit, aber
die konnte sie ja natürlich nicht über die Lippen
bringen. *„Ich war eh da in der Nähe"*, log sie hastig.
*„Nein, alleine tust du sowas nie. Vorher hast du mir
noch gesagt, dass du Angst um mich hattest, weil
Feline so mysteriös ausgesehen hatte und über einen*

Tod gesprochen hatte", erwiderte er leicht keck.
„Jaa..das ja auch, aber ich wollte mich mit Sandra an diesem einen Club treffen, aber sie kam nicht. Dann ist mir das eingefallen und ich kam vorbei." Er lächelte, schien zufrieden zu sein. Puh, gerade nochmal Glück gehabt, sie hatte sich herausreden können. Und zum Glück, er glaubte ihr einen Teil. Nicht alles, aber einen Teil. Es hätte ja auch sein können, dass er alles abstritt. *„Ich meine, er glaubt es mir sogar, dass er nackt und blutig auf dem Boden lag. Auch wenn es ihm verdammt peinlich war.."* Sie kicherte, wurde aber eine Sekunde später wieder ernst. Schließlich war das alles ja kein Scherz...

In demselben Moment ging die Tür wieder auf. *„War das Frühstück angemessen?"* Die Krankenschwester von gerade eben steckte ihren Kopf zur Türe hinein. *„Ja, natürlich."* Jonas fuhr sich durch die schulterlangen, schwarzen Haare und den blondierten, fast weißen Pony. Das mit dem Pony war Dianas Idee vor einem Monat gewesen und weil es ihm gefiel und gut ankam, tat er es immer noch. *„Aber Entschuldigung, kann ich zu meiner......Schwester?"* Er musste schlucken. *„Zu ihr leider nicht. Wenn Sie aufstehen können und das Bewegen geht, dann können wir in den Raum gehen, in dem sie momentan noch liegt, gleich wird sie weggebracht. Die Beerdigung ist in wenigen Tagen."*
Jonas konnte sich nicht bewegen, die Schmerzen in der Brust waren zu stark. Also wurde er auf eine Trage gelegt, die Diana mit der Schwester einen sehr langen Gang entlangfuhr. Er schien nicht aufzuhören. Aber am

Ende gab es eine große Tür. Sie war hellblau und auf ihr prangte fettgedruckt der Aufdruck „Privat". Die Schwester benötigte Dianas Hilfe, um die Tür zu öffnen. Vor ihnen befanden sich drei weitere Türen. In der linken war ein kleines Glasfenster. Davor stellte die Schwester Jonas' Trage ab. *„Hier. Da liegt sie jetzt noch."* Sie blickten gemeinsam auf ein großes Bett, auf einen Raum, der ansonsten kahl, leer und traurig aussah. Er war leblos. Dort lag Jonas' kleine Schwester. Mit abgedeckten Wunden und man konnte nicht viel erkennen. Eine Art Tuch bedeckte ihr halbes Gesicht. Nur ihre vollen Lippen waren zu sehen. Sie sind ihr Kennzeichen gewesen. Das Nachthemd, das Jonas ihr noch gestern aus dem Schrank gelegt hatte, trug sie ebenfalls. Sie hatte Diana mal gesagt, dass sie es so schön fand, dass sie es an einem besonderen Anlass anhaben wollen würde. Nun würde sie es mit in ihr Grab nehmen und der besondere Anlass..er war ihr Tod. Sie ist darin gestorben. Hinter ihr lag ein totes Frühchen – oder bildete er sich es nur ein?. Es schien so etwas wie ein Raum zu sein, in dem die im Krankenhaus vor kurzem gestorbenen Leute sich befanden. Eine Leichenhalle. Beide Leiber waren mit einem weißen, dünnen Laken bedeckt. Es sah schauerlich aus. *„JACKY!"* Jonas begann schlagartig zu weinen. Diana legte ihren Arm um ihn. *„JACKY! BUHUHUHU!"* Er vergrub sein Gesicht weinend in seinen großen Händen. Diana legte ihren Arm ganz vorsichtig, weil er ja verletzt war, um ihn und weinte ebenfalls. *„Wissen es meine Eltern bereits?"* Er drehte sich zu der Schwester um, die ihre Hand auf seine andere Schulter legte. *„Ja, sie waren sogar da. Sie haben mit Diana gesprochen, da warst du noch bewusstlos."* Jonas wollte schon etwas erwidern, aber da überfiel ihn ein neuer Tränenschwall und Diana sagte, dass sie das selber fast vergessen hätte, weil sie da in Schockstarre war. *„Deine Mutter hat auch geweint."* Jonas hörte aber nicht auf die Worte der Krankenschwester, er konnte, nachdem er sich kurz beruhigt hatte, gerade mal leise sagen, dass er ins Zimmer möchte, da es ihn zu sehr runterzieht, bevor er erneut weinen musste. Er hinterfragte nicht einmal, warum seine Eltern jetzt schon wieder weg waren. Sie schienen eiskalt wie Stein zu sein, normale Eltern wären jetzt hier. Aber..er kannte es nicht anders. Sie waren schon immer so gewesen. Kalt, hart und empathielos. Aber er liebte sie dennoch. Wie seine Schwester, von deren Anwesenheit er sich nun für immer verabschieden musste. *„Das ist so schlimm!"* Es schüttelte ihn regelrecht, als sie das Zimmer verließen und Diana wieder die große Türe öffnete. *„Wer konnte das nur gewesen sein? Ich will sterben, ja, ich gebe mein Leben für das meiner Schwester, bitte holt sie zurück, und wenn ich diesen Mörder jemals erwische"* - er holte tief Luft - *„dann soll er so sehr leiden, wie ich es gerade tue! Er hätte mich töten sollen, aber nicht eine solch liebenswerte, kleine Person!"* - *„Es ist Feline. Ich weiß es, du weißt es. Aber glauben tust du mir nicht..."* Dianas Gedanken machten sie fertig. *„Wir haben leider keine Hinweise auf den Täter",* versuchte die Schwester es ihm deutlich zu machen, als sie weiter den Flur entlanggingen, *„auch die Tatwaffen des Mordes und Mordversuches – eine Pistole, ein großes Messer sowie ein Seil – sind unauffindbar! Hier ist das Zimmer, möchten Sie noch etwas?"* Sie sah Jonas an, der verneinte, Diana ebenso. *„Die Mordgegenstände waren aber bei meiner Ankunft auch nirgendwo.."* Diana schloss die Zimmertür hinter sich. Das Zimmer sah aus der anderen Perspektive noch ein wenig befremdlicher aus. Man konnte es schlecht beschreiben, gemütlich war es nicht. An den sonst kahlen Wänden hing ein Bild von einem Sonnenuntergang, das einzige, was den Aufenthalt ein wenig erträglicher machen konnte. Die Gardinen am Fenster, das direkt gegenüber der Tür lag, waren braune Stofffetzen und Diana konnte sich nicht vorstellen, dass die Mitarbeiter sich nicht ein winziges bisschen mehr Mühe machen wollten, als sie die Zimmer einrichteten. *„Jonas, ich habe erfahren, dass du wahrscheinlich noch eine längere Zeit hierbleiben musst. Ich jedoch nur noch einen Tag, muss dann aber jeden Tag wegen des Traumas, weil ich das ja alles miterlebt habe, wieder hierhin zu einer Therapeutin. Also sehen wir uns dennoch.",* fuhr sie fort. Sie war überaus glücklich darüber, dass sie Jonas jetzt öfters sehen konnte und sogar noch eine Nacht mit ihm verbringen konnte. Jonas schwelgte währenddessen in seinen Gedanken. Es war überaus vieles, was ihn beschäftigte.

„Wenn ich gestern gestorben wäre, aber man meine Schwester hätte retten können, wäre es besser gewesen. Ich meine, sie hat noch so viel vor sich. Und wie ist das überhaupt passiert? Ich meine, meine gesamten

Erinnerungen von ein paar Stunden sind einfach mal ausgelöscht und erklären kann ich es mir nicht, wenn ich ehrlich bin. Und der einzige Zeuge ist Diana, die jedoch so traumatisiert sein muss, dass sie schon Halluzinationen hat, Einbildungen. Was ist nur mit ihr los...und wo ist Feline? Wieso ist sie nicht hier? Kann sie mich nicht besuchen? Ich vermisse meine Freundin. Ihren sanften Atem, den warmen Mund, ihre langen Haare, die sich um meinen Körper gewickelt haben, als wir uns geküsst haben. Kann sie nicht die nächsten Tage herkommen? So schade, dass unsere Handys nicht da sind. Vielleicht kann meine Mutter sie ja vorbeibringen, morgen vielleicht? Wie konnte ein Mörder, jemand, der wirklich etwas Böses will, in mein Haus eindringen? Was für eine Unsicherheit...Ich meine, wie kann das sein? Diana hat gesagt, dass sie das Fenster eingeschlagen hat, also war es nicht der Täter. Oder hat Diana etwas mit ihm zu tun und möchte ihn decken? Nein, so weit sollte ich gar nicht denken.. Diana war doch schließlich meine beste Freundin! Dieses Mädchen hat mein Leben um einiges schöner gemacht. Klar habe ich sie vielleicht etwas vernachlässigt für Feline, langsam setzt auch das schlechte Gewissen ein. Aber wie hatte eigentlich die ganze Sache angefangen?... " Jonas' blickte in die Vergangenheit. Was er aber nicht wusste, war, dass Diana es ihm gleich tat..

2. Kapitel

Es war November, um genau zu sein, Anfang November. Die Herbstferien hatten dieses Jahr spät begonnen, darum endeten sie auch spät, nämlich genau am dritten November. Es war eigentlich ganz normal gewesen – er hatte sich darüber aufgeregt, dass sein Wecker wieder um halb sieben klingelte mit „Where did the Angels go" von Papa Roach. Diana hatte es eingestellt, sie war ein sehr großer Papa Roach-Fan. Und als sie das Lied einmal anhatte, hatte er sich regelrecht verliebt. Also war er nicht traurig, dass wieder morgens Papa Roach lief, sondern dass es so früh war, viel zu früh, um das kuschelige Bett seinerseits zu verlassen. Als er aufstand, begann seine übliche Morgenroutine, wie es sonst auch war, seine Eltern hatten beide Frühschicht, sodass sie noch weg waren, also musste er seine beiden Schwestern im Nebenzimmer wecken, um die er sich mit Leib und Seele kümmerte. Sie waren so ziemlich das Wichtigste in seinem Leben. Die beiden standen für gewöhnlich schnell auf, sodass sie auch mal zehn Minuten länger schlafen durften als Jonas. Er zog sich schnell an – eine schwarze Jeans, was auch sonst, das tat er eigentlich immer. Er nahm sich eins seiner unzähligen weißen T-

Shirts und streifte eines der ebenso unzähligen Karohemden offen darüber. Es war sein Style und der wurde von manchen gehasst, von anderen geliebt, aber das kam ja öfters bei den meisten Sachen vor. Es interessierte ihn herzlich wenig, ob irgendwer etwas dagegen hatte. So. Nur noch schnell ins Bad und dann zu Jacky und Lena. Jacky hieß eigentlich Jaqueline, aber wirklich keiner nannte sie so - nicht einmal die Lehrer an ihrer Schule. Im Bad einmal mit dem Toupier-Kamm drüber, Haarspray, fertig. Die Wuschelfrisur, die Diana immer so schön fand und auch gerne noch mehr zerwuschelte, war wieder an Ort und Stelle. Bei dem Gedanken an Diana musste er lächeln. Gleich würde er sie wiedersehen, nach zwei Wochen, die sie in Italien verbracht hatte. Diana war seine beste Freundin, ein wahrhaftig tolles und wunderschönes Mädchen. Aber noch mehr freute er sich auf ihre beste Freundin, wie komisch das auch klang. Sandra. Sandra war perfekt, und das war nicht untertrieben. Er war seit einer Zeit in sie verliebt, aber hatte nur durch Diana Kontakt zu ihr. Und in der Schule. Sie hatten dieselben Kurse gewählt, wenn auch so ziemlich zufällig, dieses Mädchen war überall. Und wie auch immer es passiert war – sie waren in denselben Kursen gelandet, auch wenn es bei jedem Fach noch mindestens einen Nebenkurs gab. Ihr Stundenplan war fast identisch und das war perfekt. Und sie war perfekt. Er konnte es die gesamte Zeit sagen. Inzwischen war schon etwas Zeit verstrichen, so lief er zu der Zimmertür der Zwillinge. Jonas klopfte immer, bis meistens Jackys verschlafene Stimme

„*Ja?*" fragte und er eintreten konnte. „*Morgen, Jonas.*" Jacky richtete sich sofort auf und ließ sich in den Arm nehmen. Sie war einfach so niedlich. Ihr großer Bruder war alles für sie, Jonas freute das sehr. Er wollte keine Schwester bevorzugen, aber Jacky mochte er so viel mehr als Lena, die sich eben wieder auf die andere Seite gedreht hatte, um ihren lebenden Wecker nicht ansehen zu müssen. Während Jacky schon mit ihrem Kram ins Bad lief, musste Jonas noch eine Zeit mit Lena reden, bis auch diese müde hinterhertrottete. Jonas währenddessen ging die Treppe runter und machte sich auf den Weg in die Küche. Frühstück. Für Lena und Jacky Pfefferminztee, er wollte Kaffee. Er setzte alles auf und belegte den Jüngeren ihre Brote. Seins holte er sich immer auf dem Hinweg zur Schule. Das war's eigentlich. Sie frühstückten gemeinsam und verließen das Haus auch zusammen. Aber dann ging es in unterschiedliche Richtungen. Auch wenn sie auf dieselbe Schule gingen, waren ihre Wege unterschiedlich. Jonas ging zu Fuß, also links, die Schwestern rechts zur Bushaltestelle. Jacky umarmte ihn, auch wenn es nur ein kurzer Abschied war. Jonas strahlte, er liebte es, die Sechstklässlerin glücklich zu sehen. Er ging meist langsam, bis er sie in den Bus steigen sah. Dann konnte er wieder normales Tempo an den Tag legen, während er durch die engen Gassen lief. Es war Berlin und morgens waren die Straßen normal in der Nähe seines Hauses, aber nachts sah das schon anders aus. Darum sollten die Kleinen sich auch nicht alleine aufhalten. Mit Handy in der Innenstadt, aber nicht in dem kleinen

Viertel vor dem Haus. Nein, Jonas wusste, dass sich dort manchmal – oder des Öfteren – komische Gestalten herumtrieben. Keine Schwester sollte ihnen zu Opfer fallen, dann schon lieber er. Naja, es war nur ein Stückchen. Nach nur fünf Minuten flotten Tempos war er auf einer Hauptstraße. Auf der gegenüberliegenden Seite waren viele Gärten. Im drittletzten Haus wohnte Diana, die bereits am Tor wartete, er sah sie. Heute trug sie einen weißen Rock und eine gleichfarbige Bluse. Die lilapinken Haare in einem hohen Zopf und Overknees in schwarz. Ebenso ihr Haarreifen. Die Sandalen waren weiß. Als er die Straße überquerte konnte er auch erkennen, dass sie die Bluse mit der schwarzen Katze anhatte. Diana trug nie Hosen, immer nur Röcke oder Kleider. Jonas kannte kein Mädchen, das so übertrieben feminin war wie sie. Heute hatte sie sogar wieder ihre Brille auf. Wieso? Hatte sie nicht des Öfteren erwähnt, dass sie Kontaktlinsen bevorzuge? Er wollte sie gleich mal fragen. Fünf weitere Minuten später war er da, am Gartentor. Lucy, die Dogge, begrüßte Jonas mit eifrig lautem Bellen. *„Hey Lucy!"* Er strich über ihr Fell. *„Sie hat dich vermisst! Und ich übrigens auch!"* Sie fielen sich in die Arme, Jonas freute sich. Als sie dann das Gartentor schlossen und sich auf den Weg zu ihrer Schule machten, Diana von einem anderen erzählte. Sie hatte ihn nur einmal geküsst, gut. Aber trotzdem war es irgendwie ein Stich ins Herz, selbst konnte er nicht sagen, wieso das so war. Er hatte manchmal große Sorge, dass Diana ihn ersetzen könnte. Ihn, den Freund aus Kindestagen. Zu viel dachte er darüber nach oder steigerte sich in diese Dinge hinein – einmal hatte er sie sogar darauf angesprochen, bis sie ihm versichert hatte, er sei der beste Freund, den man – beziehungsweise sie – sich nur wünschen konnte. Der Gedanke stellte ihn zumindest jetzt ein wenig ruhiger. Gemeinsam liefen sie am Bäcker vorbei, der ebenso an der Hauptstraße lag. Normalerweise ging Jonas dort immer rein und holte sich sein Frühstück, aber heute ging er einfach weiter, Diana wunderte sich. *„Jonas, willst du heute kein Essen?"* Daraufhin fragte Jonas Diana, wieso sie denn heute wieder ihre Brille aufhatte – anstatt auf ihre Frage einzugehen. Diana guckte verlegen weg. *„Ich habe meine Kontaktlinsen verlegt!"*, grinste sie ihn dann an. Das war so typisch für sie. Jonas musste lachen – dann fiel ihm ein, dass er ihr auch mal antworten sollte..und abrupt machte er kehrt und fragte sich, was denn heute bitte mit ihm los sei.

„Doch...äh, sorry!" Jonas stolzierte in den Laden hinein – und wurde prompt rot. Vor ihm stand niemand anderes als Sandra, sein Schwarm mit einer Baseballcap und ihren kurzen, blonden Haaren.

„Na?" Schüchtern nickte Jonas ihr zu und ging nach vorne, um sein Eibrötchen zu bestellen. Es war ein Ritual, aber er war zu nervös um zu sprechen, ohne dabei massiv zu stottern. Wieso jetzt? Wieso ausgerechnet jetzt? Er war kaum vorbereitet, er konnte sie mit nichts beeindrucken? Vielleicht konnte er ihr ja etwas kaufen.. *„Zwei Euro dreißig"*, fordert die junge Frau an der Kasse. *„Moment.."* Mit hochrotem Kopf knallte er die Münzen auf den Tresen und eilte zu Sandra. *„Soll ich dir vielleicht einen Donut*

kaufen?" Er wusste, wie sehr sie die Donuts hier liebte, aber nur die hier und auch nur die mit Schokofüllung. Dank Recherche und der zuverlässigen Quelle namens Diana wusste er einiges über sie, was er sich in Situationen wie jetzt zum Vorteil machen konnte – oder könnte. *„Nein, Jonas, sorry, Kristina hat mir schon einen gekauft!"* Plötzlich fiel ihm das Mädchen neben Sandra auf. Sie war so klein, dass sie neben der großen Sandra gar nicht auffiel. Jonas musterte sie. Ein kleines Mädchen, vielleicht 1,50-1.55m groß mit sehr langen, schwarzen Haaren. Stark geschminkt, mit einer bunten Perlenkette um den Hals. Dickliche Erscheinung. Außerdem sah sie sehr ausländisch aus mit ihrer dunkleren, aber nicht ganz dunklen Haut. Sie trug ein hellbraunes Gewand und eine weite Stoffhose. Wer war sie? Und warum umarmte Sandra sie so lange? War Diana nicht ihre beste Freundin? *„Mädchen.."*, dachte er sich und bedankte sich dennoch. Er kannte dieses Mädchen irgendwo her, hatte sie schon öfter mit Sandra zusammen gesehen, aber wirklich wahr nahm er sie erst heute. Komisch. Sie gingen dann zu viert weiter – Jonas und die drei Mädchen. Diese Kristina hielt Händchen mit Sandra. *„Ist das unter Mädchen normal?"*, fragte er sich weiterhin, er fand das ja schon immer ungewöhnlich. Ein Stück weiter waren sie an der Realschule angekommen, an der sich Diana und Kristina von den anderen beiden verabschiedeten. Sie gingen dort zur Schule, Sandra auf das direkt gegenüberliegende Gymnasium, wie er ja auch. Zum Abschied hatte Kristina Sandra sogar geküsst. *„Wäre das ein Junge, wäre sie tot"*, dachte Jonas sich,

„Sandra ist mein perfektes Mädchen. " Seine Gedanken liefen auf Hochtouren, ihm ging es nicht so gut bei dieser Vorstellung, dass irgendwer ihr so nah sein konnte. Die erste Stunde würden sie gemeinsam haben, aber leider wollte Sandra nicht bei Jonas stehen bleiben, sondern zu ihren Mädchen gehen, die sich irgendwo ganz woanders befanden. Schade.. So wollte Jonas seinen besten Freund suchen – Mike! Mike war ein regelrechter Muskelprotz. Er war Deutscher, aber sah aus wie ein Spanier mit der gebräunten Haut und den raspelkurzen, schwarzen Haaren. Er fiel auf, viele Mädchen würden sich die Haare ausreißen, um seine Aufmerksamkeit zu erlangen. Aber warum konnte er ihn nicht sehen? Er blickte nach rechts. Ein paar Leute aus seinem Kurs. Er ging herüber und sprach ein Mädchen, Patrizia, an. *„Hey, weißt du zufällig wo Mike ist? "* Sie wusste es nicht, die anderen drei leider aber auch nicht. *„Ach, Mist. "* Geradeaus stand Sandra – da konnte er auch nicht hin. Links standen Paare. Mitten in ihnen stand ein Junge, der Mike ähnlichsah. Aber Mike war doch single? Er war verwirrt. Und umso verwirrter, als er das Mädchen erkannte, das dieser „Mike" geküsst hatte. Mittelgroß. Kurze, braune Locken. Brille. Trug gewöhnliche Klamotten, so blaue Jeans, grünes Shirt. Aber Moment... war das etwa...

Er ging näher heran und erkannte...Mike und Anna. Mike hatte eine Freundin, ja, halb so komisch. Wie schon eben erwähnt, er kam nun mal ziemlich gut an und viele Verehrerinnen blieben ihm nicht aus. Aber das Merkwürdige war ja, dass Anna seine Exfreundin war. Eine lange Zeit waren sie aber nicht zusammen gewesen und als Beziehung wollte er ihre Zeit irgendwie nicht ansehen. Diese schlappen drei Wochen.. *„Dieses Mädchen ist so krankhaft eifersüchtig, was ist mit Mike denn jetzt falsch?!“*, dachte Jonas sich, *„und wie hat das jetzt überhaupt dazu geführt?“* Er beschleunigte sein Tempo, wollte Mike erschrecken. Aber zu spät, Anna hatte ihn schon gesehen. *„Jonaaas! Wie waren deine Ferien?“* Sie ließ ruckartig von Mike los und hängte sich an Jonas. Jonas sah verwirrt zuerst zu Anna. Dann zu Mike. Dann wieder zu Anna, die ihn daraufhin losließ. Dann wieder zu Mike. *„Ihr seid nicht ernsthaft zusammen, oder?“* Kaum kam der Satz aus seinem Mund, schoss ihm bereits zweistimmig die Antwort entgegen, so rasant, als hätten die beiden sich abgesprochen. *„Doch, sind wir!“* Sie küssten sich erneut. Er guckte sie verstört an. *„Ich wusste nicht einmal, dass ihr viel Kontakt hattet und auf einmal steht ihr eiskalt auf dem Schulhof und knutscht!“* - *„Wir können auch Händchen halten!“* Anna grinste ihn schelmisch an und ergriff Mikes Hand. Mike lachte ebenfalls. Jonas konnte nicht aufhören, sie komisch anzusehen. Seine Ex. Und sein bester Freund. Wie das? Diese Anna war eine unfassbare Klette. Anna, diese komische, kleine Göre. Wie hielt er es mit ihr aus? *„Wie lange seid ihr schon zusammen?“* Er sah Mike an, dieser grinste. *„Seit vorgestern.“* Okay, länger als drei Wochen würde es sowieso nicht halten, also verabschiedete er sich flüchtig, da es inzwischen geklingelt hatte und er zum Kursraum musste. Mit Anna hatte keiner gute

Erfahrungen, es würde etwas dazwischenkommen, er war sich dem bewusst. Weil sie entweder noch Gefühle für wen anders hatte oder ihre Freunde richtig nervte. Aber jetzt musste er sich beeilen. Schließlich wollte er unbedingt neben Sandra sitzen. Mathe war angesagt, er hatte den Kurs mit ihr gewählt und der befand sich im Raum 238. Er rannte regelrecht, da er sah, dass dieser bereits offenstand. Sandra saß immer vorne links und das Mädel, das vorher dort gesessen hatte, hatte die Schule gewechselt. Nach jeden Ferien konnten sie außerdem die Sitzordnung immer durchtauschen. Kaum hatte Jonas den Raum betreten, hatten die ersten sich in Sandras Reihe breitgemacht. Mist. Es füllte und füllte sich und Sandra wollte einfach nicht kommen. Wie ärgerlich. Er hatte sich so abgehetzt und jetzt konnte er nicht neben ihr sitzen. Oder doch? Wo sie nur blieb.. *„Jonas, ich möchte anfangen! Jetzt setz dich bitte zwischen Pauline und Saskia. Ich kann es nicht haben, wenn du weiter so da vorne rumstehst. Es sind genug Plätze frei, du hättest dir ja was aussuchen können..“* Wow, Mädchen, aber nicht Sandra. Außerdem hasste er Pauline. Und in diesem Moment betrat sie die Klasse! *„Sandra. Der freie Platz vorne rechts ist für dich.“* Mensch, jetzt hatte er so lange gewartet, aber dennoch nichts erreicht. Dann hätte er sich ja auch neben nette Kurskameraden setzen können und wäre nicht bei Pauline gelandet. Das fing ja gut an... *„Wir wiederholen noch einmal die quadratischen Funktionen. Also, ich diktiere euch folgende Funktionsgleichung: 7x-....“* - *„Was sind Parabeln noch mal?“* Pauline meldete sich schmatzend, Jonas stöhnte auf. Das konnte ja heiter werden..

Es war acht Uhr, als Diana ihren Klassenraum betrat. Sie hatte noch ein wenig getrödelt und mit Kristina geredet. Nebenbei hatte sie ihr dann gestanden, dass sie auf Jonas stand, aber Jonas auf Sandra. Das hatte sie immer noch nicht hinbekommen. Aber der Gedanke, dass sein bester Freund, der ihr Schwarm und ihre Schwachstelle war, auf ihre lesbische, vergebene beste Freundin stand, das konnte sie nicht für sich behalten. Und wenn sie doch schon gut mit der Freundin war..wieso sollte sie sich nicht das Herz bei dieser ausschütten? Kristina sah sie an und gestand ebenfalls etwas – nämlich, dass sie das schon vermutet hatte. Okay, es war auch wirklich nicht unoffensichtlich. *„Und er hält Sandra für hetero..sollen wir ihn später aufklären? Das kann so nicht weitergehen."* Das war das letzte, was sie Kristina zurief, während sie zu ihrem Klassenraum rannte. *„Ja, bitte!"* Das kleine, dickere Mädchen humpelte mit ihrer großen, vollen Umhängetasche in den Raum neben ihrem. *„Diana, du bist fast zu spät!",* ermahnte Frau Martens sie mit einem genervten Unterton in ihrer Stimme. Alle lachten. Frau Martens, ihre Deutschlehrerin, war nicht sonderlich freundlich. Sie hatte Diana seit langem auf dem Kieker und wollte es ihr darum etwas verderben, generell, aber heute war auch ein guter Zeitpunkt für sie. Menschen, die im Aussehen aus der Norm fielen, so wie Diana es tat, waren ihr definitiv ein Dorn im Auge. *„Okay.."* - *„Setzen!",* forderte sie, *„guten Morgen, 10b!"* - *„Guten Morgen, Frau Martens",*

34

brummte die Klasse schläfrig vor sich hin, einige sahen so aus, als drohten sie fast einzuschlafen. „Lasst uns heute..." Bereits nach dem Beginn des ersten Satzes der Lehrerin war Diana schon in komplett anderen Gedanken. Sie überlegte, was Jonas heute für Fächer hatte. Sie kannte seinen Stundenplan ja nahezu besser als ihren eigenen. Und sie merkte sich doch sonst freiwillig nie gerne was. Außer..es hatte etwas mit Jonas zutun. *„Zwei Stunden Mathe. Eine Stunde Englisch. Zwei Stunden Pädagogik. Und dann noch eine Informatik. Bei...Herrn Schiller?"* Herr Schiller hatte auch mal bei ihnen unterrichtet, darum war er ihr bekannt. Diana hatte kein Informatik, Kristina, die mit Sandra seit 5 Monaten zusammen war, aber. Genauso wie Sandra und Jonas. Dadurch war sie auch an die lustige Information gekommen. *„ Und jetzt bitte damit loslegen!"* Sie schreckte hoch und tippte ihren Sitznachbarn an. „Was sollen wir schreiben?" - *„ Eine Zusammenfassung von den Seiten 45-52. Und jetzt hör doch auch mal zu!"* So viel Text. Diana hatte keine Motivation. Das einzige, was sie gerade wollte, war bei Jonas zu sein. Jonas war schon toll..ach, warum musste sie träumen. Lisa, die neben ihr saß, hatte Recht. Sie öffnete das Buch und las die Überschrift - *„ Die Legende von... "* Diana schloss das Buch sofort wieder. Sie hatte keinen Nerv für Zusammenfassungen gerade. Eigentlich hatte sie den sowieso nie, einen Nerv für Schule allgemein auch nicht. Aber heute hatte sie noch weniger Motivation als gewöhnlich. Also tippte sie den Streber, Ahmed, neben ihr an. Manchmal war es zu verlockend, neben ihm zu sitzen. Der Kerl war so clever, er schien sich regelrecht von Schulbüchern zu ernähren. Morgens Mathe, mittags Englisch, abends Deutsch und als Zwischensnack mal Geschichte? Bei dem Gedanken musste Diana grinsen – vielleicht sollte sie ihn mal fragen und er könnte ihr raten, ob sie sich mal vor dem Schlafen das Biologiebuch gönnen sollte, beinahe prustete sie laut los. *„Kannst du mir das später schicken?"* Ahmed nickte stumm, während er weiterschrieb. Puh, nur noch zehn Minuten. Was für ein Glück. Sie konnte weiter nachdenken über alle möglichen Sachen. Zum Beispiel darüber, wie sie es erklären sollte, dass sein Schwarm vergeben war – und auf der anderen Seite des Ufers fischte. Ehrlich gesagt war sie da froh drüber. Ihr bester Freund und ihre beste Freundin ein Paar – eher würde sie sterben als damit klarzukommen..endlich hatte sie die Chance ergriffen und Kristina überredet, es ihm klarzumachen. Jonas würde drüber hinwegkommen und müsste sich neu verlieben. In sie. Aber sie war auf ewig mit bloßer Freundschaft gestraft. Die „beste Freundin." Zugeben wollte sie es nicht, aber die Eifersucht zerfraß sie regelrecht. Und das schon eine lange Zeit..

„Diana! Es hat geklingelt!" Lisa tippte sie an und stand auf. *„Los, wir müssen zu Bio!"* Ja, sie würden auch eine Klausur wiederbekommen. Verdammt.. *„Ich komme schon!"*, rief sie dem Mädchen hinterher und steckte ihre Sachen hastig in ihre Tasche hinein.

Es war bereits die fünfte Stunde. Und auch in Englisch und Pädagogik hatte er keinen Platz neben seinem Schwarm ergattern können. *„Ja, immerhin sitze ich* *nicht neben Pauline"*, versuchte er sich zu trösten. Ihm war klar, dass er doch immer so riesiges Glück hatte, dass er hätte eben ihr sitzen müssen – wie in Mathematik.

 Dass diese nicht einmal Pädagogik hatte, war ein schwacher Trost für ihn. Es freute ihn sogar kaum, dass wenigstens Mike bei ihm sitzen konnte. Klar, sonst wäre es gut gewesen, aber nicht heute und nicht, wenn sich Sandra sonst neben ihn gesetzt hätte. *„Kann ich hierhin?"*, hatte sie zaghaft auf den freien Platz neben ihm gefragt. *„Klar!"*, hatte er gelacht – bis Mike sich darauf fallen ließ. *„Geh' zu deinen Weibern!"*, grinste er sie an, *„hier ist Männerbereich!"* Sandra ging nach hinten, schien sich in ihrem Stolz angegriffen zu fühlen, wie denn auch nicht nach diesem Kommentar?. In diesem Moment hätte Jonas ihm am liebsten eine geklatscht. Mike hatte ihm seine Chance genommen! Wieso nur?.. Das regte ihn verdammt auf. Aber vor Mike zugeben, dass er sie liebte – das hatte er nie getan. Wieso sollte er es auch tun? Er wollte es nicht. Nach den Pädagogikstunden hatte er noch eine Stunde Informatik, schon besser. Und endlich passierte es – er hatte noch nie die Ehre gehabt, mit Sandra arbeiten zu dürfen, aber durch das Losverfahren hatten sie einen PC zusammen. *„YES!"* - *„Wieso yes?"* Sandra sah Jonas verdattert an, nachdem die verschiedenen Teams vorgelesen wurden. Oh. Er hatte wohl versehentlich laut gedacht. Sehr laut. *„Ähm, nichts."* Er drehte sich weg, aus Angst rot zu werden, da sein Gesicht sich verdächtig warm anfühlte, genauso wie heute morgen in dieser blöden Bäckerei. *„Arbeiten wir* *jetzt?"* Schlagartig drehte der Junge sich zurück und sah sie lieb an. Und etwas belämmert. *„Klar, was sonst!"* Er startete den PC. *„Ich hole uns mal eben-"* Beim Versuch aufzustehen fiel dem Mädchen die Federmappe auf den Boden. Sie wollte sich bücken, aber der sitzende Jonas war schneller. *„Hier!"* Er reichte sie ihr, als wäre es eine Trophäe.

„Danke!" Sandra legte sie vorsichtig zurück auf ihren Tisch und stand wieder auf. Jonas blickte ihr nach und konnte nicht aufhören zu strahlen.

Nach der fünften Stunde hatte Diana Entfall, aber nach Hause wollte sich noch nicht gehen. Sie wartete auf Kristina, weil sie mit ihr Jonas von der Schule abholen gehen wollte. Deshalb setzte sie sich auf die Mauer, die sich vor der Schule befand und dachte darüber nach, was sie schon die ganze Zeit beschäftigt hatte: Wie konnte sie Jonas auf ihre Seite bekommen? Damit er endlich mal an ein anderes Mädchen dachte. Sie hatte sich jeden Tag die Haare gewellt, was sie auch weitermachen wollte, heute hatte sie die pinken Haare in einem Zopf und dennoch hatte er nicht reagiert. Viele sagten sie, dass sie süß aussah – wieso nicht Jonas? Sie waren zu lange und intensiv befreundet, dass aus ihnen etwas werden könnte. Sie hatte sogar versucht, ihn eifersüchtig zu machen mit der Urlaubsstory. Die hatte sie erfunden. Sie hatte niemanden geküsst, sie war nicht der Typ für so offene Dinge. Noch hatte sie nie eine Beziehung gehabt und das sollte sich erst ändern, wenn Jonas sie endlich wollte. Der Typ war ein Mädchen und sie hatten sich nicht geküsst, sondern umarmt und lagen nicht kuschelnd vor dem Fernseher, sondern haben sich im Gardasee heruntergedrückt beim Tauchen – und schön war etwas anderes, ernsthaft. Er hatte es auch noch gefeiert. Verdammt. Sie machte den Zopf auf. Sah sie besser aus? Oder störte die Haarfarbe? War sie zu dick? Zu dünn? Diese Gedanken plagten sie die gesamte Stunde, es kam ihr wesentlich kürzer vor, als plötzlich Kristina vor ihr stand und wollte, dass sie losgingen. *„Was soll's…"* Diana ließ ihre Haare offen und sprang von der Mauer. *„Ist dein Rock jetzt nicht schmutzig?"* Kristinas Stimme klang leise, aber das war normal, ihre Stimme war immer ruhig, sie hatte etwas Beruhigendes. *„Nein!"* Diana klopfte sich den Hintern ab. Ihr fast knielanger Faltenrock in Weiß hatte nichts abbekommen außer vielleicht einen kleinen Knick, der bei den ganzen Falten sowieso nicht groß auffiel. *„Lass' uns gehen!"* Diana marschierte los. Und dann kam schon die nächste Frage. Wie sollte sie denn Jonas jetzt erklären, dass Sandra und Kristina sich liebten? Es würde eine regelrechte Hasskette entstehen. Sie hatte Eifersucht auf ihre beste Freundin Sandra, Jonas auf Kristina. Und sinnvoll war das nicht. Jedoch besser für sie, Jonas und eigentlich alle, die damit in Verbindung waren. Als sie auf dem Schulhof angekommen waren, wollte Kristina eigentlich Bescheid geben, dass es 13:23 war und die anderen jeden Moment erscheinen würden, als Sandra herauskam. Sie umarmte Diana flüchtig und warf sich dann in die kleinen Arme von Kristina. Sie begannen nach wenigen Sekunden, sich leidenschaftlich zu küssen. „*Wenn Jonas kommt, frage ich nach einem Kussbild. Vielleicht rafft der Typ es dann!*" Sandra, die eingeweiht worden war, aber nichts von Jonas' Gefühlen ihr gegenüber wusste, hatte eine Idee, um sich dem Jungen gegenüber zu outen. Die anderen stimmen einfach zu, ihnen fiel außerdem keine andere Möglichkeit ein. Es war ihre Dianalogik, die sie dazu verleitete, alles indirekt machen zu müssen. Warum einfach, wenn es auch schwer geht.. Auf ihn zuzugehen und es einfach zu sagen – nee, das wollten sie natürlich nicht. Zu plump. Und das, obwohl er selbst den Kuss, den die beiden ausgetauscht hatten, als sie sich voneinander verabschiedet haben und normal fanden, anders interpretiert hat.. „*Wir machen....*" Kristina wollte dem Plan ihrer Geliebten noch einmal zustimmen, als – wie wenn man vom Teufel sprach – Jonas die Treppe herunterkam und auf sie zukam. Er umarmte Diana. Sandra grinste. Jonas wurde rot. Kristina stand einfach nur daneben und sah dem Spektakel zu, bis sie Jonas dann von hinten antippte und beinahe erschreckte. „*Kannst du ein Kussbild von mir und Sandra machen?*", fragte sie schüchtern. „*Immer diese Mädchen, die süß wirken wollen*", lachte er, „*stellt euch auf!*" Und die beiden stellten sich hin, vor ihm auf die Treppe, Sandra bückte sich zu Kristina hinunter und küsste sie, ganz kurz, simpel, nicht leidenschaftlich. Gestellt eben. „*Wie niedlich!*" Diana kicherte. Ob Jonas es verstanden hatte? Hoffentlich. Er kam auf Sandra zu und gab ihr das Handy wieder. „*Hier.*" Das Mädchen nickte ihm zu und grinste. „*Ich muss jetzt weg, bin mit Kristina im Kino im neuen*

Minions Film." Sie ergriff auffällig Kristinas Hand, küsste sie erneut, zwinkerte Diana zu und ging davon, Kristina hinter sich her schleifend. Jonas und Diana machten sich auf den Weg nach Hause, nebeneinander. Eine kurze Zeit schwiegen sie sich an, bis Jonas die Stille brach. *„Minions. Naja. Wenn Kristina ein Junge wäre, dann wäre ich jetzt eifersüchtig.*" Der Satz ging Diana direkt durch Mark und Bein. Erstens, er liebte Sandra immer noch. Okay, das konnte man nicht durch so eine Aktion und vor allem nicht innerhalb von Minuten ändern.. Zweitens, er hatte es immer noch nicht verstanden! Drittens...sie musste es nun tun, alleine, selber. Für ihr Wohl. Und ebenso das von ihren Freundinnen. *„Jonas, können wir kurz reden?*" Sie sah ihn an und hielt ihn am Ärmel seines Karohemdes fest, er blieb stehen. *„Ja, was ist denn los?*" Er sah so besorgt aus auf einmal. Diana musste schlucken. *„Du. Kristina ist zwar kein Junge, aber du musst es so sehen. Du wirst nie mit Sandra zusammenkommen.*" - *„Wieso denn nicht? Sie hat keinen Freund*", unterbrach Jonas sie energisch. *„Ja, das nicht. Aber siehst du es denn nicht? Kristina und Sandra. Wie sie sich küssen und ansehen. Miteinander umgehen. Ihr Wunsch nach dem Bild. Und ihre Profilbilder.*" - *„Ja, was ist denn damit? Wow, zwei Weiber küssen sich doch manchmal.*" - *„Ja! Aber so ist es nicht, Jonas! Die beiden sind lesbisch! Und ein Paar! Sieh' es ein, du wirst niemals bei Sandra landen, einfach allein, weil du ein Kerl bist!*" - *„Was?!*" - *„Ja, sie sind seit fünf Monaten zusammen.*" Stille.

„Sandra ist lesbisch." In Jonas' Kopf brach gerade eine kleine Welt in noch viel mehr kleinere Einzelteilchen. Wie konnte das sein? Sie war sein Traummädchen und er war traum- ..atisiert. Er verstand es nicht. Es hätte ihm klar sein können, aber nein, er hatte die Anzeichen nicht bemerkt. Und es tat weh. Sehr weh. Ein gewaltiger Stich ins Herz, das war es. Aua. Vielleicht hatte er das mal vermutet, aber um sich zu schützen von ihm weggestoßen, wie üblich. Aber er konnte und wollte Sandra sich nicht aus dem Kopf schlagen. Auch wenn es so viele Gründe gab. Sie ging am Wochenende öfters mal mit seinem besten Freund Mike feiern und ließ sich auch unter anderem volllaufen. Sie war vergeben. Sie stand nicht auf Jungen. Sie war ja nicht einmal mit ihm befreundet! Sie war...unerreichbar. Und das gab Jonas irgendwie den Kick. Etwas zu wollen, was er nicht bekommen konnte. Auch, wenn es frustrierte. Ob er doch noch irgendetwas erreichen konnte? *„Diana? Können wir trotzdem noch was mit ihr zusammen machen? Um mich alleine mit ihr zu treffen kennt sie mich zu wenig. Zu dritt? Ist doch cool. Feiern gehen zum Beispiel, da sagt sie auch Ja. Ob Mike mitgeht, weiß ich nicht, er hat ja seine Anna – aber eventuell kommt die ja auch mit, weiß ich ja nicht. Also, was sagst du?"* Er hoffte einfach auf eine Zustimmung – die er auch bekam – glücklicherweise. Diana war einverstanden. Aber das Wochenende, an dem es stattfinden sollte, konnte sich noch nicht sagen. Redete etwas von einer WhatsAppGruppe. Jonas hörte nur halbherzig zu, er dachte, wie er Sandra doch zu irgendetwas herumkriegen könne, als ihm einfiel, dass

sie auf den Feiern ja nicht gerade nüchtern herumlief. *„Die Gelegenheit!"*, dachte er sich zuversichtlich, *„betrunken kriege ich die locker, so schwer kann das ja nicht sein!"* Sie liefen noch ein kurzes Stück, bis sie dann auch bei Diana ankamen.

„Tschüss!" Diana ließ sich von Jonas zum Abschied umarmen. Es war, wie immer, ein tolles Gefühl. Selbstverständlich. Und nun wusste er auch glücklicherweise, dass er bei seinem Schwarm keine Chance hatte. Als sie es ihm gesagt hatte, ist er zunächst schweigend mit gesenktem Kopf neben ihr hergetrottet. Traurig sah er aus. Es tat ihr mindestens genauso weh wie ihm.. dann hatte er sie gefragt, ob sie gemeinsam ausgehen könnten. Es hatte sie gleichzeitig gefreut und gekränkt – gefreut, weil er was mit ihr machen wollte, gekränkt, weil er sich immer noch an ihre beste Freundin hängen wollte, als ob es nicht deutlich genug gewesen wäre. Und vielleicht wollte er nur etwas mit seiner besten Freundin unternehmen, um an ihre Freundin heranzukommen. Ausnutzung. Und das, obwohl sie so eng miteinander waren. Nun war sie an der Reihe, Jonas zu zeigen, wer wirklich etwas zu bedeuten hatte..sie. Sie würde ausnahmslos alles für ihn tun. Gerade sah sie ihm noch nach, wie er die Straße überquerte und gleichzeitig in den kleinen „Ghettobereich" eintauchte. Diana mochte es nicht, wenn sie oder er da durchmusste. Es war einfach eklig. Der Bus fuhr vorbei. Sie konnte Jacky und Lena erkennen, beide nahezu identisch. Wer war wer? Ah, Jacky saß links. Sie winkte ihr immer, wenn sie sie sah.

Diana hatte leider keine Zeit, ihnen zurück zu winken, sie war zu sehr damit beschäftigt, den längst verschwundenen Jonas zu beobachten, der in ihrem inneren Auge immer noch vor ihrem Gartentor stand. Egal. Nach wenigen Minuten stand sie auf und drehte sich um, während sie die Haustüre aufschloss. Ihre Dogge kam ihr entgegen, sie streichelte sie auf der Stelle. *„Lucy!"* Sie liebte Hunde, insbesondere ihren eigenen. Ihre süße, große Hündin, die mit ihr aufwuchs. Jetzt, die Treppe zu ihrem Zimmer hochgehend, überlegte sie, was sie denn tun sollte: Entweder sie tönte sich den Ansatz nach, lockte die Haare und machte einen Überraschungsbesuch bei Jonas – oder sie schmiss sich in den gemütlichsten Sachen auf ihr Bett und schaute Fernsehen. Jonas hin oder her.. vielleicht würde er ihr näher kommen, wenn sie ihm nicht andauernd hinterher lief.. Diana rannte, flog regelrecht ins Bad, während sie ihre Tasche auf den Boden pfefferte und steckte ihre Haare irgendwie hoch. Dann Klamotten aus und in den kuscheligen Katzen-Ganzkörperanzug. Der war ja eigentlich nur für Karneval. Aber nein, dank des gemütlichen Stoffes im Inneren eignete er sich auch als Schlafanzug. Okay, nicht für jeden, aber sie fühlte sich darin wohler als in anderen Anziehsachen. Und sie fand das Teil so verdammt niedlich – also, warum nicht? Was fehlte noch? Ja, eine Tüte Chips und dann ab ins Bett und Pretty Little Liars weiter gucken. Die zweite Staffel erst, sie musste weiterkommen, Kristina wollte mit ihr über die Serie spekulieren. Also ab in die Küche...es war keiner zuhause, also warum nicht? Sie lebte nur mit ihrem Vater und ihrer Tante zusammen, weil ihre Mutter ausgewandert war, nachdem sie sich von Dianas Vater hatte scheiden lassen. Australien. Australien war so weit weg..egal, Diana wollte nicht daran denken. Sie vermisste ihre Mutter fast gar nicht mehr, also wollte sie auch nicht an den Erinnerungen klammern. Eine gute Frau war sie nicht gewesen, nein, das war sie nicht. Und sie war komisch gewesen. Sehr komisch. An viele Details konnte sie sich nicht mehr erinnern, sie war vier gewesen, als sie sie das letzte Mal gesehen hatte. Außer den extrem langen braunen, glatten Haaren konnte sie sich an nichts mehr orientieren. Egal, sie würde sie nie wiedersehen und das war auch gut so. Angelika hieß sie, Angelika Gurr. Wieso dachte sie denn nun an sie? Sie ließ es wieder. In der Küche angekommen öffnete sie den Haushaltsschrank. Leer, Mist! Sie wollte schon enttäuscht wieder hochgehen, als die Tür aufging. *„Hallo Diana!"* Ihre Tante stand im Flur und nahm sie in den Arm. *„Was machst du in der Küche?"*, fragte sie das Mädchen. Diana erzählte ihr von ihrem erfolglosen Küchenbesuch. *„Ich habe da was für dich. Keine Chips leider, aber schau her!"* Dianas Tante holte eine Tüte Nachos heraus. *„Die Käsesoße kannst du eben in die Mikrowelle tun, ich bringe sie dir hoch. Viel Spaß!"* Diana lächelte und lief die Treppe hoch, wieder. Unter ihrer Decke war sie am besten aufgehoben, das große, gemütliche Bett war perfekt. Kaum war sie aufgestanden und hatte die DVD eingelegt, klopfte es an ihrer Tür. *„Herein?"* Die Tante trat ein, legte eine Schüssel Nachos und die Soße neben sie, wünschte Guten Appetit und verschwand wieder.

„Danke, Tante Bettina!" Sie rief ihr hinterher und
verkroch sich dann in einer kuscheligen Welt aus
Kissen, Gemütlichkeit und Nachos. Die nächste Folge
konnte beginnen, nun würde nichts mehr sie stören
können. Hoffentlich.

Die nächsten Tage verliefen relativ normal. Inzwischen
hatte sich auch eine WhatsApp-Gruppe gebildet, in der
die Freunde sich am Samstag in einer Diskothek
verabredeten. Sie war erst ab 16, ja, was auch sonst,
anderweitig kam man sowieso nicht auf Partys und das
meist erst ab 18…aber Anna und Kristina wollten sich
irgendwie hineinschmuggeln, die anderen gingen
entweder als 16 durch oder waren es bereits. Riskante
oder komische Aktionen von Jugendlichen waren
schließlich nichts wirklich Neues, es reizte in diesem
Alter am meisten. Es war der Nachmittag am
Donnerstag, Jonas war gerade mit Diana und Sandra
heimgegangen, Diana war heute mit ihr verabredet. Er
wollte fragen, ob er dabei sein durfte, wollte ihnen aber
auch nicht noch mehr auf die Pelle rücken. Diana hatte
ihn ja hinterher noch mehrmals darauf hingewiesen,
dass er keine Chance hatte. Sie wollte einfach nicht,
dass er mit ihr zusammen war. Ob sie Angst vor
Vernachlässigung hatte? Jonas grinste, als er durch das
dreckige Viertel ging. Heute war zum Glück nicht viel
los. Auch in seinem Handy. Er hatte, wenn dann,
Nachrichten aus der WhatsApp Gruppe. Außerdem
hatte er nach langer Zeit, weil sie in der Gruppe war,
endlich seine Ex Anna entblockt. Sonst hätte sie wohl
noch mehr Stress gemacht, was nicht sonderlich

erträglich für ihn wäre. Aber heute zeigte sein Handy andauernd neue Nachrichten an. So viel wie lange nicht mehr.. schon ein wenig anstrengend. Große Lust hatte er da jetzt nicht drauf.. *„Was soll's, gucke ich mir daheim an"*, meinte er unverzüglich zu sich selber und lief weiter, nämlich zur Bushaltestelle, wo Jacky und Lena meistens warteten. Heute hatte der Bus anscheinend Verspätung gehabt, denn er musste noch zehn Minuten herumstehen, bis die Geschwister aus einem Bus kamen. Oder sie hatten einen späteren genommen. Ja, das konnte auch gut sein. Mit seinen Schwestern im Schlepptau machte er sich also auf den Heimweg. Seine Eltern kamen erst gegen drei heim, also musste er noch kochen oder etwas bestellen, wenn er doch nur zum guten, selbstständigem Kochen fähig wäre. Seine Eltern waren kein großer Fan von bestelltem Fastfood, aber heute war er dazu noch bequem und außerdem hatte Lena den ganzen Heimweg über herumgejammert, dass sie so große Lust auf chinesisches Essen hatte. Also würden sie gleich gebratene Nudeln bestellen. Das ging einfach immer klar. Was er auch verkündete, als sie zuhause ankamen, er bekam ein strahlendes Lächeln zurück. Der tolle große Bruder, auf den immer Verlass war, auch als Jonas fragte, ob sie Hausaufgaben aufhätten. Sie verneinten, so gingen sie in den Garten und spielten einfach vor sich hin, Ball oder sonst etwas, er war sich nicht sicher, hing sich währenddessen ans Telefon und bestellte. Eine große Portion mit Süß-Sauer-Soße für sich, eine mittelgroße, vegetarische für Lena und die mittelgroße mit Fleisch war für Jacky, das war Standard und sie hatten sogar Glück, das Essen sollte in 10 Minuten da sein. Also konnte er in der Zeit sogar Nachrichten lesen, die er die Zeit über aufgeschoben hatte. Es musste doch nicht immer sein.. *„Vierzehn neue Nachrichten in zwei Chats"* zeigte sein Display an. Okay, auf jeden Fall die Gruppe, oder? Er drückte auf das kleine Knöpfchen und stöhnte genervt auf. Seine Freunde schienen echt manchmal anstrengend zu sein. Ja, in der Gruppe diskutierten Kristina und Diana mit Mike, was sie denn anziehen wollten. Sandra war nicht online, aber als Jonas sich eine von Dianas Sprachaufnahmen anhörte, war auch ihre Stimme zu hören. Sie diskutierte also mit. Nicht schlecht.. Mehrfach widmete er sich der Aufnahme, um ihre Stimme zu hören, selbst wenn er den Inhalt nun schon auswendig kannte.. aber wer war die andere Person? Er hatte drei weitere Nachrichten von einer noch unbekannten Nummer. Mike? Er hatte, dank des neuen Handys, noch nicht alle Nummern eingespeichert. Nein, Mike hatte er doch. Wer war es denn, es musste Anna sein. Man erkannte sie fast gar nicht, so krass wie sie sich hinter seinen besten Freund gekrallt hatte. Man sah bloß ihre Arme um seinen Bauch gelegt, ein Auge und die störrischen Locken. Die erste Nachricht lautete *„Hey!"* Die zweite: *„Jonas?"* Die dritte wiederum *„Jonas???"* und die vierte, die kaum daraufhin ankam, nachdem er den Chat angeklickt hatte - ganz viele weinende Emojis. *„Ja, Anna?"* Er hatte ein leicht schlechtes Gewissen, weil er nicht geantwortet hatte, aber gleichzeitig wusste er, dass sie sehr gerne übertrieb, er kannte dieses merkwürdige Verhalten ihrerseits zu gut. *„Ich muss dir was saaagen.“* - *„Hau raus!“* Er dachte, sie wollte nur wieder mal sagen, dass sie sich für die tolle 'lange' Beziehung bedanken wollte (was sie oft tat – persönlich und in der Schule – aber naja), aber sie schrieb lange. Sehr lange. Bis dann die Nachricht ankam, die Jonas den Atem raubte, ob er es nun wollte oder nicht. Und er wusste nicht, ob er lachen oder weinen sollte, da ihm wirklich vor lauter Widerlichkeit kalt den Rücken herunterlief. *„Also. Wie soll ich denn anfangen..ich bin ja seit fast einer Woche mit Mike zusammen und als wir viel miteinander zu tun hatten, habe ich mich auch verliebt und das schon einige Wochen vor dem Beginn unserer Beziehung, weißt du? Aber als ich dich wiedergesehen habe, ist wieder das passiert, was ich auch nach unserer Beziehung nicht verhindern konnte – du warst da und alle Gefühle kamen wieder. Du bist immer noch der Kerl, für den mein Herz schlägt. Aber auch Mike – das ist das Problem. Aber ich.. “* Es klingelte an der Tür, im Hintergrund rief Lena, er solle aufmachen, er rief zurück, er könne gerade nicht und sie solle das Essen entgegennehmen. Im Wohnzimmer liege außerdem ein Schein zum Bezahlen. Jonas war zu schockiert, er musste einfach weiterlesen, nichts könnte ihn jetzt noch davon abhalten. Auch, wenn er verdammt verstört war. *„..liebe dich. Und ich weiß, du mich nicht. Ich wollte es dir nur sagen. Und wenn du anders denkst, sag es mir bitte, ja? Du bist etwas sehr Besonderes für mich, deshalb komme ich seit einem halben Jahr auch nicht über dich hinweg. In Liebe, Anna.“* Lena stellte ihm seine Box kurze Zeit später schon vor die Nase. *„Willst* *du nicht mit uns essen?"* - *"Gleich",* würgte er sie ab, *"setzt euch schon einmal und fangt an."* Wie konnte sie mit Mike zusammen sein und ihn lieben?! Sie würde ihn verletzen! Und das wollte er nicht! Er war doch so hin und weg von ihr. Warum auch immer. *"Klär das mal lieber mit Mike, Anna.."* Sie antwortete innerhalb von einer halben Sekunde. *"Der weiß das doch alles! Und er findet es okay, solange wir noch zusammen sind. Also, hast du Bock, dass wir uns mal treffen, wieder? Müssen ja nicht viel machen, bisschen küssen vielleicht.."* Jonas fiel aus allen Wolken. Mike liebte sie so sehr, dass er trotz ihren Gefühlen zu ihm mit ihr zusammenblieb. Und er erlaubte es, dass sie ihn küsste – und sie nutzte es schamlos aus? Konnte sie sich nicht denken, dass er solch ein Verhalten unmöglich fand? Armer Mike ..der Spinner verliebte sich in seine Ex und wurde verarscht ..obwohl er durch Jonas doch wusste, wie sie drauf war! Aber er schien alles zu vergessen – blind vor Liebe war er. Ach Gott.. *"Jonas, kommst du?"* Jacky rief ihn mit zarter Stimme aus dem Wohnzimmer. *"Klar!"* Er schrieb er noch ein knappes *"Nee, sorry, lass mal"* zurück, warf sein Handy achtlos zurück auf das Sofa und ging zum Essen mit seinen Schwestern. *"Was ist los?"*, fragte Jacky mit besorgtem Ton in der Stimme. *"Allesch gut",* mümmelte Jonas mit vollem Mund, während er sich bereits die nächste Gabel in den Mund schob. *"Okay ..sicher?"* Wie niedlich es doch immer war, wenn Jacky sich solche Sorgen machte. Lena war es meistens egal. Das einzige, was sie zurzeit interessierte, war, dass sie schön war. Sie war zwar, wie Jacky, erst 11, aber dennoch hatte sie bereits angefangen, sich mit Lipgloss und Wimperntusche zu schminken. Vor noch wenigen Monaten sind die beiden immer komplett identisch herumgelaufen – Cordhose, Shirt, ungeschminkt und die langen, hellbraunen Haare in einem geflochtenen Zopf. Aber seit gewisser Zeit war es anders, Jacky hatte an ihrer Routine nichts verändert, Lena aber ließ die Haare immer häufiger offen, schminkte sich und trug nicht mehr die „Bauernsachen", wie sie die alten Klamotten nannte und zog sich, laut Jonas zumindest, nicht mehr altersentsprechend an. Jacky fand das traurig, aber Lenas liebevoller und sensibler Charakter war immer noch derselbe. *„Ich muss gleich zum Schwimmen!"*, sagte Lena mit halbvollem Mund, *„beziehungsweise wir. Magst du mit uns fahren?"* Klar wollte er das und müssen tat er das auch. Das Lustige war ja auch, dass Sandra auch im Schwimmverein war und nach ihnen trainierte. Diana würde also auch da sein, da sie sich heute trafen. Und er könnte Sandra sehen. Hoffentlich war Kristina nicht da.. die wollte er überhaupt nicht im Blickfeld haben. *„Werft die leeren Schalen bitte in den Müll, ich muss noch eben hoch!"* Jonas marschierte schnurstracks die Treppe nach oben und machte seine Haare erneut. Dabei fiel ihm auf, dass im Zimmer der Schwestern immer noch die beiden Schwimmtaschen standen. Nett, wie er war, trug er sie mit herunter, sonst wäre das Geweine am Ende sowieso wieder gigantisch. *„Wir fahren mit dem Bus, ja?"* Jacky fragte und bedankte sich, als sie ihre Tasche in die Hand gedrückt bekam. Ja, sie würden Bus fahren, also schloss Jonas die Haustüre hinter sich ab und sie gingen los. Währenddessen sah er wieder auf sein Handydisplay. *„104 Nachrichten in 4 Chats.“* Okay, erst einmal angucken. Vielleicht war es dieses Mal etwas spannender. Diese Gruppe ließ ihm ja wirklich keine Ruhe mehr. Eine Nachricht von Diana: *„Hast du das mit Samstag mitbekommen?“* Ja, hatte er. Natürlich. Auch, wenn es ihn irgendwie ziemlich stresste. Eine Nachricht von seiner Mutter. *„Bin gleich zuhause. Martin kommt in einer halben Stunde. Fahr bitte mit den Kleinen zum Schwimmen.“* Martin war ihr Vater. Ja, sie waren unterwegs. Auch das war geklärt, es musste doch nicht immer so anstrengend sein, er hatte genug zu tun. Die nächste Nachricht war von – Sandra! *„Hey Jonas! Was hatten wir bis morgen auf?“* Auch wenn es nur so eine dumme Frage war, er freute sich, denn sie hätte auch in einer der Kursgruppen fragen können, was sie aber unterlassen hatte – um ihn zu fragen! Sie hatten nichts auf, was auch gut war. Schulstress war jetzt nicht so sehr sein Ding. Gut, noch zwei Chats. Der nächste Chat war die Partygruppe wegen Samstag, die 43 Nachrichten beinhaltete. Der Rest – nämlich 58 Nachrichten, waren einfach… von Anna! Jonas dachte, er sah nicht richtig. Es begann mit *„Warum denn nicht, du bist single und ich darf“*, *„Mike ist dir ja nicht böse“* und *„Hast du heimlich eine Freundin? Ich weiß ja dass du Sandra liebst aber sie liebt dich ja nicht“* und endete mit einem Spam von *„Bitte“* und *„Bitte, Jonas!“*. Als letztes kam noch ein *„Vermisst du mich nicht?..“* Jonas seufzte mindestens vier Mal hintereinander, die Leute blickten schon in seine Richtung. Nein, er vermisste sie nicht.

Dieses Mädchen hatte ein übertriebenes Eifersuchtsdrama abgezogen, als sie zusammen waren, sie hatte ihn regelrecht verfolgt und kontrolliert und das wollte er nicht! Außerdem liebte er sie doch sowieso nicht mehr. *„Nein. Du weißt doch, wie Eifersucht sich anfühlt, denk doch mal an Mike!"- „Den juckt das nicht. Nur einmal rummachen. Bitte..."* Sie war so dumm. Und lachhaft. Und Jonas war sich sehr sicher, dass Mike schon eifersüchtig war, aber es aus Angst, Anna an ihn zu verlieren, sagte er, es interessiere ihn nicht. Er wollte noch etwas sagen, aber dann kam schon der Bus. Sie stiegen ein und packte sein Handy weg. Er hatte keine Lust auf sinnlose, sentimentale, flehende Gespräche mit seiner dummen Exfreundin. Stattdessen fragte er Lena etwas zu ihrem Wissen bezüglich der Busfahrt. *„Bis zu welcher Station müssen wir fahren? Irgendwann fahrt ihr alleine, da müsst ihr es wissen!"* Lena wusste es leider nicht mehr, aber Jacky konnte die Antwort nennen. *„Ja..ich würde sagen die Station an der Bäckerstraße. Sind..acht Stationen, die zu fahren sind." - „Wie schlau! Gut gemacht, Jacky! Theoretisch könntest du alleine fahren!"* Sie strahlte, Lena meinte mürrisch, sie würde es sich spätestens nächstes Mal den Stationsnamen merken können.

An der Bäckerstraße stiegen sie dann auch mit gemischten Gefühlen aus. Jacky war sehr aufgedreht, ihre Zwillingsschwester motiviert und Jonas würde einfach nur vor der Halle zusehen und vor allem eins tun – auf Diana, also eigentlich ja auf Sandra warten. Er wollte ja nur mit ihr reden ..und vielleicht würde sich Samstag was ergeben.. verdammt, er war mindestens genauso unverschämt wie Anna, wenn er so darüber nachdachte. Nun ja, aber er würde sie nicht fragen, er würde sie einfach abfüllen. Wieso nicht? Er setzte sich auf eine Bank neben die Halle und verabschiedete sich bei seinen Schwestern, die an ihm vorbeiliefen. *„Viel Spaß!"*, rief er ihnen glückselig hinterher. Sein Herz währenddessen pochte wie ein Metronom. Er wünschte sich, seine Gefühle zu ihr abstellen zu können..er war wie Anna. Jonas hasste solche Menschen doch! Wieso war er dann genauso? Er verstand sich selber nicht. Blieb mit seinen Kopfhörern sitzen und dachte nach, als er sich ein Lied von A Day To Remember anhörte, das spontan in seine Playlist geschlichen war, die Lyrics waren einfach so ansprechend, wie er nach kurzer Zeit feststellte. *„I know, you can't give me what I need. Even though you mean so much to me."* Konnte er sich mal ablenken? Ja, nämlich dadurch, dass er seinen Schwestern bei ihrem Schwimmtraining zusah. Jacky kletterte gerade auf das Drei-Meter-Brett, von dem Lena eben gesprungen war. Diese schwamm bereits zur Leiter, um sich erneut anzustellen. Jacky machte einen legendären Kopfsprung. *„Respekt, vom Dreier?"*, dachte Jonas bewundernd, *„das hätte ich mich nicht getraut und ich bin um ein paar Jahre älter als sie! Meine kleine, begabte Schwester!"* Er fühlte sich wie ein stolzer, großer Bruder. Seine Schwestern waren unter den besten in ihrem Jahrgang und das schon seit sie vor vier Jahren angefangen hatten. Das Zusehen war eine sehr gute Ablenkung, wie er feststellte, er bekam gar nicht mehr mit, wie die Zeit verging. Und plötzlich waren die anderthalb Stunden auch vorbei und Diana saß – wie aus dem Nichts kommend – neben ihm. *„Wo ist Sandra?"* Diana sah sofort etwas verschreckt aus. Vielleicht hatte er die Frage zu direkt gestellt. Diana sah ihn an. *„Sie ist sich gerade am Umziehen",* meinte sie, mit zitterndem Unterton in der Stimme. Mist, vielleicht war es wirklich zu direkt. Er wollte sie nicht glauben lassen, dass ihm an Sandra mehr lag als an seiner besten Freundin.

Er nahm sie in den Arm. *„Diana, meine Süße",* sagte er. Diana lächelte. *„Diana, mach' dir bitte keine Sorgen."* Sie sah ihn an und erzählte, dass es ihr nichts ausmachen würde. Sie wollte aber nicht, dass er darunter litt. Jonas nahm es ernst. Sie saßen noch zwei Minuten da, als Jacky und Lena an ihnen vorbeitapsten. *„Was denn, Jonas?",* fragte Lena, *„sollen wir uns umziehen?"* - *„Geht duschen, Haare föhnen und euch fertigmachen. Ich komme dann gleich nach."* Eine halbe Minute verbrachten sie umarmt mit Schweigen. Dann kam Sandra. Mit dem bisschen an Oberweite, dem hübschen Hintern und der muskulösen, schlanken Figur konnte sie sich sehen lassen in dem engen, dunkelblauen Badeanzug von Adidas. *„Gut siehst du aus",* meinte Jonas und wurde rot. Sandra bedankte sich höflich und öffnete die Tür zur Schwimmhalle, Jonas sah ihr ganz kurz nach, dann war sie auch schon weg. Zu Diana erwiderte er: *„Ich muss zu meinen Schwestern. Wir sehen uns morgen, ja?"* - *„Ja, Jonas. Ich hab' dich lieb."* Er tätschelte ihren Kopf sachte. *„Ich dich auch. Für immer?"* - *„Für immer."*

3. Kapitel

Es war Samstag, früh am Abend. Diana hatte schon lange auf den Abend gewartet, den ganzen Tag über war sie aufgeregt gewesen, hatte stundenlang überlegt, was sie anziehen sollte und nun war es soweit. In einer halben Stunde würde sich die Gruppe vor dem „Lightning" treffen. Sie war eigentlich komplett fertig, musste nur kurz in den Spiegel sehen: Springerstiefel. Ein langes Ballkleid in zartem Hellgrau mit türkiser Schleife am Bauch. Der Ansatz nachgetönt, leichte Löckchen in den Spitzen der brustlangen Haare. Make-up – perfekt. Sie fand sich selbst mal hübsch und akzeptabel. Diana warf sich den Blazer über und schnappte sich ihre Handtasche. Es würde ein toller Feierabend werden, wortwörtlich. Vorsichtig ging sie die Treppe hinunter, um die darauf liegende Dogge nicht zu verschrecken. Gut. *„Dianamaus? Wo willst du hin?"* Als sie die Tür öffnete, kam ihr Vater ihr entgegen. „Hast du etwa eine Beziehung, gehst du mit deinem Freund aus? Warum weiß ich denn nichts?" - *„Nein, Paps, ich gehe feiern mit meinen Freunden. Ich bin single!"* Leider, dachte sie sich dabei. Wie gerne sie doch mit Jonas zusammen wäre und wie niedlich seine Aktion im Schwimmbad gestern war. Er würde über Sandra hinwegkommen und sich in sie verlieben. Und das würde sie erzielen, um jeden Preis. *„Okay! Sei dann aber bitte um halb 12 zuhause. Viel Spaß!"* Diana bedankte sich und verließ das Haus. Es war bereits dunkel, aber die Disco war nicht sonderlich weit weg, sie brauchte nicht einmal Bus zu fahren, wäre auch unpraktisch in diesem schicken Teil. Vielleicht würde Jonas ja heute mit ihr tanzen. Wie toll das wäre...das Mädchen träumte vor sich hin. Obwohl, wirklich passieren würde es doch eh nicht. Aber man sollte die Hoffnung nicht verlieren, dem war sie sich bewusst. Und sie würde pünktlich sein, in zehn Minuten war das Treffen, in fünf war sie da. Leider lag die Disco am Drecksviertel vor Jonas' Siedlung. Nicht, dass das Viertel so schlimm wäre. Oder Jonas in einer schlechten Gegend wohnen würde – er wohnte ein Stückchen davon entfernt. Und die Gegend hatte einfach ein sehr aktives Nachtleben und viele Säufer. Denen wollte Diana jedoch nicht begegnen.. es war aber noch nicht so spät. Ja, sie konnte die Disco bereits sehen. Eine kleine Bude, nichts Besonderes wahrscheinlich, aber Teenager hatten kein Problem damit, hineinzugelangen. Und Sandra war auch da, hielt die Hand eines kleinen Mädchens – Kristina wahrscheinlich. Im Dunkeln konnte sie nicht ganz so viel erkennen.. „*Hey!*" Sie stellte sich zu ihnen. Kristina umarmte sie. Sandra konnte nicht, die eine Hand um ihre Freundin gelegt, die andere an einer Flasche Weizenbier. Sie trug, obwohl es verdammt kalt war, eine schwarze Anzughose mit Latzträgern und ein kurzärmliges Hemd, das halb aufgeknöpft war. Ihr Undercut war nachgeschnitten und das helle Blond aufgefrischt. „*Du siehst bezaubernd aus*", hauchte sie Kristina an. Diese war das totale Gegenteil von ihr.

Gegensätze ziehen sich eben an: Bodenlanges Kleid ohne jenen Ausschnitt, große Kette und große Ohrringe. Das Kleid war nicht wirklich eng, aber es stand ihr. Die langen Haare gelockt und mit Haarreifen verziert. Die kleinen, zarten Füße steckten in Schuhen mit leichtem Absatz. *„Du siehst aber auch toll aus, Diana"*, lächelte Kristina, *„wo bleiben die anderen?"* - *„HIER!"* Jonas und Mike kamen mit Anna hervorgesprungen, Kristina und Diana schrien auf, Sandra blieb ruhig, warf ihre Zigarette in den Busch und wollte Mike das Bier geben, der es dankend entgegennahm. *„Fehlt noch wer?"*, fragte er, das kalte Getränk in sich hineinkippend. *„Nein, ich denke nicht"*, sagte Jonas, während er Diana mit einer innigen Umarmung begrüßte. Diana lachte, es fühlte sich gut an. Anna schien eifersüchtig zu sein, er umarmte sie ebenso, aber sah nicht so zufrieden dabei aus. Diese verdammte Anna, Jonas' Ex. Wieso musste sie überhaupt dabei sein? Außerdem passte sie gar nicht in die Gruppe. Alle waren so hübsch und „aufgebrezelt" und sie stand daneben in Jeans und Pullover. *„Meinst du, du kannst so wirklich als 16 durchgehen?"* Sie musterte Anna von oben bis unten. *„Nein. Ich gehe gleich eben auf das Klo. Aber nein, meine Eltern würden mich nicht anders rauslassen."* Sie wollte weiterreden, aber wurde von Mike unterbrochen. *„Meine brave Prinzessin"*, lächelte er und gab ihr einen Jutebeutel, der so überhaupt nicht zu den Outfits der ganzen Leute passte. Aber es war nun mal etwas, womit Anna immer herumlief. Jetzt verstanden auch alle, warum er einen dabeihatte. *„Geht*

schon mal rein. Jonas wartet hier mit mir. " Sie
zwinkerte ihm zu. Diana konnte ganz genau Mikes
traurigen Blick sehen und dass Jonas keine Lust hatte,
mit ihr rumzustehen. Da war es ihr doch sogar lieber,
dass er zu Sandra ging! *„Geh' schon.* " Jonas nahm
Dianas Hand und lächelte sie verlegen an. *„Okay,*
kommst du gleich? Ich glaube, Partys alleine sind nicht
so mein Ding. Auch, wenn die anderen dabei sind.
" Sie grinste und berührte seine Nase mit dem
Zeigefinger. Er nahm seine Arme und umschloss sie
mit diesen. Diana spürte eine Wärme, wie sie sie noch
nie zuvor gespürt hatte, mal wieder. Jedes Mal, wenn
sie ihm näherkam, wurde dieses Gefühl in ihr
intensiver und wärmer. Davon konnte man nicht genug
bekommen, wie denn auch. Er sah traumhaft aus, wie
er da vor ihr stand, zwei, drei Strähnen im Gesicht, die
schwarzen, die genau vor seinem linken Auge
hängenblieben. Das leichte Chaos in seinen Haaren,
abgerundet von dem überaus attraktiven Outfit machte
ihn schon sexy.. Sie standen eine Minute da, Stirn an
Stirn, bis Anna sich dazwischendrängte. *„Geh doch,*
Diana! " Das Mädchen war verdammt verärgert, aber
Jonas sah ihr noch, selig guckend, hinterher, Anna lief
im Schnellschritt auf die Toilette außerhalb, die von
außen schon nicht sonderlich hygienisch aussah. Ihre
schweren Schritte durch die klobigen Turnschuhe hörte
man noch länger bis nach draußen hin zu ihm poltern.

Sie verbrachte bestimmt eine Viertelstunde auf dem
gottverdammten Discoklo, auf dem er sich niemals
länger als nötig aufgehalten hätte. Jonas wollte schon

alleine reingehen, als sie wiederkam. Es wäre ihm so viel lieber gewesen, hätte er dieses anstrengende Biest, mit dem er mal etwas hatte – wie auch immer – abschütteln können. *„Ich wäre viel lieber mit Diana und vor allem Sandra jetzt schon drinnen und müsste nicht auf meine erbärmliche Exfreundin warten! Außerdem ist es furchtbar kalt."* Seine Gedanken waren ein Karussell, alles drehte sich so unfassbar schnell im Kreis, dass ihm fast schon schwindelig wurde. Vielleicht lag das auch an dem Gedanken an Sandra und seinem Plan. *„Warum hätte Mike das nicht machen können, er wollte sogar! Wieso ich?!"* Er fluchte leise vor sich hin, dachte, dass er genug habe und jetzt die Disco betrete, als Anna aus dem kleinen Klohäuschen kam. *„Wie findest du mich jetzt, Schnucki?"* Sie lachte ihn schelmisch an, wollte unbedingt seine Reaktion – seine positive Reaktion – hören. Im Dunkeln konnte der Junge nicht viel sehen, aber sein Handy hatte eine Taschenlampe, die er auf sie richtete. Eigentlich wollte er sich nicht die Mühe machen, seinen geringen Akku dafür zu verschwenden, sie kurz anzublicken. Und dann sah er sie an und staunte. Aus dem schlichten Bauernmädchen ist eine Lady geworden, innerhalb von vielleicht einer Viertelstunde, zwanzig Minuten. Eine etwas sehr Aufgetakelte, aber dennoch. Aus dem Pulli ist ein Top mit tiefem Ausschnitt geworden, knallrot, die Jeans Hotpants mit hohen Schuhen, in demselben Farbton. Es schrie ihn an. Außerdem waren die Locken weg und sie trug Lippenstift. Wie hatte sie es hinbekommen, in so kurzer Zeit zu einem anderen Menschen zu werden? Jetzt verstand er auch, warum sie sich dort so lange verbarrikadiert hatte. Warum er allerdings mit ihr warten musste, das verstand er immer noch nicht so ganz. *„Gehe ich jetzt als 16 durch?"* Sie sah gut aus, naja, auch etwas komisch, aber er würde sich nicht täuschen lassen. Und er war traurig, weil sie jetzt reinkonnte, mindestens als 18 konnte sie durchkommen, so kannte er sie überhaupt nicht. Denn wirklich Lust hatte er nicht. Auf das Feiern schon, auf Anna aber nicht. *„Los!"* Anna ergriff seine Hand fest und zog den Wuschelkopf an Hand und Haar hinein. Jonas begann zu schwitzen, sobald sie an der Tür standen und das lag nicht nur am plötzlichen Temperaturunterschied. Sein Blick wanderte langsam zu Anna. Sie sah so erwachsen aus, dass der Türsteher sie, ohne nach dem Ausweis zu fragen, hereinließ. *„Mist!"*, dachte Jonas sich, die letzte Möglichkeit, die Klette vielleicht loszuwerden, war vorbei. Nun würde sie mit dabei sein, ob er wollte oder nicht. Ach jaaa.. Er kam in das Gebäude und sofort beschallte ihn das erste Lied, viel stärker als von draußen wahrgenommen. Er kannte den Titel nicht, aber es klang gar nicht so übel. *„Wo sind Diana und die anderen?"*, fragte er Anna vorsichtig, die sich gerade fast die falschen Wimpern ausgerissen hätte. *„Da hinten"*, erzählte sie ihm und deutete nach links zur Bar. *„Okay, gut. Die zu verlieren wäre kacke.."* Er ging schleunigst los und ließ das Mädchen, das ihn mal ihren Freund nennen durfte, eiskalt stehen.

„Ey, Jonas, was soll das?!" Schnaufend lief Anna Jonas hinterher, der gerade bei ihr ankam.
„Diana!" Jonas lächelte wieder, er war froh, weg von

Anna zu sein. Diana war auch froh und noch froher, als der Kellner mit den Getränken kam. Ab jetzt würden sich in der Gruppe Grüppchen bilden, denn es gab einmal die Leute die wenig – und die, die viel tranken. Diana gehörte zu den Wenigtrinkern, ebenso Kristina. Auch Jonas wollte sich dazustellen. Die anderen, nämlich Sandra, Anna und Mike standen hinten und holten sich schon das zweite Glas Cola mit Vodka – kaum dass der Abend angefangen hatte. *„Also ich verzichte komplett"*, meinte Kristina mit der schüchternen, leisen Stimme. Sie sagte nie etwas, aber gerade hatte auch sie sich mal zu Wort gemeldet. *„Ich trinke bloß einen Cocktail, ich mag es nicht, betrunken zu sein",* stimmte Diana zu. Sie wollte außerdem keine Blamage, Jonas war ja auch da, nüchtern – bis jetzt. Daran würde sich nicht viel ändern. Sandra und Anna jedoch standen herum und lachten. Anna warf sich irgendetwas in den Mund, zumindest hatte es den Anschein, mitten auf der Tanzfläche. „Brave Freundin" hatte Mike sie genannt. Von wegen, das erste Mal feiern und dann schon Drogen? Was anderes konnte sie sich nicht gut vorstellen. Sie wusste nicht, was Anna da genommen hatte, aber gut schien es nicht zu sein, sie rannte auf der Stelle nach wenigen Minuten auf die Toilette zurück, aus der sie eben schon gekommen war. Allerdings achtete niemand besonders auf sie, bis auf den wartenden Mike. Die Musik wurde leiser. *„Jetzt wird getanzt, Dudes and Ladies!"* Ein wilder Dubstepmix schallte durch die ganze Halle, der aber schnell durch „Heart Attack" von Demi Lovato ersetzt wurde. Die kleine Halle erstrahlte im knalligen

Neonblau und roten Tönen, die sich flackernd abwechselten. Künstlicher, weißer Rauch strömte durch die Menschen und sie begannen, laut zu jubeln. Die vielleicht fünfzig, sechzig Menschen machten Krach wie hundertvierzig. Jetzt wollte Diana auch tanzen – nämlich mit Jonas. Ob er etwas dagegen hatte? *„Jonas, möchtest du viel-"* Wo war er denn jetzt schon wieder hin? Gerade hatte er noch neben ihr gestanden. Ebenso Kristina. Beide waren weg. *„Ob sie bei Anna sind?"* Diana blieb ruhig und zog an ihrem Cocktail. „Blue Lagoon". Der war gut. Aber dennoch, wo waren ihre Freunde abgeblieben? Am Ende der Halle stritten sich welche. In der Mitte waren Paare. Und sonst..Moment. Diana fokussierte sich auf die Menschen am Ende der Halle. Einer der Streithähne sah aus wie Kristina. Sonst hatte sie kein kleines, dickes Mädchen gesehen, auch wenn es vielleicht mies klang. Zumindest nicht in einem solch langen Kleid. Also lief sie hin. *„Leute?"* Es war zu laut, keiner konnte sie verstehen. Davon abgesehen, dass sich durch das kleine Wörtchen „Leute" jeder angesprochen fühlen konnte. Sie rief ein weiteres Mal nach ihnen. *„Leute!"* Wieder keine Antwort, also ging sie näher an die Szene heran. Die Person, die ihr am nächsten stand, war ihre beste Freundin Sandra. Sie tippte sie an, dieser fiel vor Schreck die Zigarre aus dem Mund, die sie schamlos mitten im Geschehen paffte. *„Was ist los?!"*, schrie Diana verwirrt. *„ICH KANN DICH NICHT HÖREN!"* Sandra brüllte lauthals zurück. *„WAS PASSIERT HIER GERADE?!"* Jetzt verstand Sandra es, nahm ihre Hand mit einem Ruck und zog sie in eine ruhigere Ecke, um es ihr zu erklären. Anscheinend war sie noch gar nicht so betrunken. Zumindest konnte sie noch normal reden. Wobei, sie vertrug ziemlich viel und war durch die ständigen Erlebnisse hier ziemlich abgehärtet. *„Also. Ich wollte nur mit Mike was trinken, plötzlich kommt Jonas an und will mit mir tanzen."* Oh Gott. Es war wie ein Schlag ins Gesicht, immer noch und wieder einmal, Diana tat es so weh, als sie diese Worte hören musste. Sie wollte Sandra aber nicht unterbrechen. *„Und dann hat er mich angemacht und gefragt. Ich wollte aber nicht einmal tanzen. Und dann kam Kristina und hat Jonas gesagt, dass sie das nicht will. Und ich habe mir auch gedacht, wenn ich schon tanzen muss, dann mit Kristina. Aber Jonas kam damit nicht klar. Guck mal, Kristina scheint gewonnen zu haben. Jonas geht zur Theke und Kristina kommt rüber!"* Einige Sekunden später stand diese auch vor Sandra und forderte diese nach einem leidenschaftlichen Kuss zum Tanz auf. Das Mädchen hingegen fühlte sich sofort wieder wie ein fünftes Rad am Wagen, so sehr sie die beiden auch mochte und wertschätzte. *„Diana? Mike und Anna tanzen auch schon. Wir sind dann auch mal weg, bis später!"* Anna schien es wieder gut zu gehen nach der Kotzerei. Theoretisch könnte sie ja jetzt mit Jonas tanzen. Aber nein, der stand an der Theke und kippte einen Cocktail in sich hinein. Eben noch hatte sie gesehen, dass er sich einen geholt hatte, da war ihr schon klar, dass ihre Vermutung mit dem nüchtern bleiben ganz anders enden würde. Aber das jetzt? Das musste wirklich nicht sein. Sie hatte nicht einmal Ahnung, der wievielte das

jetzt gewesen ist. Er war doch gar nicht der Typ dafür..
*„Oh Gott, hoffentlich hat Sandra ihm nicht zu sehr
wehgetan..",* dachte sie sich besorgt, *„wehe."* Aber
nach dem Tanz wollte sie nicht mehr fragen, dafür
machte sie sich schon zu viele Sorgen. Sondern einfach
nur vom Trinken abhalten. Aber nein..sie traute sich
dann doch nicht, an den Jungen heranzugehen.
Irgendwie hatte sie das Gefühl, dass er sie wegstoßen
würde und das würde sie beim besten Willen jetzt nicht
mehr verkraften. Wenn sie so darüber nachdachte, war
das eine ziemlich schlechte Idee. Stattdessen setzte sie
sich auf eine Bank und sah den anderen beim Tanzen
zu.

Eine Stunde später ungefähr – es fühlte sich an wie
zehn Minuten, zumindest für Diana, die wie im Kino
durchgängig auf das starrte, was vor ihr geschah,
während sie nicht im Geschehen mitwirkte – war
Folgendes passiert. Sandra war unfähig zu reden, Mike
und Anna hatten sich in eine dunkle Ecke
zurückgezogen, in der man sie kaum erkannte und
Jonas war nicht auffindbar. Außerdem hatte sie sich in
Gedanken notiert, wer alles da war. Keine besonderen
Leute, die auffielen, auch nur 3-4 Bekannte, zum
Glück. Sie wollte nicht, dass man sie hier alleine
hocken sah und sich das herumsprach, Diana Franklin,
die Einsame. Jeder, den sie hier sah, war jemand, der
von sonst wo kommen könnte. Nichts besonders
Auffälliges. Aber ein Mädchen war ihr aufgefallen. Sie
stach heraus. Folgendes Mädchen trug einen knappen,
engen, schwarzen Rock und ein schwarzes Top. Naja,

eher einen Stofffetzen. Bei dem Ausschnitt und der Länge, äh, Kürze? Sie stach nicht heraus, weil sie „besonders" war, nein, eher weil sie sehr schlampig herüberkam. Sie hatte ewig lange, hellblonde Haare. Diese gingen fast bis zum Boden. Wie konnte man sowas pflegen? Sie kam ja mit ihren mittellangen kaum klar. Aber..so wie sie gebaut war. Sie war dieses Idealbild, welches alle Blicke auf sie zog. Große Augen, die gefährlich glänzten. Sie jagten ihr ja beinahe Angst ein! Ihre Brüste standen, sie waren üppig und man sah sowieso die Hälfte von ihnen. Der Bauch war flach, aber leicht muskulös. Ihre Beine – unendlich lang. Der Hintern, der sich über ihnen befand, hatte ordentliches Sexappeal. Sie war sich außerdem sicher, dass nicht nur die Jungs, sondern auch Sandra an sie rangeschmissen hätte, wenn sie single wäre. Kristina nicht. Sie fand solche Mädchen nicht so toll, bevorzugte eher maskuline Versionen des eigenen Geschlechtes, was auch nachvollziehbar war für Diana. Das Mädchen stand mit ihrem Cocktail, bereits ordentlich betrunken, was deutlich erkennbar war, herum, bis zwei, drei Jungs zu ihr herüberkamen. Ob sie mit einem von denen zusammen war? Ja, wahrscheinlich mit dem mit den schwarzen Locken, denn sie küssten sich leidenschaftlich und es sah schon übertrieben aus. Wie ein vertrautes, etwas zu öffentlich wirkendes Paar. Oder? Nein.. mit den anderen beiden tat sie dasselbe. Sie konnte ihren Blick einfach nicht abwenden, zu merkwürdig und auch spannend fand sie diese Szene. Also war die doch nichts als ein Flittchen und sie ein kleines bisschen zu naiv. Und dann verschwand sie in der Männertoilette, während sie die beiden zog und der andere *„Feline! Du geiles Miststück!"* gröhlte. Feline. Okay. Komische Schlampe und vor allem ein komisch braver Name für so eine Schlampe. *„Der erste wird gevögelt, der zweite kriegt einen geblasen und der dritte darf sich was anderes aussuchen, wetten?"* So wollte sie um Gottes Willen nicht enden. Furchtbar war sie. Aber auch so furchtbar perfekt.. sie selber fand ihren gepiercten Bauch auch hübsch. Außerdem war sie ebenso schlank wie diese Feline. Und so hässlich fand sie sich nicht. Und wenn sie ihre Wangenpiercings bekommen würde – nämlich Ende Dezember, wie geplant – würde sie noch glücklicher sein. Wieso war sie dann so sauer auf diese komische...Hure? Sie verstand es selber nicht..Wo war eigentlich Kristina? Ach ja, die musste ja früh zuhause sein, ist wohl geflohen, ohne ihr Bescheid zu geben. Kein Wunder, sie hatte sich ja auch ordentlich abgeschottet.. Und die anderen? Wie ging es Anna, der kleinen, anderen Schlampe? Wieso war sie eigentlich so eifersüchtig auf alles und jeden? Konnte man das nicht irgendwie abstellen? Sie wusste es nicht, keinen Weg konnte sie nennen.

Jonas stand an der Bar und hatte sich so viele alkoholische Getränke in sich hineingekippt, dass er aufs Klo laufen musste, gerade noch rechtzeitig - und sich wenig später hemmungslos übergab. Er vertrug kaum etwas. Verdammt. Das mit Sandra war ihm definitiv zu sehr zu Kopf gestiegen, er wollte nur noch vergessen. Brachte nicht viel, nur Übelkeit. Gott, war ihm jetzt schlecht. Toll. Und dass plötzlich ein Mädchen mit drei Typen ins Klo getrampelt kam, machte es nicht besser. *„Hopp, Süßer. Kotz' mal schneller. Wir brauchen Platz."* Jonas wollte aufstehen, musste sich dann aber doch noch einmal übergeben und machte sich dann auf den Weg raus. Der Schweiß lief ihm an seiner Stirn entlang. Dieses komische Weib hatte sich, während er noch über dem Klo hing, ausgezogen. Und sie war verdammt heiß. Aber eine gottverdammte.. .er wollte es gar nicht erst an- oder aussprechen. Am Waschbecken spülte er sich den Mund aus und hing über dem Wasserhahn, um ordentlich Wasser in den Mund zu bekommen. Ob das so gesund war, wer weiß? Alkohol war auf jeden Fall nicht besser für seinen Körper. *„Nie wieder Alkohol"*, dachte er, *„dieses Weib hat mich mit ihren Blitzaugen angefunkelt. Weil ich so besoffen bin, sehe ich schon Blitze. Das muss aufhören!"* Jonas stand auf und öffnete die Tür des Klos. Die Party lief immer noch, der Club machte auch erst früh morgens seine Türen zu. Er wollte gerade zu Diana gehen und genervt erzählen, was er gesehen hatte, wie schlampig dieses Mädchen rübergekommen war und dass er hoffte, sie würde nie so werden, als ihm plötzlich Anna entgegenkam. *„Joannasss? Du geile Suauauauau."* Ihre Augen waren unterlaufen und sie stolperte herum, da sie den Orientierungssinn verloren hatte. Wahrscheinlich lag es an den komischen Pillen, die sie ein paar Stunden vorher zu sich genommen hatte. Die Zeit rannte vor sich hin, doch Spaß hatte er eher weniger in dieser. Er war selber schon etwas mehr bei Sinnen, aber noch nicht so, dass er nicht auf sie hineinfiel. Er sah nicht Anna. Er sah Sandra. Obwohl sie komplett unterschiedlich waren. Aber weil das Licht so dunkel war und er so zu, war es ihm egal.

„Jaaahh?", lallte er und ergriff das Mädchen in seinem Rausch. *„Daarf ich dieech küssen?"* Anna fiel hin und versuchte aufzustehen, aber es klappte nicht. Gut, dass Jonas schon ein wenig nachdachte und ein *„Nein, später"*, lallte. *„Aber waruuum?"* Ihre verzerrte, unschöne Stimme klang grausam, als sie Jonas' Beine ergriff und sich an ihnen sowie seinem Hintern hochzog und zwischen seine Beine griff. Er sprang zurück, kippte aber selber fast dabei um. Und dann kam das nächste Mädchen – dieses Mal die echte Sandra. Auch komplett betrunken, aber ohne Droge im Blut. Jedoch schien sie so dicht zu sein, dass sie nicht mehr klarsehen und Leute unterscheiden konnte.

„Kristinaahh?" Sie packte Jonas an den Brustkorb, während sie dachte, dass es die Brüste ihrer Freundin waren. Feierlich war das Ganze nicht. Nun erkannte Jonas jedoch, dass das die echte Sandra war, die ihn gerade küssen und mehr wollte. Er schüttelte Anna ab, klatschte sie auf den Boden und nahm Sandras Hand. Er musste sich nicht einmal ansatzweise wie ihre Freundin verhalten, Sandra hielt ihn für sie, ihr Gehirn schien wie abgestorben zu sein. Sie begannen, sich dem anderen auf der Tanzfläche hinzugeben. Plötzlich lief Diana zu ihnen hinüber.

Diana dachte, sie konnte nicht mehr richtig sehen. Vorher hatte sie Jonas überall gesucht und nun – er war auffindbar, aber sie konnte sehen, dass Anna und Sandra an ihm hingen und versuchten, etwas mit ihm anzufangen. Verdammter Mist, warum ließ er es zu? Er schien mindestens genauso betrunken zu sein. Als er Anna auf den Boden geschlagen hatte, war sie zufrieden gewesen. Aber Sandra – die hatte er anscheinend sogar erkannt! Ihre beste Freundin und ihr bester Freund im Rausch...nein! Das Mädchen begann, hemmungslos zu weinen und rannte auf der Stelle zu ihnen, während sie beinahe über das lange Kleid, das sie trug, stolperte. Kurzerhand schleuderte sie die beiden auseinander – beziehungsweise versuchte es. *„Was tust du!"*, brüllte Sandra, *„Finger weg von uns, du Sau!" - „Es ist nicht Kristina!",* heulte sie wütend, in der Hoffnung, dass man sie hören konnte unter der lauten Musik, *„lass gefälligst die Finger von Jonas!" - „Wat für Jonas, eh. Komm Kristina, wir gehen."* Schluchzend musste sie zusehen, wie Jonas ihre beste Freundin packte und sie leidenschaftlich anfingen, vor ihren Augen herumzumachen. Er grabbelte sogar unter ihrem Shirt herum. Was sollte das? Das hielt sie nicht aus. Außerdem..in einer halben Stunde musste Diana sowieso zuhause sein..wie Mike. Der hatte sich betrunken und ist dann einfach heimgegangen, ohne ein Wort zu sagen, Diana hatte ihn jedoch gesehen und gewunken. Mike war aber zu betrunken, um überhaupt zurückzuwinken. Aber er schien sie gesehen zu haben, denn er hatte gelächelt. Zumindest sah das so aus. Oder hatte sie sich das nur eingebildet? Hoffentlich war er sicher jetzt, nicht, dass er unter ein Auto gekommen war in diesem Zustand..

Keine Ahnung, aber sie wollte sich das ebenfalls nicht mehr antun, also machte sie sich auf den Weg heraus. *„Alleine hier?"* Ein schmieriger Kerl stand vor dem Gebäude und wollte sie anfassen. Diana rannte einfach weiter, mit mehr wollte sie sich nicht mehr konfrontieren müssen. *„Scheiß Abend!"*, heulte sie ununterbrochen, während sie schnellstens die Straße herunterrannte, *„Jonas hat nur Mist gemacht! Ich gehe nie wieder mit denen feiern, so etwas tue ich mir nicht noch einmal an!"* Es tat zu sehr weh. Sie liebte Jonas. Und das schon sehr und lange. Und der Spinner liebte ihre beste Freundin. *„Ein Glück, dass sie vergeben und lesbisch ist"*, brummte sie, etwas beruhigt, als sie das Gartentor öffnete. Dann wanderte ihr Gedanke zurück zu Mike. War sie nicht genauso beschissen wie er? Er hatte seine Freundin allein im Club zurückgelassen.

125 Nachrichten in 2 Chats. Jonas wachte am Sonntagmorgen auf und wusste nicht einmal, wo er war und was am gestrigen Abend vorgefallen war. Alles, was er spürte war sein Handy neben ihm, da es ihm ziemlich in die Seite drückte. Unschön. Er klickte auf die Taste mit dem WhatsApp Symbol und guckte, von wem die Chats waren. Eine Nachricht von seinem Vater, wo er denn wäre, weil Jacky sich Sorgen machte. Wo war er? Er wusste es doch selber nicht. Es war ein Zimmer, ein Ort, an dem er selber noch nie gewesen war. Mittelgroß, ziemlich kalt eingerichtet, wenige Möbel. Bis auf einen Sessel sah er aus seiner Position nichts. Er lag in einem fremden, großen Bett, gedreht auf die linke Seite. Jonas starrte die Wand an. Große

Poster. Auf dem Regal, auf das er blicken konnte, standen zwei Pokale und ein Gruppenfoto, wobei drei Leute auf einem Siegespodest waren und elf, zwölf, dreizehn Leute um diese herumstanden. Im Hintergrund stand sogar seine Schwester Lena! Er musste bei einer Person sein, die etwas mit Schwimmverein zu tun hatte- also auch mit seiner Schwester oder beiden. Aber wie? Er konnte sich anhand des Zimmers kein Bild machen, also wollte er hinterher nachsehen. Der Junge hätte sich theoretisch auch umdrehen können, um zu sehen, wer da neben ihm schlief, aber nein, er hatte sowieso einen Filmriss und konnte sich an eigentlich nichts mehr erinnern. Das einzige, dass er noch wusste, war, dass er sich im Klo übergeben hatte. Mehr nicht. Okay, ablenken war angesagt, wie es sonst auch immer üblich war. Er wollte das meiste, das um ihn herum geschah, nicht mehr wirklich wahrnehmen. So sah er sich die anderen Nachrichten an – es war die WhatsApp Gruppe wie sonst auch. Und nach bereits kurzem Lesen bekam er automatisch Gänsehaut.

Diana: *„Sorry, die Party war mies. Erstes und letztes Mal. Ich habe euch echt gern, Leute, aber dieses Mal habt ihr gewaltig übertrieben...“*
Mike: *„Was ist denn noch passiert? Ich weiß von nichts.“*
Kristina: *„Ich bin um halb 10 gegangen, habe auch keine Ahnung, was denn noch passiert ist. Als ich noch da war, ging es ja noch!“*
Weitere Nachrichten. Es ging um Betrunkenheit und

Drogen, aber einige weiter unten ließen ihn erstarren. Regelrecht einfrieren. Er zuckte zusammen.

Diana: *„Und dann haben Sandra und Jonas rumgemacht. Und sie war so betrunken, dass sie ihn für dich gehalten hat, Kristina! Sorry Sandra, sorry Jonas, aber ist das nicht irgendwie, was beide Seiten angeht, unmöglich. Ich weiß nicht, was noch passiert ist danach. Habe ja dann auch die Flucht ergriffen..“*

Kristina: *„WAS?! Sandra und...Jonas?! Ich zähle es aber nicht als Fremdgehen.. wenn es wirklich so sein sollte...*

Anna: *„Ich weiß auch nicht mehr viel, aber nach einer halben Stunde Herummacherei hat Sandra sich und ihm noch einen Drink gegönnt und ist dann mit ihr rausgewandert. Da war ich schon wieder bei einigermaßen klarem Verstand..Gott, ich bereue das so. Und ich weiß ebenfalls, was ich getan habe. Sorry, Jonas.. aber wieso ist das kein Fremdgehen?“*

Diana: *„Schreib ihm und ihr privat“*

Anna: *„Nee, lass' mal, oki?“*

Diana: *„Übertreibt nicht noch einmal so, ja..“*

Mike: *„Ich trinke und gehe dann. Ich richte keinen Schaden an!“*

Diana: *„Ich rede ja nicht von sowas. Ich rede von Leuten, die so viel nehmen oder trinken, dass sie sich nicht mehr kontrollieren können. (...)“*

Jonas war erschrocken. Und nun fielen ihm ein paar Details wieder ein. Hatte er nicht mit dem Mädchen (der Lesbe) seiner Träume rumgeknutscht? Als sie betrunken waren..und es war nicht gerade kurz. Ja, dann waren sie gemeinsam herausgelaufen, aber Jonas wusste nicht, wohin. Er konnte sich bloß an eine Busfahrt erinnern. Also..war er bei Sandra oder wo? Es war realistisch. Und ist noch mehr gelaufen? Er wusste es nicht, hier machte sein Gedächtnis einen Schlussstrich. Der Junge drehte sich zur anderen Seite. Und siehe da – leicht abgedeckt lag dort Sandra. In der Partyhose, aber nur im BH. Sogar Socken hatte sie an. Da fiel Jonas ebenso auf, dass er noch die Sachen vom Vorabend trug. Sandras kurzen Haare schienen im Gegensatz zu seinen sogar noch gut auszusehen..er musste sie wecken. Jetzt. Unbedingt.

„Sandra! Sandra! Mädchen, wach' doch auf!" Er schüttelte sie, sie jedoch vergrub gähnend ihr Gesicht im Kissen. *„Krissy. Du weißt doch, dass ich nach einer Party meinen Schlaf brauche."* Sie stöhnte auf und war einen Moment später wieder fast weg – Jonas seufzte und zog wieder an ihr. *„Sandra! Versteh' es! Ich bin nicht Kristina, ich bin Jonas! Und gestern Abend ist ziemlich viel passiert und irgendwie müssen wir es erklären können..VERDAMMT!"* Sandra drehte sich zu ihm um. *„Was?"* Schläfrig drehte sie sich zurück.

„MÄDCHEN! WIR HABEN ÜBEL RUMGEMACHT GESTERN NACHT UND DU HAST MICH FÜR KRISTINA GEHALTEN UND ICH WAR ZU DICHT UM DAMIT AUFZUHÖREN!" Und da schreckte sie endlich hoch.

„W-wirklich, Jonas?", stotterte sie. *„Und ja, du hast nicht Krissy heimgeschleppt, sondern mich. Ich wusste ja echt nicht einmal, wo ich war.."* - *„Und jetzt kann*

ich mich erinnern. Aber nur daran, dass ich irgendwann für alles das Gefühl verlor und auf einmal traurig wurde. Dann habe ich 'Kristina' und mir noch Alkohol gekauft und dann sind wir heimgefahren. Sie, also du, ist auf mein Bett gefallen und eingeschlafen. Ich konnte geradeso noch mein Oberteil und die Latzträger abbekommen.." Sie saß beschämt da. *"Aber Krissy erfährt es nicht. Oder?"* - *"Doch, sie weiß es..Diana war nüchtern, hat alles gesehen und macht nun Stress.."* Das Mädchen setzte sich erschrocken auf. *"Aber Jonas..wie..nein!"* - *"Es steht in der verdammten Gruppe, es ist zu viel passiert"*, meinte Jonas, bereits leicht genervt. Er wusste nicht, wie er sich fühlen sollte. Er hatte sich betrunken, weil Sandra nicht mit ihm tanzen wollte und nun – nein. Sie hatten dennoch rumgemacht. Es hatte ihn gefreut, aber erstens hatte er in seiner Trunkenheit kaum etwas davon mitbekommen und zweitens würde es jetzt sicherlich Stress geben. Weil jemand namens Diana nicht still bleiben konnte. Das hatte er nicht geplant..der Abend war komisch. Und nicht so schön wie erwartet, nein, gar nicht. Er sah einige Szenen vor Augen. Den Anfang, die ersten Shots und Cocktails und seinen kleinen Absturz auf dem Männerklo. Da war dieses Mädchen, das mit wer weiß wie vielen Typen herumgemacht hatte. Eine wahre Hure. Er hatte im Rausch sogar Blitze aus ihren Augen schießen sehen, lag bestimmt daran, dass er eigentlich nie Alkohol trank und das seine erste Trunkenheit gewesen ist, bei der es dann zu dieser Halluzination kam. Also nichts Dramatisches eigentlich, oder? Aber trotzdem. Wie hieß sie gleich nochmal? F... - ach, verflixt, am gestrigen Abend wusste er es doch noch, aber der kleine Filmriss hatte den Namen ausgelöscht. Als er Sandra fragte, wusste sie ihn ebenfalls nicht. *„Dieses komische Weib da mit den wenigen, schwarzen Stofffetzen am Leibe? Igitt, ich hasse solche. Ekelhaft einfach. Ich hoffe mal, die müssen wir nie wiedersehen. Und in diesen Club möchte ich auch nicht mehr. Und es ist besser, wenn wir alleine gehen. Mike trinkt und geht. Und wenn kein anderer da ist, den ich kenne, dann kommt es wahrscheinlich auch nicht zu solchen Vorfällen wie dem von uns.."* Sie schüttelte sich. *„Lass' uns gleich Frühstück machen, ich bin nur eben kurz auf WhatsApp unterwegs..hm..Gruppe, deine kleine Schwester Jacky"* - sie sah ihn an - *„und ein paar von Schatz.."* Jonas antwortete auf der Stelle. *„Jacky hat sich Sorgen gemacht, da ich nicht heimgekommen bin. Wir wollten noch etwas gemeinsam machen. Aber nein..ich habe sie enttäuscht."* - *„Dann gehe ich mal in die Küche"* - Sandra warf sich ein Shirt von Sierra Kidd über den halbnackten Oberkörper - *„und die Nachrichten sehe ich mir später an. Bis gleich, Jonas."* Es schein ihr ziemlich egal zu sein, was er ihr erzählen wollte. Ihr Handy fiel neben Jonas aufs Bett, als sie aufstand und noch die Hose von gestern auszog und in Boxershorts das Zimmer verließ. Wenn er neugierig war, wollte er schon wissen, was sie mit Kristina oder Sandra schrieb. Er wollte das Handy mit Streichen entsperren, aber nein..sie musste ja einen Code haben..aber so schwer konnte es doch wohl nicht sein. Das Datum von ihr und Kristina? Nein. Krissys Geburtsdatum? Ebenfalls nicht. Was für ein Mist. Es waren sechs Ziffern..also doch irgendetwas kompliziertes? „123456" tippte er ein. Nein, natürlich nicht, so dumm konnte sie nicht sein. Er tippte auf der 1-Taste herum, da er frustriert war und die Hoffnung aufgab, als das Handy sich auf einmal entsperrte. *„Sehr kreativ, Sandra..",* dachte er sich und klickte auf den Chat mit Kristina. Und drei Nachrichten kamen ihm entgegen. Die erste war von 10:02 Uhr. *„Guten Morgen, Schatz! Ich hoffe, du hast nicht zu wild gefeiert und bist okay.."* Die nächste kam ungefähr eine halbe Stunde später. *„Sag mal, stimmt das, dass du mit Jonas..ich meine..Diana ist doch nur eifersüchtig und labert, oder?"* Die letzte war ein langer Text, der Junge musste schlucken, so sehr er Sandra auch liebte, er durfte nicht ihr Glück zerstören, wollte nur das Beste für sie und hatte ein sehr schlechtes Gewissen beim Lesen des folgenden Textes. *„Baby. Sanny. Also..es stimmt also wirklich. Und ich bin dir ja auch nicht böse, weil es ein Junge ist und kein Drecksweib, außerdem habt ihr nur geküsst und nicht mehr. Und das Feiern verbieten will ich dir mit Sicherheit auch nicht, so eine, die anderen ihre Freiheiten nimmt, nur weil sie selbst fast keine hat, bin ich definitiv nicht. Aber bitte, versprich mir..bleib bei mir. Und trink nicht ganz so viel. Und pass doch auf dich auf. Wer weiß, wen du da noch mitgenommen hättest im Rausch. Und dieses Fremdgehen, auch wenn es kein Wirkliches ist, tut weh. Ich habe dir vertraut, du hast mich hintergangen. Aber ich liebe dich, gebe dir die zweite Chance..."* Wie sehr sie sich sorgte. Er wollte für sie antworten, aber wenn es Sandra auffiel.. nein, konnte er nicht tun.

Stattdessen suchte er den Chat mit Diana. Anders als erwartet stand der etwas weiter unten in der Liste. „Diana" hieß sie, schlichtweg mit einem kleinen Katzenemoji, wie liebenswert. Diana hatte sie mit einem Herz eingespeichert. Aber Emojis waren auch nicht das Wichtigste im Leben. Die Nachrichten, die sie schrieben, waren gar nicht so interessant. Obwohl..eine lange von seiner besten Freundin an seinen Schwarm. *„Und er läuft dir immer noch hinterher. Ich meine, er steht auf dich, das hat er zugegeben.."* - Moment, Sandra wusste es? Oder um wen sollte es sonst gehen? Scheiße. Die Nachricht war noch sehr lang, er war fast fertig, als die Türe aufging, Sandra mit einem Tablett voller Essen im Zimmer erschien und er schnell das Handy wieder gesperrt zurücklegte, gerade noch rechtzeitig. Den letzten Satz hatte er nur halb gelesen: *„Würde mir viel bedeuten, wenn wir ihn dann endlich mal aufklären, denn ich bin..."* Was sie war und mit wem es zu tun hatte, das konnte er nicht sehen, Mensch. *„Ich habe Frühstück für uns!"* Sie legte sich neben ihn und schmiegte sich sogar ganz leicht an ihn heran, während sie Kristina antwortete. Jonas rechtfertigte sich währenddessen in der Gruppe. Wenig später, als er auf einem Brötchen mit Ei kaute, wie üblich in der Schule auch, bekam er eine Nachricht von Kristina, die ihr Profilbild mit Sandra in eine graue Landschaft geändert hatte. *„Warum hast du das zugelassen!"*, stand dort mit zwei weinenden Emojis versehen. Warum er es zugelassen hatte.. weil er betrunken war? Außerdem hatte Sandra angefangen, wieso schob ihre Freundin denn jetzt die Schuld auf ihn? Er wusste es nicht, leider. *„Habe die Texte an deine Freundin gelesen, antworte später"*, schrieb er ihr zurück und widmete sich weiterhin dem Essen seines Brötchens. Sollte Krissy es ruhig wissen. Wenn er ehrlich war, kam Sandra ihm durch die Geschehnisse immer unsympathischer rüber, aber leider Gottes waren immer noch Gefühle da, wenn auch weniger...er würde es aber auf gar keinen Fall vor Diana zugeben, er wollte nicht, dass sie ihn überzeugt hatte, also dass sie sozusagen gewonnen hatte. Außerdem waren die Gefühle noch nicht komplett weg, also konnte Diana sowieso ihren Glauben behalten, was seine Gefühle zu ihrer Freundin anging. Nur dass sie ihn verraten hatte, fand er doof. Und was war der letzte Satz?...

„Ich muss los, die anderen machen sich schon Sorgen", sagte er hastig, nachdem er dem Mädchen noch beim Abräumen geholfen hatte. *„Okay, tschüss!"* Sie öffnete emotionslos die Tür und war eine Sekunde später schon wieder verschwunden. Ihm fiel auf, dass er nicht wusste, wie er heimkommen sollte, er hatte nicht gefragt und wo er war, wusste er auch nicht. Auf jeden Fall ein Mehrfamilienhaus im..ersten Stock. Und direkt vor der Tür befand sich eine Bushaltestelle. Jonas sah auf den Plan – er war gar nicht so weit von daheim entfernt, sechs Stationen mit dem Bus. Er könnte ja eigentlich zu Fuß gehen, aber da fuhr der Bus schon an und er hatte keine Lust, wenn er ohnehin schon so praktisch und viel schneller heimkommen konnte. So stieg er lustlos ein, fühlte sich einfach nur miserabel nach den ganzen Erkenntnissen. *„Die Fahrkarte, bitte!"*

4. Kapitel

Einige Wochen später war es schon Ende November. Viel war in der Zeit jedoch nicht passiert. Sandra und Kristina waren immer noch ein Paar, Jonas lästerte bei allen über die Partyschlampe und Kristina hatte viel Kontakt zu Jonas. Und sie hatten es geklärt, mit einer sehr langen Unterhaltung, wobei der Junge noch viel erfahren hatte. Sandra war bereits einmal, aber mit einem Mädchen fremdgegangen, wurde von ihrer strengen Mutter für ihr Verhalten sehr gehasst und war manchmal sogar gemein zu ihr, was Jonas unmöglich fand. Aber Kristina war so in sie verliebt, dass sie sie, egal was sie auch tat oder andere von ihr hielten, bei sich haben und lieben wollte. Und sie war sich bewusst, dass Sandra die Fehler gemacht hatte – Jonas war gar fast unschuldig. Aber Diana hatte von dem Drama nur wenig mitbekommen und auch der 27. November war ein komplett normaler Tag für sie. Der Wecker klingelte auch wie gewohnt. Sie wusste nicht, dass dieser Tag ein kleines bisschen anders sein würde als die normalen Schultage. Also, eigentlich nicht für sie. Aber für ihren besten Freund.. *„Diana, beeil dich mal! Du kommst zu spät!"* Ihre Tante schrie in ihr Zimmer hoch, in einem Ton, den man nicht in Worte fassen konnte. Niemals sollte man bei so einer Geschichte anders handeln als sich mehr zu beeilen, Bettina wurde ansonsten echt zu einer Furie.

„Jajaaa!" Viel musste sie sowieso nicht mehr machen, Doc Martens an und den Lippenstift nachziehen. Die Reflexion des Spiegels war ganz okay, eine Strumpfhose mit kleinen, aufgedruckten Kätzchen, ein violetter Rock und ein flauschiger, dicker Pulli in Grau. Und heute hatte sie ihre Brille an. Wieso auch nicht? Auch heute würde sie wieder mit Jonas zur Schule gehen. Jonas. Er hatte mit Sandra herumgemacht...sie musste es vergessen. Und es schien sich nichts verändert zu haben! Warum konnte er nicht einfach irgendwie seine Gefühle zu ihr ablegen.. und sich in sie verlieben. Wie oft sie einfach diesen Gedanken hatte, naja, es war ihr einziger Wunsch.. und wenn man nur einen Wunsch hatte auf dieser Welt, natürlich hielt man daran fest. Als sie das Haus verlassen wollte, kam ihr Vater auf sie zu. *„Du musst noch Lucy füttern, vergiss' das nicht!"* Das hatte sie jedoch bereits getan, so drückte sie ihm einen Kuss auf die Wange und stellte sich in den Garten, von dem sie Jonas bereits sah. Als sie die Straße entlanggingen, beschwerte er sich die ganze Zeit, dass sie heute länger Unterricht hätten als sonst, einfach, weil ein Fest für die Unterstufe stattfinden solle – und die Oberstufler waren die Personen, die es planen und aufbauen mussten. Seine kleinen Schwestern hatten ihn außerdem darum gebeten, auch wenn er krankmachen wollte. *„Ich kann dir doch helfen, dann geht das schneller"*, sie lächelte, *„was musst du denn überhaupt tun?"* Jonas erwiderte ihr, dass er einkaufen musste für den Cocktailstand und dass dieser auch eine Flagge hatte, auf dem die Getränke sowie die Preise draufstanden. *„Das Malen*

kann ich ja übernehmen", grinste Diana zufrieden. Sie hatte Spaß an solchen Aktivitäten und dabei auch noch etwas mit Jonas zusammen machen – nichts lieber als das! *„Aber ich muss jetzt auch los, wir haben den Frotter in der ersten Stunde – du weißt ja, ich hab immer Stress mit dem. Bis später! Treffen wir uns am Tor?"* An ihrer Schule rannte Diana dann los, immerhin wollte sie nicht noch mehr Ärger bei ihrem Hasslehrer ergattern.. dann müsste sie nämlich nachsitzen und wenn sie das tun müsste, dann könnte sie Jonas nicht helfen und und und...das Mädchen öffnete das Tor und ging durch die Fahrradständer hindurch auf den Schulhof.

Die Unterrichtsstunden gingen eigentlich ganz schnell vorbei. Heute musste er mit Sandra ein Projekt präsentieren, was eigentlich ganz okay war, weil er nur aufgeregt zu sein schien, wenn diese im Publikum saß – mit ihr eine Präsentation zu machen – es verlief nahezu reibungslos. Die restlichen Stunden verbrachte Jonas mit Zeichnen oder mit kläglichen Versuchen, seiner Flamme doch irgendwie näher zu kommen. Die Erzählungen hatten ihn zwar abgeschreckt, aber nicht so, dass er es ganz lassen konnte. Aber es gelang ihm nicht. Nach der zweiten Pause, zum Beginn der fünften Stunde hatte er schon gar keine Lust mehr. Sport. Nein, heute wollte er nicht, er hatte nicht einmal Lust auf das Basketballspielen – er war genervt und wusste nicht einmal wieso. Es schien, als hätte er Vorahnungen gehabt, denn was daraufhin geschah, machte seine Laune nicht gerade besser.

„*Wählen wir?*", rief er Mike zu, der noch in der Umkleidekabine stand und sich die Schuhe zuband, als er schon heruntergehen wollte. „*Klar! Meine Mannschaft wird dich so abziehen!*" Er sprang auf und haute Jonas auf die linke Schulter. „*Als ob!*" Er lachte und lief die Treppe nach unten, sie waren die letzten und verhielten sich nahezu wie Sechstklässler, wie die Jungen in der Klasse von Jonas' kleinen Schwestern, aber das war ihnen in diesem Moment egal. Und der kurze Rausch an guter Laune sollte leider nicht lange anhalten. Kaum hatten sie die Tür geöffnet, sah Jonas in die Menge – und erstarrte.

Der Kurs stand in einem kleinen Kreis in der Halle herum, naja, inzwischen hatten sich alle gesetzt. Bis auf den Lehrer und einem Mädchen. Jonas konnte es nur von hinten sehen. Es war groß, sehr groß für eine Person des weiblichen Geschlechtes und die langen, blonden Haare waren in einen Zopf gebunden, der dennoch beinahe an den Kniekehlen hing. Sie trug eine knappe, schwarze Stoffsporthose sowie ein Oberteil, ganz in Schwarz. In der Hand hielt sie eine blassrosa Handtasche mit einer kleinen Schleife. „*Das ist Feline!*" Sie drehte sich um. „*Ich bin hierhergezogen, es war eine sehr lange Reise.*" Ihre Stimme war sehr leise. Sie erinnerte ihn irgendwie an Kristinas, aber sie war schon ein wenig anders. Rauer. Unangenehmer. Aber irgendwie verführerisch? Er kannte sie, konnte es aber nicht sagen. Er wusste nicht, woher er sie kannte. Alle machten ganz normal ihre Übungen weiter, kaum hatte sie den Satz beendet, Jonas aber stand dort immer noch wie angewurzelt auf der Stelle und starrte sie an. Sie bewegte sich jedoch auch nicht, blickte ihn ebenso an. Mit den smaragdgrünen Augen. Es war Feline. Die Schlampe, die auf der Feier mehrere Jungs gleichzeitig an sich herangelassen hatte. Und plötzlich, mitten im Schuljahr erschien sie hier – in seiner Stufe und auch noch in demselben Kurs. *„Ihr könnt euch gerne wieder bewegen",* lachte ihr Lehrer, *„ich weiß, neue Leute sind immer spannend!" „Die ist für mich nicht neu",* dachte sich Jonas bitter. *„Und fangt an zu wählen. Feline, tu die Tasche bitte zu den Wertsachen."* - *„Jonas, wir wollten doch wählen! Jonas? Jonas!"* Der Junge hörte seinen besten Freund von hinten rufen, aber er konnte ihm nicht zuhören oder gar auf seinen Befehl horchen, er war wie betäubt von der Situation. Warum? *„Nein, tut mir leid, ich möchte sie lieber in den Spind tun, also gehe ich noch einmal hoch."* Die sanfte Stimme schien auch den Sportlehrer zu beeinflussen, denn er gab sofort nach. *„Dann geh' schnell, ja."* - *„Dann wählt halt Pascal mit mir!"* Mikes enttäuschte Stimme drang zu Jonas hinüber, doch dem wurde es immer mehr egal. Er stand da und starrte Feline hinterher. Realisieren konnte er es immer noch nicht, erst, als jemand ihm einen Basketball an den Kopf warf, konnte er sich bewegen und machte dann doch mit. *„Mist, was für ein Kackteam!",* fluchte er, als er auf Pascals Seite gehen musste. Feline. *Die* Feline. Das konnte ja heiter werden...

„Und das läuft darauf hinaus, dass die Wissenschaften

des..." Diana schlief fast ein. *„...dass die Wissenschaften des Albert.."* Es klingelte, die Klasse sprang auf, die Lehrerin wollte gerade schimpfen, dass nicht die Klingel beenden würde, sondern ganz alleine sie, aber Diana konnte sie nicht mehr hören, weil sie aufgesprungen und aus dem Gebäude gelaufen war. *„Wozu gibt es einen Gong, wenn die Lehrer das machen",* dachte sie sich. Okay, jetzt hieß es eine halbe Stunde warten. Jonas' letzte Stunden waren Sport und da dauerte es mit dem Duschen und fertigmachen ebenso lang wie bei ihr. Und er duschte immer nach dem Sport, wenn er danach frei hatte, wie auch heute. Also stand sie am Tor und überlegte sich, wie sie aussah. Es war sehr windig, sollte sie sich einen Zopf machen? Nein. Lieber nicht. Die leichten Wellen würden dann verschwinden und sie mochte ihre Haare so. Auch, wenn sie komplett verwuschelt waren durch den kalten, heftigen Novemberwind. Musik an, dann würde das mit dem Warten schneller gehen. Ob er doch nicht geduscht hatte, sondern sofort in die Aula gegangen war? Er hatte ja keinen Unterricht, aber musste beim Planen helfen. *„I need you, right here, by my side.."* Die lieblichen Klänge des Papa Roach – Liedes ließen Diana in Träumen versinken. Sie schloss gerade dazu ihre Augen, als sie von hinten angetippt wurde. Erschrocken fuhr sie hoch – und blickte in Jonas' wuschelige Haarmatte. *„Jonas! Erschreck' mich doch nicht so!"* Sie fiel in seine Arme, verliebt strahlend. *„Alles gut."* Er legte seinen Kopf auf ihrem ab. *„Du riechst gut."* Diana roch den typischen Geruch ihres Schwarms, ein gutes Parfum, sie wusste nicht

welches, aber es machte sie nahezu verrückt. *„Ja, hab'*
ja auch geduscht!" Diana wollte nicht, dass die
Umarmung ein Ende nahm, jedoch kam es eine halbe
Minute später dazu. Und dann passierte etwas, worüber
sich das Mädchen dann sehr freute.

Sie sah ihn mit einem gespielten Hundeblick an, er
fragte, warum – sie sagte, sie wolle knuddeln. Jonas
strich ihr über den Kopf und drückte ihr einen kleinen
Kuss auf die Wange. *„Als Entschädigung"*, weil sie
losmussten, hatte er ihr verlegen erklärt. Diana wollte
loskreischen vor Freude, aber sie konnte es bloß
innerlich – Öffentlichkeit, Jonas' Schule und Jonas
stand auch noch direkt neben ihr. Nein, das war schier
unmöglich. Also wurde sie nur rot, wovon aber nicht
einmal sie, geschweige denn Jonas, etwas mitbekam.

„Ist bei dir etwas Relevantes passiert? Bei uns nämlich
nichts. Goethe rezitieren und Theorien von
irgendwelchen Physikern..nein. Und Kristina war auch
nicht da." Kaum, dass Diana ihren Satz beendet hatte,
brach Jonas mit seinem Schockmoment hervor. Er
erzählte angespannt und aufgeregt jedes einzelne Detail
von dem Beginn der Sportstunde. *„Und sie hat ihre*
eklige Tasche immer in der Hand gehabt. Selbst oben
wollte sie die nicht aus ihren Augen lassen, was ist
denn so toll daran? Wow, alle haben sich die Augen
kaputt geglotzt. Ich will ja nicht abstreiten, dass sie gut
aussieht, aber.." Jonas öffnete die Tür zur Aula.
„Musst du nicht noch einkaufen?" Diana sah ihn
fragend an. *„Quatsch! Mike hatte eine Freistunde,*
dann hat er das gemacht. Mit Anna, der Ekeligen. Die
hat dafür Geschichte geschwänzt, naja, hätte ich auch

getan bei ihrem Lehrer.. " Der Junge nahm die Kiste mit den Einkäufen. *„Ich helfe dem Abijahrgang beim Aufbauen des Standes. Machst du in der Zeit die Flagge? Mit..hmm..Sandra oder so?"* Diana nickte. Mist! Sie konnte nicht mit ihm Arbeit verrichten. Immerhin arbeitete er nicht mit ihrer Besten. Ob seine Gefühle endlich doch mal zurückgingen? Es gab nichts, was sie sich im Augenblick mehr wünschte. Nun ja, die Flagge sollte bunt werden, oder? Regenbogenfarben, in verschiedenen Pastelltönen oder doch eher etwas Blaues? Darüber würde sie mit Sandra diskutieren müssen, sie hatte da viel mehr Einfluss, da sie selbst auf Jonas' Schule ging. Gut, das würde schon klappen. Irgendwie.

Jonas war immer noch verwirrt, was Feline anbetraf. Jetzt wusste er den Namen, den er im Rausch vergessen hatte, auch wieder. Was er aber komisch fand – kaum, dass sie ihn angefunkelt hatte – Quatsch, angesehen hatte, spürte er ein komisches Wohlbefinden. Er musste immer an sie denken, warum auch immer. Sandra war gar nicht mehr so relevant. Ja, vielleicht auch, weil sie Gefühle seit Wochen immer mehr zurückgingen, aber Feline war eine verdammte Hure. Und was er noch komischer fand: Er hatte das Funkeln, die Blitze wieder gesehen. Und heute war er definitiv nüchtern. *„Ach, Jonas, du bist noch so traumatisiert von der, dass du halluzinierst.."* Er widmete sich der Arbeit am Stand. *„Jonas?"* Auf einmal stand das Blondchen vor ihm, mit der kleinen Tasche. *„Wenn man vom Teufel spricht..",* dachte er entnervt und schockiert zugleich.

87

„Was möchtest du denn?" Er versuchte, freundlich zu ihr zu sein was wider Erwartens gut klappte. *„Kannst du mir bitte die Spriteflasche geben?"* Sie lächelte verführerisch. *„Auf diese Masche falle ich nicht rein"*, dachte der Junge sich, *„ich bin nicht so einer wie die anderen. So notgeil bin ich jetzt auch wieder nicht."* - *„Ach ja?"* Plötzlich stand da Sandra, als hätte sie seine Gedanken lesen, was er zunächst fast schon panisch vermutete, aber nein. Das „ach ja?" war an einen anderen gerichtet, der gesagt hatte, dass er das früher immer mal tun wollte – für lästige Kinder Stände aufbauen. Himmel, dieser Tag war verwirrend.

„Jonas, wer ist das blonde Mädchen, das mit dir auf der Party war?" Das..blonde..Mädchen? Jonas konnte sich an nichts mehr erinnern, als Lena vor seinem Bett stand und am Tag nach der Feier, der zum Glück ein Samstag war, aufwachte. *„Was meinst du?"* Er war verwirrt. *„Nicht so laut, Jacky schläft noch. Also, als du mit uns auf der Unterstufenfete warst, die eigentlich ja ganz lustig war.."* - *„Was denn für ein Mädchen?"* - *„Offene, lange blonde Haare. Langes schwarzes Kleid mit Spitze und ein großer Ausschnitt"* - Lena zog ihre Pyjamabluse weit herunter - *„und sie hatte eine Handtasche dabei. Ist das deine Freundin?"* Jonas sah sie verwirrt an, ein zweites Mal, denn das Mädchen, das seine kleine Schwester beschrieb, war definitiv Feline. *„Wie kommst du da drauf?"*, fragte er sie, immer noch ohne jene Erinnerung. Dabei hatte er doch gar nicht getrunken! Er hatte schlichtweg seine Schwestern auf die Fete begleitet, weil er mit ein paar

anderen Spiele leiten sollte – sie wollten unbedingt, dass er dabei war – zumindest Jacky, Lena fand ihren Bruder ziemlich peinlich. *„Nach ein paar Stunden hat doch Flaschendrehen angefangen. Und du hattest die Aufgabe, mit jemandem herumzuknutschen – oder zu küssen, was weiß ich. Auf jeden Fall hat dieses Mädchen dich dann so angeguckt und du hast dich sofort für sie entschieden und ihr habt da voll lange herumgeknutscht – vor Fünftklässlern! Dann hat meine Lehrerin gesagt, dass ihr weggehen sollt, das habt ihr dann getan.."* - *„Erzähl doch keinen Humbug! Ich weiß, dass Feline, so heißt sie, da war. Aber ich habe sie nicht einmal berührt!"* - *„Nein, ihr seid dann hinterher wiedergekommen und dann hat sie Jacky angeschrien, weil diese nachsehen wollte, was in ihrer Handtasche war, sie wollte nur gucken, ob sie den schönen Lipgloss, den sie draufhatte, in der Tasche hatte. Also Jacky mag deine Freundin nicht. Ihr seid doch zusammen jetzt, oder?"* Jonas tippte sich an seine Stirn. *„Was willst du eigentlich? Ich weiß doch was.."* Nein, er hatte echt keine einzige Erinnerung mehr. Nur..die Augen von Feline. Und dass er dann mit den beiden heimgefahren war. Mehr wusste er echt nicht. *„Ich habe ein Video"*, meinte das kleine Mädchen, *„sorry für die Qualität, ja?"* Jonas wollte wissen, ob Lena sich nicht einfach vertan hatte. Sie startete das Video. Das erste, was man erkennen konnte, war der Kreis an Menschen. Gegenüber von Jacky saßen die Verdächtigen. Man konnte die Flasche sehen, wie sie auf Jonas zeigte. *„Küsse eine andere Person!"* Die gesamte Kindermenge schrie

„Ohooo!“ und „Jonas! Jonas! Jonas!“, das wusste er ja noch..dann sah man einen kurzen Blick von Feline und wie der Junge sich an sie schmiss und begann, sie zu küssen. *„Peinlich...“,* dachte er sich entsetzt, als ein Lehrer sie trennte und Feline ihn hochzog und mit ihm wegging! *„Siehst du!“* - *„W-w-wir sind aber nicht zusammen“,* stotterte er, *„geh bitte Jacky wecken!“* Er wollte sie unbedingt loswerden. Kaum, dass Lena raus war, vergrub er seinen Kopf tief im Kissen. Denn wenn er ehrlich war, fühlte er sich von ihr angezogen. Seit der Minute, als sie ihn das erste Mal angesehen hatte. Als die grünen Blitze ihn geblendet hatten.

„Sandra? Kannst du mir einen kleinen Gefallen tun? Ich möchte mit dir ins Kino, aber Jonas soll auch dabei sein. Bist du einverstanden?“ Um ihrem besten Freund eine vermeintliche Freude zu machen, wollte sie ihn mit einem Kinobesuch – mit Sandra – überraschen. Denn sie selber stand zwar schon auf ihn, aber so konnte sie Zeit mit ihm und Sandra verbringen und Jonas konnte zufrieden sein.. also, eigentlich blieb doch keine andere und bessere Möglichkeit.. *„Wenn Jonas glücklich ist, bin ich es auch..“,* sagte sie – mit Tränen in den Augen. *„Okay, klar können wir gehen. Morgen dann?“* Diana stimmte ihr zu, auch wenn sie lieber mit Jonas alleine gehen wollte..

„Jonas! Telefon für dich!“ Jacky kam die Treppe hochgelaufen, mit dem Hörer in ihrer Hand. *„Wer denn?“* Er stand auf von seinem Bett, war immer noch

in Gedanken bei dem Video mit Feline. Es konnte doch nur bis ins Unendliche bearbeitet sein, von seiner kleinen Schwester, die ihm einen Streich spielen wollte..er wusste nichts davon! Und so vergesslich war er doch nie! *„Also hier steht 0167995..."* Jacky brauchte gar nicht weiter vorzulesen, er nahm sich den Hörer alleine. *„Das ist Diana"*, erwiderte er, *„nur sie hat eine 99 in der Nummer."* - *„Okay, geht klar, ich gehe wieder!"* Jacky lächelte ihm zu und verließ den Raum. Wie nett sie doch immer zu ihm war..er ging ran. *„Hey, Diana! Alles klar bei dir?"* Diana klang aufgeregt, das Zittern in ihrer Stimme und ihr Herzschlag waren fast schon durch den Hörer zu erkennen. *„Ich habe eine Überraschung für dich. Du musst nur morgen um halb 3 zum Marktplatz kommen, in der Nähe der „Alten Scheune" werde ich sein. Meinst du, das geht?"* Was sie an dem Gasthaus wollte? Er konnte es nicht erahnen. *„Okay, ich hoffe mal, das wird gut."* Er stimmte seiner besten Freundin eifrig zu. *„Ich freue mich schon."* Sie redeten noch eine Weile, bis Lena nach Jonas rief. *„Wir sehen uns morgen, Süße, ja?"* Sie beendeten das Telefonat und Jonas ging hinunter in die Küche. *„Ja, was ist denn? Was ist passiert?"*

Auch wenn der Kinobesuch für Jonas und Sandra sein sollte, beeindrucken wollte sie den Jungen dennoch. Wie wusste sie aber nicht. *„Wann treffen wir uns?"*, hatte Sandra sie noch gefragt, weil sie am Tag davor bei Kristina übernachtet hatte. Sie sollte bereits um eins kommen, um sie zu beraten, was sie jedoch nicht hinbekam. Kurz nach halb 2 stand die beste Freundin aber auf der Matte. *„Okay. Gut. Hast du vielleicht Tipps für meine Haare? Selber machst du ja nichts, aber Kristinas Frisuren sehen immer so gut aus und die macht sie ja nicht alleine..*" Ja, ihre beste Freundin machte Krissy immer die Haare, egal vor welcher noch so kleinen Veranstaltung. Jedes Mal sah sie traumhaft schön aus, es zeigte ihr Talent. Außerdem jobbte sie nebenbei in einem Salon. Sandra war gar nicht so blöd, wie sie manchmal herüberkam, sie war nicht nur am Feiern, sie war außerdem im Schwimmverein, jobbte und hatte vor, irgendwann als Schwimmtrainerin zu arbeiten. Nicht jeder in ihrem Alter hegte schon so gut durchgeplante Zukunftsvorstellungen. *„Was möchtest du denn? Ich kann alles machen. Ich könnte dir ja sogar die Haare färben."* Sie kam nah an sie heran, um sich ihr Gesicht anzusehen. Erst da bemerkte sie etwas an ihr. *„Sandra? Was hast du da in der Nase? Ist das ein Septum? Und warum ist es nach innen geklappt?"* - *„Heimlich gestochen, haha. Aber ja, ist eins. Und es heilt so jetzt erst mal ab. Es ist das kleinste, was ging!"* Vorsichtig drehte das Mädchen das winzige Piercing heraus. Es schien sehr schmerzhaft zu sein, denn sie verzog das Gesicht sehr – aber dann kam das Teilchen zum Vorschein. *„Mensch, das steht dir echt gut!"* - Sie wollte weiterreden, als Sandra begann, ihr etwas zu erzählen. *„Du magst deine Haare doch, oder? Aber ich will sie ein kleines bisschen verändern. Ich* hätte eigentlich Lust, dir so richtig viele Stufen reinzuschneiden, aber nein..ich probiere erst einmal etwas anderes. Man kann es immer noch rückgängig machen, ja?" Diana sah sie nervös an. „Ich wollte bloß 'ne Frisur", meinte sie, leicht angespannt. „Lass' dich überraschen. Außerdem ist es nicht so permanent wie deine Haarfarbe. Es wäscht sich raus, in spätestens zwei Wochen, hat meine Chefin mir erzählt!" Diana war immer noch skeptisch. „Aber so spontan?" - „Lass' es mich ausprobieren, ich bin da ganz wild drauf!" Okay, sie war einverstanden. „Aber übertreib nicht!" Ihre beste Freundin grinste nur, meinte, sie solle ihre Augen mal eben schließen. Diana bekam wenig mit, nur dass ein paar ihrer Haare über den Kopf gelegt und abgeschnitten wurden. „Ich weiß ja nicht, was mich erwartet, aber ich habe Angst", grinste sie, als Sandra herumschnitt. „Lass' mich doch machen!" Sandra griff in einem Topf und fuhr über die kurzen Haare, die sie vorne geschnitten hatte. „Das fühlt sich an wie Farbe." Diana wunderte gar nichts mehr. „......ich habe dir gerade gesagt, es lässt sich auswaschen!" Okay, Dianas Gedanken waren definitiv zu sehr in Richtung Jonas. „Dann mach' einfach mal, ich bin gespannt!" Sie saß da, immer noch komplett überfordert von der spontanen Entscheidung. „Erzähl' mal ein bisschen was, dann ist es nicht so öde." Diana lehnte sich nach hinten und fragte Sandra aus, was sie denn am vorigen Tag gemacht habe. „Ich werde dir gewiss nicht alles verraten.." Sandra lachte, Diana langte mit der Hand nach vorne und versuchte sie zu kitzeln. „Also..." Sie erzählte von vielen Sachen,

Pärchensachen, alles Sachen, die sie mit Jonas selber erleben wollte.. Themawechsel. *„Wir haben nicht so viel Zeit, du solltest dich beeilen!"* - *„Ja, aber deine Haare sind eben verdammt dicht und dick!"* Das Mädchen griff in ihre Spitzen und meinte, sie solle die Augen immer noch geschlossen halten. Sie tat wie gesagt. Nach zehn weiteren Minuten beschwerte sie sich jedoch, weil sie nicht zu spät sein wollte. *„Dann lass' mich noch ganz kurz dran. Und ich muss es fotografieren und meiner Chefin zeigen..dann weiß sie, dass ich das kann. Sie lässt sowas ohne Erfahrung nicht bei anderen machen."* Diana fuhr hoch. *„Du hast es noch nie gemacht?!"* - *„Keine Panik, ich habe schon viel anderes probiert..es wird gut sein. Wo ist das Bad noch einmal?"* Diana ergriff ihre Hand und führte sie mit geschlossenen Augen. Sonst konnte sie ja auch nachts alleine auf die Toilette und da sah sie ja auch nichts, höchstens vereinzelte Konturen. Das war aber immer noch praktischer als die Tatsache, überhaupt nichts erkennen zu können.. Wenige Minuten später öffnete sie die Tür. *„Hier!"* Sandra handelte flugs, nahm die eingefärbten Stellen und entfernte die Reste. *„Mach mal noch schneller"*, jammerte Diana, *„wir müssen rechtzeitig in der Stadt sein!"* Sonst waren sie erst da, wenn er schon da war..dann war die Überraschung nicht da.. Auch wenn Jonas wusste, wie chaotisch sie war und dass sie oft zu spät kam. Egal. Sie wollte ihn einfach so schnell wie möglich hören..nein, sehen. Wieso konnte sie nicht denken? Sie war nahezu liebeskrank, wieso konnte das nicht aufhören? Ihre Gedanken waren so intensiv, dass sie gar nicht bemerkte, wie schnell ihre beste Freundin alles für sie tat. „*Schau mal!*“ Diana kam nicht damit klar, wie schnell sie dann doch fertig geworden war. Und das Ergebnis.. „*WOW!*“ Diana sprang nach hinten, als sie sah, was Sandra getan hatte. Vorher hatte sie schlichtweg glatte Haare, Mittelscheitel, in einer Mischung aus violett und pink. Jetzt, fertig..sie erkannte sich nicht wieder, wenn sie ehrlich war, auch, wenn fast gar nichts sich verändert hatte. Ihre Spitzen waren schwarz. Sie hatte einen Pony. Der war nicht sonderlich groß, es waren einfach ein paar, wenige kurze Haare vorne, die ihn ergaben und es sah gut aus... und..schwarz. Mit der großen, schwarzen Brille und dem ganzen dunklen Make-up sah das richtig gut aus. Außerdem hatte sie Dianas geliebte Wellen ebenfalls hineingezaubert, sogar noch etwas intensiver, wie Diana es selber gemacht hätte. Es war sehr schön. „*Und weißt du was?*“ Sandra ergriff wiederum den Lockenstab - „*das würde auch voll niedlich sein.*“ Sie rollte den Pony auf den Gegenstand und wenig später war dieser zu einer Locke geworden, ideal für Diana, die von dieser Art von Haaren sowieso der größte Fan war. „*Wir können los!*“ Diana fuhr sich noch schnell mit dem dunkelvioletten Lippenstift über den Mund und ging dann, in Begleitung der besten Freundin, die Treppe hinunter. Diana hatte eine Schwäche für die verschiedensten Lippenstifte. Nur zu ihrer Haarfarbe konnte sie leider kein Rot tragen..„*Schick seht ihr aus! Und oh, die Haare wurden verändert! Steht dir, Diani!*“ Ihre Tante nahm sie in den Arm, bevor sie das Haus verlassen konnten. „*Noch 15 Minuten, schaffen wir das?"* Sandra haute auf ihre Schulter. Ihr Gesichtsausdruck zeigte alles, aber keine große Ernsthaftigkeit, sie fand die Ideen ihrer besten Freundin vermutlich etwas weit hergeholt. „Sicher.. aber nur wenn wir rennen oder der Bus kommt..hehe.." - *„Mädel! Der gottverdammte Bus kommt in 10 Minuten! Wir müssen laufen.."* Das war wirklich ein unschönes Problem und das wären 5 Stationen, worauf warteten sie eigentlich noch? *„Ja, dann los!"*

Jacky stand in der Küche und drückte Jonas ein Brot in die Hand. *„Das ist noch für dich, ja? Lena und ich haben welche gemacht und es ist zu viel für uns beide."* Jonas hatte einen gigantischen Hunger, er nahm es dankend an. *„Ich muss jetzt zum Markt! Diana hat eine Überraschung!"* - *„Bist du jetzt mit Diana zusammen oder mit Feline?"* - *„Mit keiner der beiden!"* Und während er das sagte, wusste er, dass er log. Total. Denn er war zwar mit keiner zusammen, aber er fühlte sich von einer definitiv extrem angezogen. Feline hatte innerhalb von Tagen mit einem einzigen Blick seine gesamten Sandra-Gefühle entfernt, sie waren nicht mehr da. Sandra war nicht mehr das perfekte Mädchen, dass er erreichen wollte, es war die beste Freundin von seiner besten Freundin, die mit ihm dieselben Kurse hatte – mehr auch nicht. Und lesbisch. Was wollte er also bitte dann noch von ihr? Und was hatte Diana jetzt mit ihm vor? Er wusste es nicht. *„Mist, ich komme zu spät!"* Er stopfte sich das halbe Brot in den Mund und lief zur Haltestelle. Käse mit Marmelade. Jacky, Lena und er liebten es, ansonsten hätten die Schwestern ihre Brote einfach selber behalten – Diana und seine Eltern konnten es gar nicht ab. Aber der Bus fuhr einfach an ihm vorbei, wenige Sekunden, bevor er an der Haltestelle stoppen konnte. Auf sich aufmerksam machen wollte er allerdings wirklich nicht, das war ihm zu unangenehm. *„Ich muss jetzt wohl warten.."* Mit Kopfhörern und einem Lied seiner Lieblingsband in den Ohren wartete er, aber war sauer, weil er zu spät kam. Wütend auf sich selbst. Wer weiß, was für eine Überraschung ihn erwartete? Es konnte alles sein. Und jetzt 20 Minuten warten? Er seufzte geräuschvoll auf, das waren ja mal ideale Bedingungen.

„Wir sind schon zwei Minuten zu spät!", japste Sandra, *„ich kann nicht mehr! Geh' runter von meinem Rücken."* Weil Diana Absatzschuhe trug, konnte sie nicht schnell laufen – so hatte Sandra sie flugs gepackt und war losgerannt. Sie wollte Diana die Überraschung schließlich nicht verderben. *„Noch eine Rechtskurve und dann ist die Alte Scheune da, links!"* Diana riss sie mit, bemühte sich, nicht hinzufallen. *„Okay! Hoffentlich ist er noch nicht da.."* Sie rasten regelrecht um die Ecke, nur um zu sehen, dass zwei alte Männer mit einem Bier in der Hand am Tresen standen und rauchten. Ihre Kleidung war so grau wie der Himmel über ihnen. *„Immerhin sind wir vor ihm da."* Diana setzte sich hin und atmete erschöpft tief aus.

Im Bus sitzend schaltete er das nächste Lied weiter und sah aus dem Fenster. Er würde zu spät kommen, das war klar. Ob es irgendwelche Auswirkungen hatte? Er wusste es nicht, hoffte jedoch, dass dem nicht so war. *„14 Haltestellen..dieser Bus fährt ja richtige Umwege.“* Er seufzte und beobachtete die Leute auf der Straße. Ein altes Ehepaar, das sich gerade küsste. Schön. Eine kleine Gruppe aus ungefähr fünf Jahre alten Buben, die einen Fußball hin und her schossen. *„Die enden nicht gut, die kommen aus dem Drogenviertel.“* Er kannte die kleinen Jungen – und ihre Eltern, die alles andere als gute Erziehungsberechtigte waren. Diese verdammten Drogendealer. Die Mutter von dem mit den langen, blonden Haaren war sogar abhängig von Kokain, zumindest ging das herum. Hier war sowieso alles möglich, Gerüchte verteilten sich nicht nur in Kleinstädten, Berlin war genauso anfällig dafür. Wie musste das erst sein, wenn man berühmt war? Hm. Was soll's, er hielt von diesen Leuten gar nichts, aber ihr Nachwuchs tat ihm leid. Auf der anderen Straßenseite befand sich ein kleiner Supermarkt, vor dem Kristina stand, mit ein paar anderen Mädchen. Er wollte ihr winken, jedoch konnte sie ihn nicht sehen. *„Jan-Wellem-Straße“,* stotterte die mechanische Stimme, die immer die Haltestellen ansagte. Noch 6 Haltestellen...er lehnte sich zurück und schloss die Augen.

„Jonas ist schon fast 20 Minuten zu spät! Und der Film fängt in 15 Minuten an ..nein, in 13!“ Diana stand ungeduldig an einem Tisch und trank ein Bier, das eigentlich Sandra bestellt hatte, aber dann doch nicht so gut fand. Diana hingegen beruhigte das bittere Getränk

ein wenig. *„Bei James Bond ist es immer so voll. Wo sitzen wir denn dann, bitte.."* - *„Dein Lover kommt schon noch!"* Sandra lachte – und hielt sich im selben Moment die Hand vor den Mund. Nicht, dass er gerade ankam und es hörte.. Immer diese Liebe. Es war einfach ein verfluchter Kreis, wenn jeder in eine andere Person verliebt war.

„Die Alte Scheune also. Ich habe aber immer noch keine Ahnung, was Diana vorhat." Jonas stieg aus dem Bus aus. *„Wo ist die überhaupt nochmal?"* Er drehte sich im Kreis, hoffend, dass er das große Zeichen des Gasthauses erkennen konnte. Nach der zweiten Umdrehung sah er es links von ihm aufleuchten – das Symbol mit dem Strohballen und der Ziege hatte etwas von einer Dorfschenke. Aber das war es nicht, es befand sich mitten in Berlin.. *„Auf geht's"*, dachte er sich angespannt und lief zielstrebig weiter.

„Da ist er! Ich sehe ihn", Diana schob ihre Beste nach hinten. *„Komm erst, wenn ich es sage, ja?"* Sie nickte und verschwand hinter einer Säule. Der Junge kam angelaufen. *„Entschuldige bitte die Verspätung! Und Mensch – du siehst gut aus!"* Er deutete auf die Haare. Es war ihm aufgefallen und er mochte es. Diana musste automatisch grinsen, probierte dann aber, authentisch zu wirken. *„Jonas..also. Du freust dich sicher. Ich möchte dich ins Kino einladen. Aber nicht nur ich.."* - sie deutete nach links - *„auch Sandra ist mit mir da. James Bond, willst du?"* Sandra lächelte ihn lieb an. Auch sie wollte, dass er sich freute. Schließlich war sie

doch die, die er liebte, oder?

Diana wollte ihm eine Freude machen, indem sie ihn einlud. Mit Sandra. Weil sie davon ausging, dass er sie noch liebte. Ach Mann.. es war doch vorbei.. und Lust hatte er auch nicht wirklich. Wenn er ehrlich war, hatte er wirklich etwas erwartet und nicht so etwas, aber gut, er musste sich nun Mühe geben, dass er so rüberkam, als ob er sich sehr freuen würde. *„Wie toll! In welchem Kino? CineMaxx?“* - *„Klar, wo sonst? Dann mal los!“* Diana ging links von Jonas, Sandra rechts von ihm. *„Wann fängt es denn an? - „Ja, gleich! Also bitte, Jonas, geh' mal was schneller!“* Er wollte aber nicht, wenn er ehrlich war. Wenigstens war er eingeladen und wenn er Glück hatte, ging die Zeit auch schnell vorbei. *Kino.* Ernsthaft? *„Hier lang!“*

„Eine Tüte Popcorn und 2 Portionen Nachos, beide mit Käsesoße bitte. Und eine Cola!“ Diana stand an der Kasse, Sandra und Jonas ließen schon die Karten abreißen. *„Noch etwas dazu?“* Die Kassiererin lachte sie freundlich an. *„Dann nehme ich noch eine kleine Packung Eiskonfekt dazu. Jonas, wollt ihr was?“* Der Junge sah sie an und wollte ebenfalls eine Cola, aber eine kleinere. Gut, dass Diana wohl alles zu bezahlen schien. *„Lasst uns reingehen, die Plätze sind sicherlich schon fast alle besetzt!“* Im Kino hier hatte man keine Nummern, man konnte selber entscheiden, wo man hinwollte. Das konnte ein Vorteil sein, aber heute doch nur ein Nachteil.. als sie drinnen waren, war es bereits dunkel und wirklich restlos alle Plätze waren voll – bis auf 4. Aber diese waren nicht nebeneinander. *„Warum*

muss James Bond auch in diesem Minisaal laufen!", fluchte Sandra leise. Weil sie ihm einen Gefallen tun wollte, flüsterte sie den beiden platzsuchenden Freunden mit dem Essen in der Hand, wenn auch leicht deprimiert, zu: *"Ich gehe alleine auf den Platz da vorne. Gebt mir nur, was meines ist."* Sandra gab ihr ihre Jacke, sie gab den beiden die Essenssachen, die sie bestellt hatten. *"Viel Spaß."* Sie bewegte sich in die erste Reihe, konnte erst Jonas noch etwas rufen hören und wollte stehen bleiben, aber ein älterer Herr schob sie einfach weiter. *"Mädchen, ich sehe nix!"* Schön. Da hatte sie Jonas einen Gefallen tun wollen und er schien nicht sonderlich begeistert, sie saß alleine im Kino und wurde angerempelt und Jonas hatte sie nicht einmal angelacht. Schön. Und jetzt nicht mal bei den beiden sitzen fand sie dann schon etwas doof, zum Glück fing die Werbung auch an. Lang bis zum Start würde es nicht mehr dauern. *"Immerhin schmeckt das Popcorn."*

"Erst eine halbe Stunde um und ich sitze hier und mir ist so langweilig! Ich habe einfach keine Lust auf den Film..sorry, die Überraschung war doof, Diana." Jonas' Gedanken spielten verrückt, er hatte das Essen schon aufgegessen und das Getränk war natürlich leer. Außerdem hoffte er, dass der Film schon fast vorbei war.. aber nein, gar nicht. Arme Diana, saß dort ganz alleine.. ob auf Facebook etwas los war? Er schaltete sein Handy an, es machte ein leises Geräusch. *"Mach's Handy aus, Jonas"*, nuschelte Sandra, blickte jedoch nicht von der Leinwand weg. Gerade wurde ein Nebencharakter erschossen. *"Nicht einmal auf*

101

Facebook tut sich was", grummelte der Junge genervt vor sich hin. Aber WhatsApp. Sein Handy bimmelte erneut. *„Jonaaaas."* Sandra stieß ihn in die Seite und fast ihre Nachos um. Jonas stellte das Handy auf lautlos. Wer hatte ihm geschrieben? Es gab keinen. Diana und Sandra waren hier. Kristina? Oder die doofe Anna? Nee, die war bei Mike. Also konnte die Nachricht auch nicht von Mike sein..nur Kristina war möglich. Aber die stand immer noch unter Diana in der Liste. Die Nachricht war von einer unbekannten Nummer. „0158..." Wer war es? Er hatte keine Ahnung. Als er die Nachricht las, bekam er Herzklopfen. *„Na, Jonas. Zufällig habe ich deine Nummer. Musst keinen fragen, woher, ich habe sie einfach. Ich habe gehört, dein Tag läuft nicht so, wie du dachtest? Komm' einfach zur Haltestelle „Jakobiweg." Ich warte dort auf dich, wenn du willst. F."* F. Feline? Tatsächlich, das Profilbild zeigte sie. Die langhaarige, blonde Schönheit, ganz in Schwarz, ein nahezu professioneller Schuss, wie sie da mit den langen, schwarzen Nägeln durch das Haar fuhr. Und die smaragdgrünen Augen, die toppten es fast.. Feline hatte ihn eingeladen? Sie hatten noch nie geschrieben. Er konnte sich das mit der Nummer nicht erklären, aber es war ihm eigentlich egal. Sie hatte in der Schule unglaublich viele Kontakte geknüpft, da schien es nicht unwahrscheinlich, dass sie gemeinsame Bekannte hatten. Er musste sich nur eins überlegen – wie kam er aus dem Kino, ohne dass Sandra es bemerkte? Das schien ja um einiges interessanter zu sein als die blöde Filmvorstellung. Erst einmal antwortete er dem Mädchen. *„Wann bist du* *da?"* - *„Immer. Komm einfach."* Okay, komische Antwort.. ..aber er wollte los. Er wollte SIE sehen. SIE hatte ihn eingeladen. Zu sich nach Hause? Sie meinte ja, dass sie immer da war, das konnte nur heißen, dass die Haltestelle sich bei ihr in der Nähe befand. Vielleicht sogar direkt vor der Türe, das würde alles erklären. Aber wie zur Hölle sollte er da, jetzt, aus dem Saal raus? Er warf Sandra mit einem Nacho ab, der auf den Boden gefallen war. Sie reagierte dieses Mal nicht. Okay, die war ja total fixiert. Dürfte kein Problem sein. Leise erhob er sich und band sich seine Jacke um. Alle waren so fasziniert von der Stelle, keinen schien es zu interessieren, dass jemand dort durch die Reihen zum Ausgang schlich. Jonas blickte noch ein letztes Mal zurück, bevor er die Türe öffnete. Diana konzentrierte sich auf ihr Essen, Sandra auf den Film. Wie das restliche Kino. Es gab nicht einmal diese Möchtegern coolen Kinder, die mit Popcorn warfen, nein, alle waren so fasziniert, dass Jonas ungestört weglaufen konnte. Und die Mädchen bekamen nichts davon mit, einfach, weil sie nicht auf ihn achteten. Vor allem Sandra. Das war eine Schnapsidee von Diana. Er stand nicht auf sie und umgekehrt war es noch nie so. Jetzt ging es nur um Feline.

„Oh Gott!" Das Licht war so hell, als er den Saal verließ, aber der geblendete Junge gewöhnte sich schnell daran. Wie sollte er denn jetzt am besten zu ihr? Ja, klar, mit dem Bus, aber da musste er erst einmal eine Weile gehen. *„Du bist der Erste, der aus diesem Film rausrennt und nicht zurückkommt!"*, rief ihm eine Popcornverkäuferin belustigt nach. Ihm war das egal,

er fühlte sich nahezu beeinflusst von Felines Nachricht. Oder von ihr allgemein. Er sah auf die Uhr. Alles klar, der Bus würde in sechs Minuten an der Station sein, er würde sehr schnell rennen müssen, um ihn zu bekommen. Er eilte auch wirklich. Die Straße entlang. Als er am Gasthaus war, wo er sich mit den anderen getroffen hatte, hatte er noch exakt eine Minute. Würde er es überhaupt noch hinbekommen? Klar, Feline schien es egal zu sein, wann er kam. Aber Mädchen hatten doch immer ihre Wünsche und er wollte auch so schnell wie es ging zu ihr. Außerdem war er gerannt. Und das verdammt schnell. Er hätte ja zum Bus gehen können, aber er wollte so früh es geht da sein. Endlich. Er konnte das Haltestellenzeichen schon erkennen, als er den Bus kommen sah. Er rannte regelrecht um sein Leben, es war, als hätte er sein ganzes Leben auf diesen Moment gewartet, Jonas spürte rein gar nichts mehr. Er konnte sich nicht vorstellen, jemals so schnell gelaufen zu sein. Gerade noch rechtzeitig konnte er hineinspringen und sich auf den einzigen freien Platz, ganz vorne links, fallen lassen. Der gesamte Bus war einfach voll. Erschöpft wollte er seine Musik anmachen, als er zu überlegen begann. War er denn im richtigen Bus? Ja, der 236. Mit dem fuhr er jeden Tag, hin und zurück. Aber die Haltestelle „Jakobiweg" war ihm noch nie aufgefallen, als er gefahren war. Und er fuhr..naja, 6 Stationen waren nicht viel. Dennoch hatte er Angst, dass er im falschen Bus sitzen konnte, denn sicher, dass er richtig war, war es ja auch nicht. Nach vier Stationen fragte er den Busfahrer vorsichtig, als er wieder einmal an einer Haltestelle anhielt. *„Fahren sie* *über den Jakobiweg?"* Der Busfahrer guckte ganz kurz weg vom Steuer, so erschrocken wie er war. Jonas wich zurück. Der Blick schockierte ihn ebenso. *"Nee. Ich fahre nicht dahin. Die wenigsten Busse tun das. Aber wenn du unbedingt hinwillst..in wenigen Minuten müsste der einstündige Bus an der Steinerstraße kommen. Das ist die übernächste Station. Da hast du sogar Glück. Aber pass' auf dich auf.."* Ach Quatsch. *"Wieso haben Sie solche Angst?"*, fragte Jonas den Fahrer verwirrt. *"Es ist eine Endstation. Aber keine gewöhnliche wie eine normale Seitenstraße, ein Feldweg oder ein Busbahnhof, nein, es endet halb in einem Wald. Und es ist nicht schön, nein, echt nicht. Ich bin einmal da gefahren, ich tue es nie wieder. Lieber schön durch die Innenstadt. Also denk daran, Bub."* Was für ein Spinner. Der hatte wohl keine Eier in der Hose. Außerdem war es noch hell. Okay, ziemlich bewölkt, aber trotzdem. *"Du musst die nächste raus."* Der Busfahrer, der ein Mann von 60 Jahren zu sein schien, sprach ein weiteres Mal zu ihm, bevor er die Steinerstraße ansagte. *"Alte Männer haben manchmal Halluzinationen oder wollen anderen Angst machen..das wird schon gut werden."* Er stieg aus, hinter ihm fuhr gerade ein anderer Bus ein – mit der Nummer 699. Ob der zum Jakobiweg fuhr? Jonas stieg ein und zeigte dem Busfahrer sein Ticket. *"Fahren Sie über den Jakobiweg? Ist das Ihre Endstation?"* Der Busfahrer, dieses Mal ein mittelalter Mann, ungefähr 45, antwortete mit Ja. *"Das ist meine vorletzte Fahrt heute",* wisperte er. Ziemlich merkwürdig. Dann fuhr er los. Seine Augen waren auch grün, wie die von

Feline. Oder bildete er sich das nur wieder ein? Jonas machte sich auf den Weg nach hinten, als ihm eines auffiel: Der Bus war komplett leer.

Es war eine halbe Stunde vergangen, als der Film zu Ende war. *„Ob Jonas und Sandra da oben Spaß hatten?"*, dachte Diana missmutig, *„wenigstens war der Film toll. Und vielleicht werde ich ja gleich noch umarmt."* Sie stand unten an der Tür des Kinos, während sie auf die beiden wartete. Einige Menschen gingen die Treppe hinunter und verließen den Kinosaal, die meisten waren laut am Reden, diskutierten eifrig und hatten im Gegensatz zu ihr eine unsagbar gute Laune. Sie schwieg. Eine halbe Minute später kam auch Sandra nach – alleine. *„Sandra! Wie fandest du den Film? Und wo ist Jonas?"* Sandra schien nur die erste Frage gehört zu haben, denn sie begann ununterbrochen über ihre Lieblingsstelle zu reden und wie heiß sie doch die eine Schauspielerin fand. Diana wollte das aber nicht wissen, als Jonas fünf Minuten später immer noch nicht da war, der Saal komplett leer war und sie aufgefordert wurden, ihn zu verlassen. *„SANDRA! ICH HABE ES VERSTANDEN, ABER WO IST JONAS?!"* Sie schüttelte das Mädchen, als es stoppte zu reden. *„Wahrscheinlich auf der Toilette oder so"*, kam als knappe Antwort und sie redete weiter über andere Sachen. Vielleicht war er echt auf dem Klo und sie hatte nur nicht gesehen, dass er an ihr vorbeigelaufen war. Was echt unrealistisch ist. Sie schlug vor, sich hinzusetzen und auf ihn zu warten. Vor den Toiletten stand ein dickes, gelbes Sofa. Er würde sowieso gleich kommen.

Der Bus schien an nur drei Stationen zu halten. Aber
dafür waren diese ziemlich weit voneinander entfernt.
Die Fahrt dauerte schon über 25 Minuten. Zwei
Stationen waren abgehakt, die nächste und letzte war
der Jakobiweg. Während der Fahrt hatte der Bus gar
nicht angehalten, niemand war zugestiegen. Jonas hatte
sich in die letzte Reihe gesetzt, er wollte nicht bei dem
Fahrer sitzen, er war so unsympathisch. Und
merkwürdig, noch komischer als der vorherige nicht,
aber dennoch. *„Jakobiweg",* röchelte die Stimme des
Mannes. Es war nicht einmal eine Sprechanlage. Okay.
Gleich würde er Feline unter die Augen treten. Wie
sollte er reagieren? Er wusste es nicht. Der Bus fuhr
tatsächlich in einen Wald hinein. Es wurde langsam
dunkel, aber im Wald konnte man noch weniger
erkennen. Es war eine holprige Straße, ein Wunder,
dass Busse hier fahren konnten, es war ja nahezu ein
Wald, der direkt dahinter begann. *„Steig aus."* Er
öffnete die Türen. Wo war Feline? Hatte sie ihn
veräppelt? Nein. In einem langen Mantel stand sie
etwas weiter hinten, ganz in schwarz, langes Kleid, das
bis zum Boden ging. Die hellblonden, ewig langen,
glatten Haare fielen über ihre üppige Brust hinunter bis
zum Ende des Mantels, an den Knien. Der Mantel war
offen, das Kleid hatte einen ziemlichen Ausschnitt. In
der Hand – wie immer – die blassrosa Handtasche. Er
war überwältigt von der Schönheit. *„Jonas! Schön,
dass du gekommen bist."* Sie kam auf ihn zu – wie der
Busfahrer auf sie. Er schien Feline zu kennen, sie

blieben gleichzeitig vor ihr stehen. Er tätschelte ihr den Kopf. *„Ich komme in zwei Stunden",* sagte er leise, kicherte hämisch und drückte ihr etwas in die Hand. Feline steckte es in ihre Tasche und winkte ihm, wie er in den Bus stieg und wegfuhr. *„Gehen wir woanders hin? Ich bin nicht gern hier."* Ihre smaragdgrünen Augen schossen einen Blitz in die des Jungen. Oder hatte er sich das wieder eingebildet? *„Natürlich, Lady."* Sie marschierten langsam nebeneinander her aus der Finsternis hinaus in den Sonnenuntergang. Keiner sagte ein Wort, aber beide hatten ihre Gedanken und verloren sich in ihnen, regelrecht, geradezu. Sie liefen bestimmt eine halbe Stunde nebeneinander her, bis es bereits dunkel wurde. Dann kamen sie an einem See an. Es war kein gewöhnlicher See, er schimmerte dunkelblau im Mondlicht, war eigentlich eher ein Tümpel. Hier wurde es gewöhnlich schnell dunkel, es war Dezember, es dämmerte um 16 Uhr. Etwas weiter entfernt war ein Felsen. Mitten auf einer Wiese stand er da, wie ein Kunstwerk. Als wäre er dort extra platziert worden. Vielleicht war er es ja auch, Jonas wusste es nicht. An dieser Ecke war er noch nie in seinem gesamten Leben gewesen. Sie setzten sich gemächlich. *„Weißt du..Jonas..es gab einen Grund, warum ich dich hierher bestellt habe."* Sie sah in seine Augen, er blickte zurück. *„Also. Ich finde, dass uns da etwas verbindet. Ich weiß ja nicht, ob du das schon gemerkt hast, aber ich glaube ja sehr, dass dem bereits so war."* Sie legte ihre kalte Hand auf sein Bein. *„Ich weiß, dass du mich am Anfang gehasst hast, oh ja, ich weiß es. Aber du warst und bist etwas Besonderes,*

Jonas. Ja, etwas ganz Besonderes. Nicht wie die ganzen anderen, komischen Kerle, die ich auf den Partys flachlege. " Sie lachte hämisch, wie der Busfahrer gerade eben auch. *„Beziehungsweise flachgelegt habe. Denn so schnell..*" - sie räusperte sich - *„werde ich das nicht mehr tun. Weil du was Tolles, ganz Tolles bist, Jonas..*" Sie sah ihm wieder in die Augen und auf einmal wurde es ganz grell vor seinen Augen. Grellgrün, er konnte sie aber nicht schließen. Eine Sekunde später war es vorbei, er dachte schon, er hätte Hirngespinste. *„Ich ende wohlmöglich noch als Busfahrer. Die erzählen doch auch die ganze Zeit ihre dummen Märchen. Das glaubt mir keiner, ich bilde mir das ein. Feline ist ein normales Mädchen.*" Und genau dieses Mädchen sprach dann weiter. *„Du weißt, was ich dir sagen will, hm? Jonas, wir sind füreinander gemacht und bestimmt, das wissen wir gleich gut, gell? Ich liebe dich doch und du liebst mich auch, oder?*" Der Blitz kam wieder. Jonas fühlte sich taub. Aber es stimmte doch, er liebte sie. Und sie..liebte ihn. Oder etwa nicht? *„Ja, ich liebe dich genau so sehr, wie sehr du mich liebst. Und ich würde alles für dich tun. Mein Leben für dich geben!*" Moment, das wollte er gar nicht sagen. Das kam doch übertrieben..ach was, er war verliebt und abstreiten konnte es keiner. *„Ach, wie schön, du gibst es zu. Wie wunderschön.*" Feline sah den Jungen an, der gerade überfordert war mit der Situation und gar nichts mehr verstand. *„Sind- sind wir jetzt?*" Jonas stotterte los. *„Ja, wir sind jetzt zusammen, falls du das meinst. Naja, fast. Da fehlt noch was..*" Feline beugte sich zu ihm rüber, Jonas ergriff ihre Hüfte, fühlte sie. Der raue, aber gleichzeitig weiche Mantel dieser jungen Traumfrau, die nur wenig älter zu sein schien als er. Er konnte seine Finger nicht mehr von diesem sagenhaften Stoff lassen. Sie sahen sich in die Augen, wieder. Wie gesteuert zog Jonas Feline an sich heran – und sie küssten sich. Im Mondlicht, auf einem Felsen, irgendwo im Nirgendwo. Es war der fünfzehnte Dezember.

Dreißig Minuten später war Jonas immer noch nicht da, sie allerdings schon. Sandra saß inzwischen ganz ruhig mit ihren Kopfhörern da und sagte gar nichts mehr. Diana riss sie aus ihren Ohren. *„Jonas ist weg! Er ist definitiv nicht auf der Toilette! Selbst wenn er wer weiß was hätte, wäre er keine vierzig Minuten dort! Er muss irgendwann aus dem Kino gelaufen sein oder was weiß ich! Hast du denn nichts davon mitbekommen?!"* - *„Ich war nur auf den Film fixiert, tut mir leid.."* Sandra blickte sie schuldig an. *„Er ist bestimmt auf der Toilette, glaub mir, Diana."* Sie lief zum Herrenklo, öffnete die Tür und brüllte seinen Namen. Ein Mann kam heraus, sah sie an und meinte, sie solle gefälligst aufhören zu spannen, es wäre kein Jonas da. *„Okay..er ist echt nicht da..und wir müssen heim, das weißt du, es wird schnell dunkel.."* Diana hätte mit Jonas heimfahren können. Aber der war ja wie vom Erdboden verschluckt. *„Ich schreibe ihn jetzt an. Du bitte auch. Wo ist er hin, verdammt!"* Diana entsperrte ihr Handy jammernd, es war nichts als die reinste Verzweiflung, die da in ihrem Kopf tobte.

5. Kapitel

Feline löste sich aus dem langen Kuss. *„Du darfst keinem von diesem Treffen etwas verraten, hörst du? Wir waren in der Stadt am Alex. Wenn wer fragt."* Sie küsste ihn erneut, sodass er nicht weiter fragen konnte, wieso es verboten war. Er wollte, aber plötzlich kannte er den Gedanken nicht mehr, er war aus seinem Gedächtnis verschwunden. Ihre Zunge spielte mit der seinen, Jonas konnte sich nichts Tolleres vorstellen als das. *„Du musst doch sicher bald nach Hause"*, meinte er zu ihr. *„Ja, später. Papa ist noch nicht da. Und Mama..die lebt nicht mehr."* Jonas sah Feline fassungslos an. *„Wie..mein Beileid.."* Er nahm seine Freundin in den Arm. Es kam so plötzlich, unerwartet und unerwartet emotionslos. *„Schatz. Wie ist das passiert? Magst du reden?"* Sie wich aus. *„Nein, Jonas. Aber du musst dringender nach Hause, oder? Zu Jacky. Und Lena. Und Diana."* Ihre Augen funkelten. Wieso sie das taten, konnte Jonas aber auch nicht sagen, es war nur Diana. Was heißt nur..seine beste Freundin. Und Diana lebte ja gar nicht mit ihm zusammen. *„Ja, muss ich. Aber ist es nicht besser, wenn ich dich heimbringe?"* - *„Nein. Ich komme besser allein nach Hause. Ich bringe dich zur nächsten Haltestelle. Am Jakobiweg fährt nämlich nach 5 nichts mehr."* Er ergriff Felines Hand und sie gingen die dunkle Straße entlang, Hand in Hand. Es war gar nicht so lange, da fanden sie bereits die nächste. *„Dein Bus kommt doch in wenigen Minuten. Der 236, oder?"* Woher sie das nur wusste..er nickte. Eng umschlungen warteten sie die Weile, bis der Bus anrückte. Sie küssten sich das letzte Mal für heute. *„Ich liebe dich, Jonas",* hauchte das Mädchen als Abschiedsworte hinterher. *„Ich dich auch, Feline!",* rief er geradezu euphorisch, viel lauter als sie, als er einstieg. Der Bus fuhr los. *„Ich dich auch",* flüsterte Jonas erneut, als er in die dunkle Landschaft blickte, die an ihm vorbeizog.

Als Diana im Bus nach Hause saß, hatte sie sich nicht beruhigen können. Vielleicht fand Jonas den Film langweilig oder seine Hoffnungen, was Sandra anging, waren komplett weg...oder sogar die ganzen Gefühle! Aber warum hatte er ihr denn nichts gesagt, sie machte sich doch Sorgen, wo er jetzt war..zuletzt online vor drei Stunden. Was sollte das? *„Jonas, wo bist du?"* Diese Nachricht stand an die hundert Mal in ihrem Chatverlauf jetzt, immer nur ein Haken. Sein Handy schien aus zu sein. *„Hoffentlich antwortet er mir, bevor ich schlafen gehe..sonst wird das nichts damit heute. Ich werde warten."*

Jonas fuhr vierzig Minuten lang, bis er aussteigen musste. Hoffentlich waren Jacky und Lena alleine klargekommen. Seine Eltern waren schließlich nicht zuhause, erst kurz nach acht kamen sie wieder. Es war gegen 7. Jetzt musste er noch durch das unschöne

Viertel durch bis nach Hause. Eigentlich war es dort am Sonntagabend ganz ruhig, aber gruselig. Aber schauriger als die Haltestelle Jakobiweg war es noch lange nicht, er war noch nie an einem solch verlassenen, merkwürdigen Ort gewesen. Es war ein Wald, den er zuvor nur in irgendwelchen abartig unheimlichen Filmen gesehen hatte. Man könnte fast denken, dass dort Leichen seien. Der Junge schüttelte sich, als er die Haustür aufschloss. Von innen hörte er Lena reden, kurz lauschte er ihren Worten. *„Ja, ich weiß nicht wo er ist. Er wollte ja mit euch weg...ja, klar. Sicher. Gerade geht die Tür auf, er ist da. Ja, ja. Ich richte es ihm aus. Tschüss!"* Jonas machte sich bemerkbar. *„Na, tut mir leid, dass ich erst jetzt komme, war noch in der Stadt. Seid ihr klargekommen allein?"* Jacky kam angelaufen und trommelte auf seinem Rücken herum, gerade zu hysterisch. *„Wir ja. Wir haben uns Lasagne bestellt, es liegen sogar noch zwei Stücke da unter der Folie."* Sie deutete in die Küche, Jonas wollte gerade noch etwas fragen, als sie schlagartig weitersprach. *„Wir ja, wie gesagt, aber Diana hat hier die ganze Zeit Sturm angerufen. Sie macht sich Sorgen! Du bist angeblich aus dem Kino geflohen!"* Jonas bemühte sich, nicht rot anzulaufen. *„Was soll ich nur sagen?"* Sein Hirn machte da nicht mit. *„Also..ich war im Kino, ja. Und dann..ich hatte Bauchschmerzen, ihr wisst schon, und dann bin ich aufs Klo gelaufen und saß da lange, ja..hehe..und das war mir so peinlich, dass ich gegangen bin."* - *„Sehr unglaubwürdig. Hättest lieber nichts sagen können."* Lena rümpfte ihre Nase. *„Ja..okay, ich fand* *den Film doof. Aber sag doch Diana bitte nichts, sie hat es nur gut gemeint..ich gehe hoch." „Sag' uns doch die Wahrheit! Wir sind deine Schwestern und du hast Diana wehgetan.. und wir mögen Diana auch! Du warst noch irgendwo anders! Sonst wärst du nicht jetzt erst zuhause. Naja, vergiss es, du wirst es uns eh nicht.."* Jonas drückte die beiden noch einmal und erinnerte sie an die Hausaufgaben, morgen war Montag und das bedeutete Schule. *„Ich sehe meine Feline wieder."* Morgen war sogar Sportunterricht angesagt. Also hatten sie gemeinsam Unterricht! Seine Zimmertür glückselig aufschließend ließ er sich prompt auf sein Bett fallen. *„Nur noch umziehen und Haare waschen."* Er strubbelte sich durch die wilde, schwarze Mähne. Die blonde Strähne war fast herausgewachsen, er musste sie dringend nachmachen lassen.. Aber vorher wollte er noch auf sein Handy gucken. Und er erschrak sich regelrecht, es war nie eine gute Idee, WhatsApp zu öffnen. 476 Nachrichten in 7 Chats?! Wer hatte ihm denn bitte geschrieben?! Jonas war angespannt, assoziierte das, was er sah sofort mit etwas Negativem. Der erste Chat mit 35 Nachrichten war die Freundesgruppe. Der nächste, mit 238 – war Diana. *„Jonas!"* Die letzten 40 Nachrichten waren nur noch sein Name. Was nur passiert war..er musste ihr schnell antworten. Er las gar nicht erst alle ihre Nachrichten. *„Diana! Was ist denn los.."* Innerhalb einer Viertelsekunde war das Mädchen online und schien verdammt schnell zu schreiben, denn auch der Text kam eine Minute später. *„Was los ist?! Wir haben uns Sorgen gemacht?! Was hast du getan? Warum bist du* *weggelaufen? Jonas, ich wollte dich erfreuen! Stehst du denn gar nicht mehr auf Sandra? Was ist mit dem Film? Sandra hat gar nichts davon mitbekommen, dass du gegangen bist. Und wieso überhaupt? Und wo warst du danach..."* Uff, so viele Fragen auf einmal. Womit sollte er denn anfangen.. *„Ja, ich stehe nicht mehr auf Sandra. Ich bin verliebt in eine andere. Und seit heute sind wir zusammen..wir waren in der Stadt, ich habe das komplett nicht mehr gepeilt, dass wir für heute verabredet waren. Und tut mir echt leid, aber ich mochte den Film nicht so. Mach' dir keine Sorgen, ich hab' dich lieb."* Die nächsten Nachrichten waren vereinzelt, eine Gruppe (Kursgruppe) schrieb viel, aber ansonsten nur Freunde und seine Schwestern: *„Wo bist du?"* Und ganz oben war auch noch eine Nachricht. Er musste lächeln, als er sie sah – es war Feline. Sie hatte ihr Profilbild ausgetauscht – es war ein anderes Bild, eins von heute. Auf diesem hatte Jonas seine Hände um ihre Hüfte gelegt und küsste sie, während man den Mond im Hintergrund sah und ihre langen, im Wind wehenden Haare. In ihrem Status stand das heutige Datum mit seinem Namen. *„Schatz, ich liebe dich. Danke für alles."* Wie süß sie war! Sie hatten noch mehr Bilder gemacht heute, er fragte danach. Es waren noch zwei weitere. Einmal ihr Profilbild, dann eines von ihren Händen, die sich hielten und ein normales Foto. *„Danke, Schatz."* Jonas entschied sich dafür, das Bild mit den Händen als Profilbild zu nehmen. *„Und jetzt duschen"*, dachte er sich vergnügt und ließ das Handy zurück aufs Bett fallen.

„Ich bin mit einer anderen zusammen." Diana fiel aus allen Wolken und begann zu weinen. Wer war es? Sie konnte sich kein Bild machen, keine einziges Mädchen passte in dieses Schema hinein. Mit wem war Jonas zusammen – oh, er hatte ein neues Bild drinnen. Mit dieser Hure, oder? Es waren nur Hände an einen Weg. Und die Beine der beiden konnte man erkennen. Naja, nur die von Jonas. Aber man konnte nichts erkennen oder identifizieren, wer sich dahinter verbarg..Sie tat alles für diesen Jungen und er lebte sein Leben und sortierte sie immer noch als „beste Freundin" ein. Wieso konnte ihr nicht endlich was Gutes passieren? *„Das ist ja wie im Film"*, schluchzte sie, *„ich werde morgen extra früh zur Schule gehen müssen, um Jonas nicht über den Weg zu laufen!"* Diana rollte sich zur Seite und schlief mit verlaufenen Make-up und Tränen in den Augen, immer noch bitterlich weinend, ein.

Am nächsten Morgen war Jonas schon sehr früh wach und sah sofort auf sein Handy, um zu sehen, ob Feline ihm geschrieben hatte. Und ja, das hatte sie. *„Bin schon früh da. Gegen 20 nach 7. Kommst du, Jonas?"* Als er auf die Uhr sah, hatten sie halb 7. Okay, dann mussten Jacky und Lena halt mit einem Wecker aufstehen und er frühstückte im Stehen unterwegs. Aber nein..Jacky konnte nie ohne ihn wach werden. Und würde sie auch nicht müssen. Sie hing einfach zu sehr an ihm. *„Dann mache ich mich schnell fertig und stelle Frühstück hin, dann renne ich hoch und wecke sie."* Jonas war noch nie so schnell fertig geworden, nach einer knappen Viertelstunde stand er in der Küche und wendete Eier in der Pfanne. *„Das wird die beiden freuen"*, dachte er sich fröhlich. Seine Verliebtheit tat auch anderen so gut, er war so viel motivierter als sonst, seit er Felines Lippen schmecken durfte. *„Nach Vanille schmecken sie, duften nach Kirschen und sind rot wie Erdbeeren.."*, träumte er vor sich hin, *„ich freue mich so auf sie!"* Er war mit dem beliebtesten und schönsten Mädchen der Schule zusammen, alle Mädchen feierten sie, alle Jungen liebten sie. Und sie liebte ihn. Jonas. Den unscheinbaren Emo mit den Karohemden und schwarzen Jeans. Diese Lady. Mit dem perfektesten Körper, den er je gesehen hatte – auch, wenn es von perfekt keine wirkliche Steigerung gab. Sie war schlichtweg das, was für ihn perfekt war. Und das alles gehörte ihm..er musste aufhören zu schwärmen und stattdessen die Jüngeren wecken. Mit einem Eierbrötchen in der Hand und einer Thermoskanne voller Kaffee lief er hoch und knuddelte Jacky. *„Guten Morgen, Süße. Ich muss heute schnell weg, schreibe Klausur!"* Das Mädchen grinste ihn an und wünschte ihm viel Glück. Ja, Glück konnte er gebrauchen, aber nicht in seiner Klausur, die hatte er letztens erst gehabt, nein, mit seiner Feline. Deshalb interpretierte er es einfach um. Als er Lena wecken wollte, war diese schon wach. *„Du bist doch mit Feline zusammen! Viel Glück!"* Ah, bevor sie ihn ausfragen konnte, rannte er schon die Treppe wieder hinunter und brüllte bloß nach oben, dass Rührei auf dem Herd stünde. Ob sie es gehört hatten, wusste er aber auch nicht. Okay, nun war es sieben Uhr. Und er musste sich langsam echt auf den Weg machen. Jonas nahm den

Schlüssel und schloss die Haustüre hinter sich. *„Okay. Ich denke, das wird ein toller Tag. Die anderen werden so gucken! Und Feline wird ihnen bloß die Zunge herausstrecken und sagen, dass sie mir gehöre. Wie wundervoll."* Der Junge machte sich seine Musik an. „Adrenalize" von In This Moment war das erste Lied. *„Adrenalize me, Feline",* dachte er sich, *„die werden alle eifersüchtig sein!"* Pfeifend und glückselig machte er sich auf den Weg zur Schule, während Maria Brink ihm in die Ohren brüllte, jedoch teilweise auch zart vor sich hinflüsterte. Was für eine talentierte Dame, blond, wie sein Felinchen. Ob Diana schon wach war? Er wusste es nicht. Er würde klingeln müssen. Es waren noch wenige Straßenecken, bis er an ihr vorbeilief. Am Gartentor, um zwölf nach sieben. Er klingelte.

„Ist Diana schon wach?" Diana hörte die Stimme von Jonas, als sie ihre Schuhe zuband. Ihre Tante und ihr Vater schliefen noch, sie hatten heute frei. Sollte sie herausgehen? Wieso war er auch so früh unterwegs heute? Sie konnte es nicht sagen. Zum Glück war sie nicht vorher herausgegangen, dann würde er direkt an ihr vorbeimarschieren und fragen, warum sie so früh draußen war. Ach, Mist. Sollte sie rausgehen? Sollte sie antworten? Sollte sie warten, bis er weg war? Sie entschied sich für das letzte. *„Okay, dann nicht. Ich gehe dann",* meinte Jonas in die Sprechanlage. So missmutig. Vielleicht wollte er sie ja echt sehen. Aber ihr Stolz siegte dann doch. Nein, sie wartete jetzt, bis ihr Schwarm nicht mehr auf der Straße war und dann konnte sie hinausgehen. Und falls sie ihn auf dem

Rückweg treffen würde.. Sie fand sich ganz hübsch, war zufrieden. Sandra hatte ihre Haare toll gemacht, aber sie hatte sich wieder einen Zopf gemacht und die Brille aufgesetzt, hatte keine Lust auf Locken. War zu anstrengend und sie war müde, hatte zu viel geweint. Und Heulerei machte nun mal müde und schläfrig. Sie sah durch das Gucklöchlein in der Haustür, okay, Jonas war abgebogen, sie konnte endlich raus, ohne dass sie fürchten musste, dass er ihr entgegenkam. Diana rückte das weiße Kleid zurecht und ging hinaus.

Diana war wohl noch nicht wach gewesen, gut. Aber als er dann um halb 8 an der Schule ankam, war ihm das auch egal. Denn es waren schon viele da – und dort stand sie. Seine Freundin. Die zierlichen Beine in einer engen, zerrissenen Hose mit schwarzer Bluse und dem Mantel vom Vortag. Außerdem hatte sie hohe Schuhe an. *„Himmel, jetzt ist sie größer als ich"*, dachte er, aber auch das störte ihn nicht. Die schwarzgekleidete Schönheit lehnte an einem Geländer mit der blassrosa Handtasche in der linken und der großen, schwarzen Schultasche in der rechten Hand. Als sie ihn sah, kam sie ihm entgegen. *„Hallo, Schatz!"* Sie fielen sich in die Arme und verweilten so einen Moment, bis Feline sich löste und ihre kirschpinken Lippen auf seine drückte. *„Wie sehr ich dieses Gefühl vermisst habe"*, träumte Jonas, während sie eng aneinander stehend herumknutschten. Aber nicht so leidenschaftlich wie gestern, nein, verliebt und zärtlich. Felines volle Lippen waren so schön zum Küssen. Jonas wusste gar nicht, wie lange sie dort standen, er nahm erst wahr, dass dort andere kamen, als er Annas und Mikes Stimmen hören konnte. *„Mike! Guck mal..Feline und Jonas! Ich glaube ja, die sind zusammen!"* - *„Viel Glück, Bro!"* Jonas löste sich von Feline und sah Mike und Anna, Hand in Hand weggehen. Anna sah sauer aus. Mike, sein bester Freund, fand es aber cool. Und er war immer noch mit Anna zusammen, länger als drei Wochen, was er nicht erwartet hatte. *„Dann eben vier"*, grinste er sich, *„Hauptsache, Feline und ich bleiben lange ein Paar."* Er liebte dieses Mädchen so, wie er noch nie geliebt hatte. Nicht einmal Sandra. Wie er das hinbekommen hatte, wusste er nicht. Oder wie sie das so hinbekommen hatte..keine Ahnung. Auf jeden Fall hatte er heute in der ersten Stunde Sport. Mit Feline. Also mussten sich beim Klingeln nur ihre Lippen voneinander lösen, aber nicht ihre Hände. *„I wanna hold your hand so tight, I'm gonna break my wrist.."*, summte Jonas ein Lied von Pierce The Veil vor sich hin. *„Ist das Bulletproof Love?"*, fragte Feline ihn. Jonas blickte sie an. *„Ja! Kennst du es?"* - *„Es ist mein Lieblingslied."* Sie lief rot an und küsste ihn erneut. An der Turnhalle angekommen hörten sie bereits von allen Seiten Kommentare. *„Feline hat einen Freund"*, *„Jonas und Feline sind ein Paar*, *„Der Emo und die Stufenschöne"* , *„Jonas kann sich so glücklich schätzen"* , *„Ob er sie schon aufgerissen hat, die kleine Maus?"* Alles Mögliche. Ja, die „Maus" gehörte ihm, aber Aufreißen am ersten Tag? Er war nicht wie die anderen Jungen, die mit ihnen in der Stufe waren. *„So, Leute! Macht euch schnell fertig!"* Jonas sah Feline noch einmal hinterher, dann verschwand er mit den

120

anderen männlichen Wesen in der Umkleidekabine neben der der Mädchen.

„Jonas steht nicht mehr auf Sandra! Aber er ist vergeben..und ich weiß nicht an wen! Ich meine, wenn er sie noch nicht so lange liebt..wie..was ist da überhaupt los bei dem!?" Bedrückt standen die beiden Mädchen auf dem Schulhof und Diana putzte mit Kristinas Schal ihre Brille, an der ein paar hilflose Tränen hingen. Es belastete sie einfach zu sehr. Kristina umarmte Diana, drückte sie ganz fest an sich. *„Wir holen Jonas später von der Schule ab. Und wenn du den Anblick überhaupt nicht aushältst, dann gehen wir. Nur..ich will wissen, mit wem der Junge geht."* Diana nickte schniefend. *„Was sollen wir nur tun?"* Es klingelte und die kleine Diskussion musste unterbrochen werden, da sie in den letzten beiden Stunden in unterschiedlichen Räumen Unterricht hatten. *„Ich warte später hier, wir werden oft früher rausgelassen!",* rief Kristina Diana hinterher, als sie mit der schweren Tasche in der Hand davonlief.

Jonas und Feline waren in der gesamten Stufe, ja fast der ganzen Schule das Gesprächsthema Nummer eins. Und obwohl Jonas das eigentlich freute, bekam er davon nicht sonderlich viel mit – Feline und er standen in jeder Pause an dem einen Geländer und machten pärchenhafte Sachen, ließen sich von niemandem stören und gaben ihre kleine Show zum Besten. Auch nach Schulschluss wollten sie sich dort treffen. *„Magst du heute mit zu mir kommen oder fahren wir zu*

121

dir?" Nach der sechsten Stunde standen die beiden gemeinsam am Geländer und machten sich Gedanken über den restlichen Tagesablauf zu zweit. *„Wir gehen zu dir. Bei mir ist es nicht schön. Wie gesagt."* Felines Gesicht bekam einen harten Gesichtsausdruck. Jonas schämte sich, er wollte ihr doch auf gar keinen Fall zu nah gehen. Dieses Mädchen verletzen wäre das schlimmste, was ihm passieren könnte. *„Okay, dann kann ich dich meiner Familie vorstellen."* Er ergriff ihre Hand, gab ihr einen liebevollen Kuss und wollte losgehen, als er von links zwei Mädchen auf ihn zukommen sah. *„Moment, ich bin gleich wieder da!"*

„Das kann doch nicht wahr sein! Weißt du, wen er da gerade geküsst hat?!" Diana vergrub ihr Gesicht in ihren Händen. *„Das ist diese Schlampe vor der Party, diese ekelhafte Feline! Und mit diesem Miststück ist er jetzt zusammen! Nein sorry, das kann ich nicht. Und das passt gar nicht in mein Bild von ihm! So ein Lügner."* Aber zu spät, Jonas kam bereits auf sie zu. *„Da musst du jetzt durch, Diana. Abhauen können wir jetzt nicht, das ändert nichts an der Situation."* Kristina nahm ihre Hand und drückte sie. *„Das wird."* Jonas kam zu ihnen hinüber. *„Tut mir leid, Diana."* Er sah sie an. *„Ich weiß, wir wollten was machen heute, aber.. ich habe jetzt eine Freundin und.."* Diana musste krampfhaft ihre Tränen zurückhalten, was Kristina merkte, ihre Hand fester hielt und stattdessen für sie sprach. *„Ach, egal! Wir sind nur gekommen, um zu sagen, dass wir was miteinander tun wollten, nicht wahr, Diana?"* Sie hatte sie gerettet. Diana nickte

schnell und auf der Stelle drehten sie sich um und gingen. *„Danke, Krissy.“*

„Wohnst du mit Jacky und Lena zusammen?“ Auf der Busfahrt zu Jonas fragte Feline ihn ziemlich viel. Wo die Zimmer der beiden waren, in welchem Stockwerk er schlief und sowas. Jonas war verwirrt, beantwortete jedoch alles. Warum sie das wissen wollte, war ihm nicht klar. *„Wir müssen raus.“* Jonas und Feline stiegen aus und liefen die Straße entlang. *„Ich kenne dieses Viertel.“* Feline sah ihn misstrauisch an. *„Wohnst du hier?“* - *„Nein. Etwas weiter geradeaus, wir müssen bloß hier durch, um dorthin zu kommen.“* Ihr Blick hellte auf. *„Gut. Denn hier hat mal meine Mutter gelebt, oder hier in der Nähe. Ich kann mich nicht sehr an das Haus erinnern.“* Arme Feline. Es tat ihm so leid, dass ihre Mutter tot war! *„Schatz, du musst nicht daran denken. Die Mutter von Diana ist verschollen.. sie redet da auch nicht gerne drüber.“* Felines Blick daraufhin war wieder eiskalt, sodass Jonas eingeschüchtert war und nichts mehr sagen wollte und konnte. Aber bald waren sie auch angekommen und das Schweigen legte sich abrupt. *„Jacky und Lena sind wahrscheinlich da, meine Eltern nicht“*, meinte Jonas, *„die haben ja ihre Schichten und kommen später heim.“* Und wenn man vom Teufel sprach – Lena machte schleunigst die Tür auf und sah sie nicht wirklich überrascht an, was sich jedoch dann auch wieder änderte. *„Bist du jetzt wirklich echt mit meinem Bruder zusammen?“* Ihr Gesicht war rot und sie war aufgeregt, es war die erste Freundin von Jonas, die sie

kannte – und die erste, die er zählte. Anna war eine kleine Klette, die war nicht der Rede wert. *„Ja, wir sind ein Paar."* Feline sah sie an und drängte sich an ihr vorbei – um in Jackys Arme zu laufen. *„ Viel Glück, Jonas.. aber glaub mir"* - sie flüsterte in sein Ohr - *„jemand anderes ist da ganz traurig, weißt du."* Wer sollte denn traurig sein? Ach, sie wird wohl Anna meinen, auch, wenn sie sie nicht gut kannte. Egal. *„Beschäftigt euch bitte alleine, wir sind oben."* Jonas blickte den beiden hinterher, wie sie zum Fernseher dackelten und sich eine Sendung anmachten. Die Chipstüte begann zu rascheln. *„Ich wohne oben. Komm' mit!"* Die beiden gingen die Treppe nach oben. *„Magst du die Tasche nicht doch lieber unten lassen?"* Er blickte auf seine Freundin, die das kleine, blassrosafarbene Teil fest umklammerte. *„Ich stelle sie auf den Schreibtisch. Dann musst du aber abschließen, nicht, dass die Kleinen noch ankommen."* Sie grinste ihn an. Jonas nahm seinen Schlüssel und drehte ihn rechts rum. *„Zufrieden?"* Sie nickte und ließ sich auf sein Bett fallen, Jonas sprang eifrig hinterher und wenig später kniete er über ihr und sie sahen sich in die Augen. *„Ich liebe dich."* Jonas war mit der Situation komplett überfordert, es schien so, als würden ihre Augen ihn anziehen. *„Küss mich."* Sie lächelte den Jungen bloß verführerisch an mit den vollen Kirschlippen im Grellpink. *„Wird getan."* Und im Nu lagen die beiden, eng ineinander verschlungen, auf dem Bett und küssten sich. Jonas fand diese Küsse anders als die anderen davor. Annas Mund war klein und so hart, seine Mutter war eben Familie und die Küsse mit

Sandra.. Sandras Lippen waren so verdammt normal. Außerdem konnte er sich herzlich wenig daran erinnern. Felines Lippen und der gesamte Mund fühlten sich einfach toll an und hatten einen tollen Geschmack. Er wollte gar nicht mehr aufhören. *„Bisschen warm hier, gell?"* Und kaum hatte er sich versehen, war sein Hemd samt T-Shirt weg. *„Aber du willst jetzt nicht.."* Darauf war er nicht vorbereitet. *„Ach Quatsch. Wir gehen es langsam an."* Jonas blickte zur Türe, sie war abgeschlossen. Er grinste. *„Na, wenn das so ist!"* - und zog Felines Bluse über den hübschen Kopf.

„Ich habe so keine Lust mehr! Seit Wochen sehe ich Jonas nicht mehr! Immer ist Feline da! Jedes verdammte Mal. Selbst Weihnachten durfte ich alleine verbringen." Diana stapfte die Straße entlang, während sie mit Sandra telefonierte. *„Wenigstens konnte ich mit euch feiern.."* Aber da war sie auch nur das fünfte Rad am Wagen. Sie wollte es so haben wie früher, selbst wenn Jonas immer von Sandra geredet hatte – er hatte keine feste Beziehung mit wem. Sogar die von Anna und Mike hielt lange! Irgendwie waren in ihrem Freundeskreis jetzt alle vergeben, außer ihr. Diana wollte einfach nicht mehr. *„Und an Silvester feiern wir bei ihm. Aber nein, nicht zu zweit, ich muss diese Feline auch ertragen und ihr seid ebenso dabei. Nicht, dass ich nicht mit euch feiern will, aber ich will Zeit alleine mit Jonas. Ohne Feline. Auch wenn Krissy und du toll seid."* Diana wollte gerade ihren Redeschwall beenden, als Sandra einen Vorschlag machte. *„Du willst seit Wochen etwas anders haben. Lass' dir heute*

die Cheeks stechen lassen. Nach Weihnachten solltest du doch Geld dahaben, oder? Ich kann auch mitkommen!" Die Piercings. Ja klar, die wollte sie schon lange. Sie konnten aber nicht Jonas ersetzen.. klar. Aber Ablenkung war sowieso das Beste. *„Alles klar.. wieso nicht. Treffen wir uns am Studio? Das müsste heute bis 18 Uhr offen haben und es ist erst halb 4."* Sie hatten Ferien, übermorgen war Silvester und sie würde Jonas wiedersehen. Und Feline. Bah. Sie schüttelte sich. Sandra hatte Recht, Ablenkung war, was sie brauchte.. *„Wir gehen zu dem, wo du vorher warst. Also ja."* Diana legte auf und führte ihren Weg fort. Zum Piercingstudio brauchte sie zu Fuß vielleicht zehn Minuten und Sandras Bus hielt sowieso davor – sie würde nur wenig länger brauchen. Aber womit davor ablenken? Sie wollte Musik hören auf dem Weg, aber etwas, was sie nicht an ihren Schwarm erinnerte. *„Kein Papa Roach. Keine Liebeslieder. Kein Fall Out Bo...ach, doch."* Sie hatte eigentlich Lust auf diese Band, und es gab doch sicherlich gerade ein aufmunterndes Lied, oder? *„The Phoenix, Centuries, ja, schön..oh. My Songs Know What You Did In The Dark!"* Das Lied machte ihr eigentlich immer gute Laune und sie sollte welche haben – ihre beste Freundin traf sich mit ihr und sie bekam ihre geliebten Wangenpiercings, auf die sie so lange gewartet hatte. *„Vielleicht sollte ich erst.."* Bevor sie das Lied einschalten konnte, sah sie sich Jonas' WhatsApp-Seite an. *„15.12. - Ich liebe dich, Feline. // „I like it heavy – Halestorm."* Sein Status. Ja, der Junge war ein absoluter Halestormfan, so wie sie Papa Roach

126

vergötterte. Sie hatte ihn außerdem auf seine Band gebracht. Das Profilbild war ja eigentlich eine niedliche Idee, wenn es nicht Jonas und Feline wären. Jonas im Anzug und weißem, geschlossenen Hemd beugte sich zu der am Boden sitzenden Feline, die ein langes, schwarzes Kleid mit Tüll trug hinunter und küsste sie. Außerdem hatte er ihr Gesicht in beide Hände genommen. Im Hintergrund war der Weihnachtsbaum und man konnte Jackys Hand sehen. *„Oh, kein Karohemd heute? Das wird wohl Weihnachten gewesen sein. Sonst trägt Jonas immer seine geliebten Hemden.“* Sie schloss das Profil schnell und ging offline. Jetzt nur noch Fall Out Boy und Sandra. Es würde gut werden. *„Irgendwann wird er sie durchschauen, die Schlampe.“*

Eine halbe Stunde später (etwas später als erwartet) tippte jemand die wartende Diana von hinten an. *„Sandra! Da bist du ja!“* Euphorieberauscht und aufgeregt fiel sie ihr um den Hals. *„Wie war dein Tag bisher?“* - *„Ich war eben bei Krissy und habe ihr etwas vorbeigebracht, sie ist krank.“* Sandra lachte. *„Sie hat sich sehr gefreut. Und jetzt ist es an der Zeit, dass du glücklich wirst.“* Sie haute Diana auf die Schulter, lachte dabei leise. *„Gut siehst du heute aus!“* Diana sah an sich hinunter: DocMartens in Weiß, ein langer, schwarzer Rock und ein Papa Roach-Shirt. Dazu trug sie einen langen Mantel, schließlich war es auch verdammt kalt. *„Soll ich dir die Haare wieder nachmachen?“* Sandra merkte, dass Diana nicht ganz bei der Sache war, probierte sie aber trotz allem im Hier und Jetzt zu behalten. Diese verneinte außerdem –

es hatte ihr gefallen, aber nein, sie wollte die Haare haben wie sie waren. Das Schwarz war raus und der Pony sehr lang – aber daran hatte sie Gefallen gefunden. Es machte sich gelockt nämlich ganz hübsch – aber jetzt waren die Cheeks dran, endlich, nach so langer Zeit. *„Hast du 'nen Energy für mich? Ich bin dezent am Absterben vor Aufregung und Freude."* Sandra suchte in ihrer Tasche und fand tatsächlich eine Dose Monster. *„Gönn's dir, Cutie."* Und dann öffneten sie die Tür. Diana wollte gerade was sagen, als ihre Freundin sie zurückschob. Außerdem fiel ihr dann auf, dass es nicht die beste Idee war, bei einem rasenden Herzen Koffein zu sich zu nehmen. Aber das sollte nun auch keine Rolle mehr spielen. *„Gib' mir das Geld, geh' schon mal hinten durch. Ich bezahle es dir, dann geht das besser mit der Aufregung. Weil du schon mal da warst, müssen die nicht diese ganze Scheiße abziehen mit Alter und Einverständniserklärung."* Diana blickte sie an – und nickte. Sie war schon etwas entspannter als vorher. *„Ich komme gleich. Bei welchem Piercer warst du nochmal?"* - *„Leon!"*, rief Diana noch leise her, als sie nach ganz hinten durchging. Es gab mehrere Zimmer und einen langen Flur und das Bauchnabelpiercing hatte sie im hintersten Raum stechen lassen, also wollte sie es auch dieses Mal dort tun, aber aussuchen konnte man es sich sonst auch nicht. Jetzt hatte sie nur irgendwie Glück gehabt, denn Leon war sehr nett – ein richtiger Rockerkerl mit seinen 30mm Tunneln und dem ganzen Körper voller Tattoos. Irgendwie machte Diana sein Image ganz schön an, er war interessant.

Und er konnte gut und möglich schmerzfrei piercen, was sie beim letzten Mal glücklicherweise feststellen durfte. Diana freute sich auf ihn – und kaum hatte sie den Energydrink geleert und sich auf die Liege gelegt, da kamen zwei Leute zur Tür herein. Es waren – Sandra, natürlich und ein anderer Kerl, aber nicht Leon! Diana wollte gerade den Mund aufmachen und etwas fragen, als der andere Mann sich vorstellte. *„Hallo.. Diana?"* Diana nickte zaghaft, fühlte sich auf einmal komplett anders als vorher. Fremde waren ihr nie sonderlich geheuer. *„Also, ich bin Vic. Und ich habe gehört, du möchtest Cheeks?"* Nächstes zaghaftes Nicken. *„Die kann ich dir stechen!" „Der ist voll nett. Leon ist heute nicht da."* Vic hatte Sandras missglückten Flüsterversuch bemerkt. *„Ja, ich bin nett."* Eigentlich kam er auch ganz okay rüber, wie er da so lachte und lieb zu ihnen war, könnte sich locker darüber lustig machen, wie panisch sie war, doch das unterließ er glücklicherweise auch. Ein kleines Septum hatte er und lange, braune Haare, offen. Das Being As An Ocean – Shirt machte ihn aber etwas sympathischer. Noch mehr. *„Dann wollen wir mal!"* Diana lag auf der Liege, angespannt und nervös. *„Mach die Augen zu!",* forderte Sandra. Wangenpiercings waren etwas anderes als der Bauchnabel, es musste jetzt klargehen. Gott, wieso war Leon denn jetzt nicht bei ihr?

„Jonas? Wie wird das an Silvester ablaufen?" Feline baumelte kopfüber an seinem Bett, während er sich umzog. *„Schatz, es werden einige kommen."* - *„Auch*

Diana?" - „Auch Diana. Und Sandra, Kristina sowie meine Schwestern." Feline stand auf und küsste ihn. „Das wird ein toller Abend. Wir können gleich etwas dafür einkaufen gehen." Jonas nickte entschlossen. „Alles klar!"

Diana lag auf der Liege, starrte in den Spiegel, den Vic ihr vors Gesicht hielt und staunte wie ein kleines Kind. „Ja, du hast deine geliebten Cheeks und ja, Vic hat das ohne Betäubung gemacht." Diana hatte einfach nichts gemerkt! Den Mund für die Zange so lange offen zu lassen, das hatte viel mehr geschmerzt als der kurze Stich des Piercers. „Gib' mir bitte was zu trinken", grinste Diana. Lächeln ging nicht so gut, das tat schon ein kleines bisschen weh, aber trinken müsste gehen. „Danke, Vic." Diana blickte ihn an – und Sandra drehte ihr Septum heraus. „Das ist jetzt auch abgeheilt. Hoffentlich töten mich meine Eltern nicht!" Vic grinste. „Ja, das war auch ich. Für die tolle Lady." Diana blickte vom einen zum anderen – und lachte. Jetzt war ihr klar, warum sie diese gute Verbindung zueinander hatten.

Es war tatsächlich der 31. Dezember. Und das hieß Silvester. Was außerdem hieß – dass Jonas eine Feier planen musste. Für mehrere Leute. Was er noch nie gemacht hatte. Und wenn er ehrlich war, brauchte er Hilfe. *Viel* Hilfe. Die Party würde um 17 Uhr beginnen, hatte er den anderen gesagt – aber Feline würde bereits eine Stunde früher kommen, um ihm bei den Vorbereitungen zu helfen. Vorgestern hatten sie sich

130

das letzte Mal gesehen, da waren sie einkaufen. Leicht stolz guckte Jonas auf die Flasche voll Rum, die Feline aus dem Laden befördert hatte. Also, eigentlich gekauft, aber ohne Ausweis. Irgendwie hatte es funktioniert. Und obwohl er kein Fan vom Trinken war, war er stolz auf das tolle Exemplar. Aber verdammt, wie organisiert man eine Party? Er wollte ein Mädchen fragen. Vor seinen Freunden war ihm seine Desorganisiertheit zu peinlich, also sollte er..nein. Doch, er würde die kleinen Schwestern fragen, es war auch ihre Feier. *„Jacky, Lena? Kommt ihr bitte mal runter?"* Jonas stand immer noch in der Küche herum und war verwirrt. *„Ja, Jonas?"* Lena stand schnell unten, roter Lippenstift und ein schwarzes Kleid. *„Für heute Abend!"* Sie erinnerte ihn an Feline. Wie sehr sie sich einfach an ihr orientierte war enorm überwältigend. Mensch, wie sie erst in ein paar Jahren aussehen würde? *„Wie soll die Party aussehen..und was braucht ihr noch?"* Als Jacky das hörte, stand sie innerhalb von einer Sekunde unten bei dem Jungen. *„Lass' das nur unsere Sorge sein. Wir besorgen noch den Rest. Und du die Gäste."* Jacky nahm den Schlüssel und verließ das Haus so schnell, wie sie gekommen war. Lena ging hinterher. Jonas wusste nicht, ob er sie so rauslassen sollte, aber da war sie auch schon verschwunden. Kleine Kinder eine Party organisieren lassen, das war vielleicht doch keine so gute Idee. Klein war relativ, elf, zwölf. *„Und besorg es den Gästen, hahaha, also einem!"* Lena blickte noch kurz zur Türe und war dann endgültig weg. Besorgen, haha. Jonas bekam einen roten Kopf, wenn er an ein paar Ereignisse dachte, und dass es Feline betraf. Wie vor ein paar Tagen..er musste grinsen. Das hatte ihnen gefallen. Aber nun ging es um die Feier, nicht darum, was er schon alles ausprobiert hatte. *„Ich werde einfach warten."*

Eine Stunde später klingelte es an der Haustüre. Und wer war es? Nein, nicht die emsigen Schwestern, die einkaufen waren. Es war seine Freundin, mit einer weiteren Flasche Rum in der einen Hand und der blassrosa Handtasche in der anderen. *„Feline! Du bist ja früh da!"* - *„Du bist schließlich auch.. alleine."* Woher wusste sie das? Sie hatten zuletzt heute Morgen geschrieben und da war von so etwas gar keine Rede. *„Wieso denn nicht?"* - *„Komm einfach wieder mit hoch. Mom und Dad sind sowieso selten da. Und den restlichen Partystuff besorgen die Kleenen."* - *„Na, dann lass' uns doch hochgehen."*

Während sie vor ihm hochging musste Jonas wieder einmal ihre Ausstrahlung bewundern. Ihr Gang war so graziös. Ihr..alles. Er konnte es kaum sagen. Es war seine Traumfrau und er war einfach so glücklich, dass er mit ihr zusammen war. Was Besseres konnte er sich nicht vorstellen. Doch, ihre Lippen auf seinen. Das war einfach das beste Gefühl.

Als Diana an diesem Morgen aufwachte, wusste sie nicht, ob sie lachen oder weinen sollte. Es war der Tag von Jonas' Feier, sie würde ihren Schwarm wiedersehen. Aber mit Feline – wollte sie das so denn überhaupt? Eigentlich ja nicht. Sollte sie ihm absagen? Nein. Diana hatte eigentlich eine dicke Haut, so schnell aufgeben – nein, nicht bei ihr. Außerdem..Jonas hatte die Cheeks noch gar nicht gesehen. Und er sollte sie noch sehen. Das Mädchen lächelte – beinahe ohne jeglichen Schmerz. Und eventuell konnte sie ja heute doch seine Aufmerksamkeit erlangen. Wenn sie schön und auffällig genug war – es waren ja nicht so viele da. Aber was sowieso klar war, egal wie gut das Kleid saß, egal wie schön sie ihr Make-up machen konnte. Sie war nicht Feline – und übertreffen konnte sie diese auch nicht. Auch wenn sie das nie erwartet hätte. Die Partyschlampe. Ein wunderschöner Alptraum.. Diana musste an die Vergangenheit denken, wie die Feiertage damals noch ausgesehen hatten. Angefangen hatte alles vor ungefähr vier Jahren. Sie sind so in Jackys und Lenas Alter gewesen, Klein Jonas und Klein Diana. Er mit kurzen, straßenköterblonden Haaren und sie mit ihrem damaligen, hellblonden Bobschnitt. Und einem geraden Pony. Klein und unschuldig, bereits da hatten sie sich gemocht, wurden die besten Freunde. Und die Feiertage haben sie bei ihm verbracht. Weihnachten und Silvester, unzertrennlich, jahrelang immer zu zweit. Und mit ungefähr 14, da hatte sie sich in ihn verliebt. Hals über Kopf. Gerade, als er mit Anna zusammengekommen war. Diese Beziehung, die für ihn keine richtige war, weil Anna komisch war. Und dann wollte sie ihm das alles sagen. Aber nein, sie hat es nicht getan – und bereut. Weil er dann Sandra kennengelernt hatte. Und die Sache die bei ihr mit ihm passierte, ging ihm so mit ihrer besten Freundin. Diese Zeit..sie seufzte. Es war unangenehm. Und wie gerne sie es dieses Jahr doch so hätte, zu zweit, Jonas und sie, ohne Feline oder irgendwen sonst. Aber auch wenn die Chance auf Aufmerksamkeit seinerseits ziemlich gering war, wollte sie doch gutaussehend ankommen. Vielleicht schaffte sie es mal, besser auszusehen als Feline. Aber sie hatte ja sowieso nicht die passenden Kurven..aber weiße DocMartens. Die Jonas immer wieder komplimentierte, weil er sie so hübsch fand. Als sie den Schrank öffnete, kam ihr das neue Abendkleid entgegen. Es war ein richtiger Traum. Glitzernde Pailletten am engen Dekolleté, der Tüllrock ging fast bis zu den Knien. Es war hellblau. Mit einer weißen Strumpfhose und Armstulpen in derselben Farbe würde es sicher gut ankommen. Vielleicht sagte ja sogar Jonas etwas dazu, wer weiß..naja. Die Feier würde erst in drei Stunden beginnen, also hatte sie noch genügend Zeit. Schminken, Duschen..hoffentlich wurde das nicht allzu stressig. Am besten, sie fing sofort damit an.

„Und da sind wir!" Jacky und Lena standen unten, aber die beiden oben bekamen nicht sonderlich viel davon mit, bis Jonas' Mutter mit ihnen hochging und den Jungen beim heftigen Knutschen erwischte. Peinlich. *„Oh, Jonas! Ist das Feline, deine Freundin? Gut seht ihr aus!"* Naja, Jonas musste sich noch umziehen, aber Feline hatte ja ihre Sachen bereits an. *„Ich bin so stolz darauf, dieses Mädchen meines nennen zu können."* Feline wurde rot wie ihr intensiver Lippenstift. *„Da kannst du auch stolz darauf sein! Eine wahre Schönheit. Willkommen in der Familie! Und Jonas, mach' dich fertig, deine Feier fängt gleich an! Ich bin ja schon wieder weg.."* Sie nahm Jacky und

Lena mit runter, als sie aus dem Zimmer verschwand. *„Los, Jonas!"* Feline bewarf ihren Freund mit einem Kissen, sodass er sich schnellstens umzog. Während er dann in seinen Boxershorts vor ihr stand, grinste sie. *„Nein, Felinchen. Jetzt ist die Feier. Rummachen können wir, wenn die weg sind."* Vom Player verwandelte Jonas sich in eine Art Geschäftsmann, als er in den Anzug schlüpfte. *„Siehst immer fesch aus."* Seine Freundin betrachtete sich mit ihm in seinem Spiegel. Und wieder sagte sie bloß diesen einen Satz: *„Wir sind für einander gemacht worden."* Und als ob er gesteuert wäre, wie eine Puppe, sagte er folgendes, auch das zweite Mal: *„Ich würde für dich sterben."*

Noch 20 Minuten. Verdammt. Diana sah das letzte Mal in den Spiegel. Eigentlich sah sie ja gut aus. Die Locken waren gut geworden. Der breite Lidstrich machte sich schön hinter der Brille und sie hatte einen Lippenstift aufgetragen, der mit ihren Haaren beinahe übereinstimmte. Die langen, dünnen Beine steckten in den Dr. Martens. Während sie hinunterging, überlegte sie, was an Felines Beinen besser war als an ihren. Ihre Beine waren nicht so dünn wie Dianas, sondern trainiert. Vielleicht deshalb? Vielleicht war Jonas auch einfach nur verliebt, das würde vorbeigehen. *„Kannst du mich fahren?"* Diana fragte ihre Tante, weil sie in ihrem Kleid in der Kälte nicht unbedingt laufen wollte. Und weil es bequemer war. *„Zu Jonas?"* Sie lächelte nett, als Diana nickte und stimmte zu.

„Jonas! Es klingelt!" Lena lief, in ihrem felineähnlichen Outfit zur Türe. Jonas war noch oben, also machte sie auf. Vor der Tür standen zwei Mädchen. Eines war sehr klein und hatte einen hellbraunen Jumpsuit an sowie eine bunte Perlenkette. Sie hielt die Hand eines anderen Mädchens. Blonde, kurze Haare, Nasenpiercing. Sidecut. *„Jonas, wer ist das!"* Eine Sekunde später stand ihr Bruder hinter ihr. *„Das sind Kristina und Sandra, andere Gäste."* Zu ihnen dann: *„Kommt rein, nehmt euch was. Diana ist noch nicht da und Feline noch eben oben."*, bevor er sich dann wieder anderen Sachen zu widmen wagte. Das Wohnzimmer und die Küche waren festlich dekoriert. Noch stand sogar der Weihnachtsbaum in der Ecke. Auf der Theke standen kleine Gläschen mit Rum, es gab eine Bowle sowie das normale Zeug – Cola, Fanta und alkoholfreies Bier. Und Erdbeerlimonade für die beiden jüngeren Schwestern des Gastgebers, also Jonas'. Sandra nahm sich ein Glas mit Bier, Kristina blieb bei einer Limonade. *„So. Jetzt wird gleich Musik angemacht und Fondue gegessen, wenn ihr wollt. Und wenn Diana kommt."* In diesem Moment klingelte es erneut.

„Herein!" Diana stand nervös vor der Tür und winkte ein letztes Mal ihrer Tante zu, die davonbrauste. Jonas machte ihr die Tür auf und begrüßte sie mit einer langen Umarmung. *„Toll siehst du aus!"* Ja, er hatte bemerkt, dass sie sich Mühe gegeben hatte! Diana lächelte – und grinste umso mehr, als sie sehen konnte, dass sich nur Sandra, Jonas, Krissy und die beiden

Schwestern im Zimmer befanden. *„Wo ist Fe-"* Sie konnte nicht zu Ende reden, als Feline in ihren viel zu hohen Schuhen die Treppe hinunterging. Ein Wunder, dass sie laufen konnte. Auch dabei – die Handtasche. Immer. *„Endlich bist du mal fertig, Schatz!"* Jonas küsste den Neuankömmling, sie lachte nur. *„Klar. Hallo, Diana."* Feline war wenigstens nett zu ihr – und so anders als auf der Party..ob sie vielleicht doch okay sein konnte? Nein, sie war mit Jonas zusammen, deshalb war sie nicht okay, so konnte sie sich die Sache auch nicht besser reden. „Was wollt ihr für Musik? Irgendwelche Wünsche? Ich habe eine neue Anlage." Jonas präsentierte sie stolz, während er vor Freude strahlte. Sie nahm sein ganzes Gesicht ein. *„Ich wäre für Papa Roach – Face Everything and Rise."* Diana lachte ihn an, so, als ob er das nicht erwartet hätte. Das hatte er aber, Jonas hatte einen Zettel mit Musikwünschen und führte ihn fleißig. Firework von Katy Perry, Born This Way von Lady Gaga. Außerdem noch 2 Lieder von Halestorm – Rock Show und I Am The Fire. Was noch dazukam waren Fledermausland von Trailerpark sowie We Are The Mess von Eskimo Callboy. Ein verrückter Mix. *„So, dann lasst uns doch beginnen! Prost!"* Sie stießen gemeinsam an und Jonas startete das erste Lied – und eine Knutscherei mit Feline. Vor Dianas Augen. Einen Moment war sie bitter enttäuscht, aber dann bemerkte sie, dass ihr Lied lief. *„Vielleicht wird es ja ganz gut."* Diana begann, mit den anderen zu tanzen, um ihre Sorgen ein wenig in den Hintergrund zu verschieben.

„*Gibt es Trinkspiele?*" Nach zwei Liedern, nämlich Papa Roach und dem von Lady Gaga meldete Sandra sich zu Wort. Die mit ihrem Alkohol. „*Nein, später vielleicht. Mal gucken, aber nicht, dass Lena sich ein Beispiel daran nimmt!*" Jonas wusste, dass Jacky vernünftig war, aber auf seine andere Schwester musste er aufpassen. Sie nahm sich seine Freunde oft als Vorbild, sah heute schon aus wie Feline – und Sandra war ja wirklich keins. „*Wer hat denn schon Hunger?!*", rief er wenig später vergnügt, ziemlich laut, weil man durch Eskimo Callboy im Hintergrund so wenig verstand. „*Ich!*" Diana hatte ihn gehört und kam ihm entgegengelaufen. Außerdem fragte sie ihn, ob sie in der Küche helfen durfte. Jonas meinte, er würde keine Hilfe benötigen, aber sie könne das Fonduegerät aus dem Keller bugsieren. „*Klar.*" Diana lächelte, zwinkerte und ging. Ihm fiel auf, wie schön sie heute war. Noch mehr als sonst. Fast wie Feline, oder? Aber ihre Augen lösten nicht dieses.. Verlangen in ihm aus. Es war schlichtweg Feline, in die er verliebt war. Aber Diana.. sie sah heute so anders aus, als ob sie etwas verändert hätte. Was konnte er nicht sagen, aber auf jeden Fall war es etwas. Während Kristina noch mit Jacky und Lena am Tanzen war, war Jonas mit Sandra in der Küche verschwunden. Diese ging aber sofort wieder heraus, als Feline, die ihnen hinterhergekommen war, diesen etwas fragen wollte. Jonas nahm das Messer aus der rechten und den Käse aus der linken Hand, wusch sich die Hände und setzte sich mit ihr zusammen auf die Barhocker in der Küche.

Diana hatte das Gerät gefunden, sie kannte sich bei ihm aus. Noch hatte Jonas sie nicht auf die Piercings angesprochen, vielleicht würde das noch kommen, in der Küche beispielsweise konnte es passieren, dort war es sehr hell. Sie ging die Treppe nach oben, von dort schallte die Musik zu ihr hinauf. Als sie an der Küche ankam, konnte sie erkennen, dass sich außer Jonas noch Feline und Sandra drin befanden, auch wenn Sandra gerade die Küche verließ. Sie ging zu den anderen zurück. Feline und Jonas fingen ein Gespräch an. Okay, vielleicht konnte sie ja Infos erfahren und zuhören, ohne dass sie sofort reinging und störte. Jonas konnte im Glauben sein oder bleiben, dass sie das Fonduegerät suchte. *„Das Essen muss wohl, leider, leider, eine halbe Stunde warten"*, sagte sie zu sich selbst und ließ sich versteckt hinter dem Sofa runter, damit sie versuchen konnte, zu lauschen, was bei der lauten Musik nicht sonderlich einfach war für sie. Kommunikation fiel schwer. *„Jonas? Wann sind deine Eltern wieder nicht da?"* - *„Am 12. Januar. Wieso, Schatz?"* - *„Du weißt doch. Dann kann ich dir noch besser und mehr meine Liebe.. beweisen."* Alles klar. Der nächste Teil war eine Diskussion, ob Feline sich bereit fühlte und vorbereitet war, was Diana nicht hoffte, aber nun leider stimmte Jonas' Freundin zu. Sie hatte es ja auch vorgeschlagen. Das tat weh, sie wollte nicht, dass sie diesen Schritt wagten! *„Dann werde ich an diesem Tag bei dir übernachten, klar?"* Er küsste sie und nickte zustimmend. *„Ich mache alles für uns."* Diana hatte genug gehört und versuchte, sich gute Laune vorzutäuschen. Nach der Feier würde sie nicht mehr mit Jonas reden, solange, bis sie einfach auf dem Freundschaftsniveau klarkam. Dieses Gespräch war viel zu viel für sehr.

„*Hey Jonas, hier ist es!*" Diana kam überraschend hinein, reichte ihm das Gerät und verschwand sofort wieder im Wohnzimmer.

Jonas war zufrieden. Alle seine Gäste schienen zufrieden zu sein und er konnte sie, mit Jacky zusammen, mit gutem Essen beglücken. „*Kristina!*", rief er, „*bring' mal Jacky zu mir!*" Weil diese seinen Ruf nicht hörte aufgrund der Musik, musste er wohl oder übel selber ins Wohnzimmer gehen, aber wie zu erwarten, folgte Jacky dem älteren Bruder sofort in die Küche. „*Darf ich dir beim Käsereiben oder so helfen? Etwas, was mir Spaß macht, aber ich mir nicht wehtue. Sonst sterbe ich noch!*" Sie lachte. Der Junge fuhr sich eben durch die Haare und reichte ihr Speck und Erbsen. „*Teile das bitte auf die Schüsseln hier auf.*" Sie fing an, Jonas begann, den Tisch zu decken und mit dem Fleisch zu hantieren. Und Rock Show lief inzwischen auch. Was für ein toller Silvesterabend – er war fest davon überzeugt, dass es niemanden gab, der daran zu zweifeln wagte.

„*Ein Hoch auf das was uns vereint, auf diese Zeit!*" Sandra war ziemlich angetrunken, als es gerade mal zwanzig vor zwölf war. Komischerweise hatte Diana Gefallen daran gefunden, mit ihrer besten Freundin zu trinken. Obwohl sie mit den ekelhaften

Säufereien nichts zu tun haben wollte. Rum. Gemischt mit alkoholfreiem Bier. Glas um Glas. Rum statt rummachen ging ja auch. Sie stieß mit Feline an. *„Gut so!"* Feline hatte auch Spaß, auch wenn Jonas gerade die Küche putzte und nichts mit ihr oder allen tun konnte. Das Mädchen saß herum, trank mit den anderen und blendete Jonas komplett aus. Ab und an war es doch angebracht zu trinken, oder? Nun verstand sie die anderen besser. Jonas war es doch sowieso egal, was sie da gerade tat. Und er kam einfach nicht. Erst, als sie den Countdown zum neuen Jahr ansetzten, steckte er seinen Kopf zum Wohnzimmer herein, Feline zog ihn auf das Sofa. *„5, 4..3, 2, 1, 0!"* Ein neues Jahr begann. Was sollte das für sie bedeuten? Sie musste die beiden auseinanderbringen, ganz klar. Irgendetwas würde Feline doch an sich haben, sodass Jonas jegliches Interesse an ihr verlor. Nun ja, jetzt würden sie erst einmal rausgehen, alleine mit Raketen, aber nicht sie alleine mit ihm. Der Gedanke, dass er auch in diesem Jahr einer anderen die Welt zu Füßen legen würde, war nicht sonderlich angenehm. Als Diana den Kopf hochnahm, waren bis auf sie alle schon draußen. Nein, Jacky war auch noch da. Und als ob sie ihre Traurigkeit bemerkte, umarmte sie sie ganz fest. *„Das wird wieder. Solange es geht, bin ich für dich da. Auch wenn ich fast fünf Jahre jünger bin als du.."* Diana strich sich eine Träne aus den Augen. *„Wir gehen auch raus jetzt. Frohes Neues, Jacky."*

Der Anfang eines neuen Jahres, der Anfang eines neuen Schreckens. Diana ging täglich nur noch so zur Schule, dass sie Jonas nicht begegnen musste. Auch sonst trafen sie sich nicht mehr, nach der Schule oder am Wochenende, wenn nicht werktags. Die Beziehung der beiden konnte sie inzwischen ja so einigermaßen wegstecken – aber die Ignoranz von Jonas' Seite und dass er mit ihr.. sie wollte es nicht einmal über die Lippen bringen. Die ganzen Wochen konnte sie ihre Anspannungen noch gerade so kontrollieren. Bis der Nachmittag des 12. Januars, eines Freitags, angebrochen war..

„Du hast ja sogar schon alle Sachen mit dabei!" Es war das Ende einer stressigen Schulwoche, Feline war mit drei Taschen zur Schule gekommen – die Schultasche, die kleine blassrosafarbene und einem Rucksack. Ja, seine Freundin konnte direkt nach der Schule zu ihm kommen. Seine Eltern waren ja nicht da, nur Jacky, Lena war ja ebenfalls nicht da – Übernachtungsparty, die auch direkt nach der Schule begann mit einer normalen Feier. Also noch weniger Leute die sie erwischen oder stören konnten, so mittendrin. Das einzige, was er komisch fand, war, dass sich seine beste Freundin gar nicht bei ihm meldete. Seit dem Silvesterabend hatten Diana und er kein Wort mehr gewechselt oder gar geschrieben. Er wusste soweit nicht, warum. Aber ja, heute war ihr Tag. An Diana konnte er noch morgen denken, heute waren bloß sie relevant. Die Schule war um, sie hatten Wochenende und ihm stand noch einiges bevor – perfekt! *„Jacky hat heute Schwimmen. Aber sie darf jetzt alleine fahren. Also haben wir noch mehr*

142

Zeit." Feline ergriff freudig seine Hand, als sie die Straße entlanggingen, als wolle sie jedermann zeigen: Dieser junge Mann ist definitiv meiner. Jonas genoss das Gefühl. Die ganzen Jungs blickten ihnen neidisch hinterher, die Mädchen ebenso. Ja, diese Beziehung würde lange halten und diese Feline, die Schulschönheit, bekam auch keiner wieder so schnell. Seins. Seine Lady.

Als Jacky am Abend wieder da war, hatte sie keine Lust, sie zu stören, im Gegenteil – sie sah sich einen Film an, was die beiden im Nebenzimmer auch gemacht hatten (vor einigen Stunden allerdings). Inzwischen hatten sie 9 Uhr abends und sie hatten schon einiges getan, das weit über das Herumknutschen hinausging, aber den einen Schritt hatten sie noch nicht gewagt. Für Feline schien es nichts Neues zu sein, wie denn auch, bloß das erste Mal mit Jonas, mit dem sie keine Erfahrungen hatte. *"Schatz. Es ist soweit, denke ich mal."* Jonas stand vor seiner Freundin, splitternackt und ohne jegliche Ängste. Diese waren bereits verflogen. *"Gut. Dann zieh' mich doch auch mal aus."* Wie gesagt – getan. Jonas staunte, als er Felines Körper komplett unbekleidet sehen konnte. Es war das schönste, was er je gesehen hatte. Nicht nur im sexuellen Sinne, er liebte jeden Part von ihr, sie gab sich ihm so hin, er war vollkommen von ihr angezogen. Auch wenn sie gerade eher ausgezogen waren... *"Und das hat gerade kein anderer"*, grinste er, als das ganze Spektakel dann begann.

Jonas auf dem Krankenhausbett versuchte weiterzudenken. Aber nein. Das sind seine letzten Erinnerungen zu dem Geschehenen gewesen. Der Rest, wenn da noch einer war, war einfach weg.

Es war gegen zehn Uhr abends. Diana lag in ihrem Bett und versuchte, zu schlafen. Aber es ging nicht. Die Sache mit Jonas raubte ihr jeden Nerv. Wie konnte sie.. nein. Ob sie schon dabei waren? Wer weiß. Sie würde alles tun, um es zu verhindern. Aber wie sollte das denn gehen.. außer, wenn sie selber dazwischen ging. Ja, das war es, aber wie? Einfach hinfahren? Oder.. einbrechen?.. Es war das Haus von ihrem besten Freund, natürlich. Aber der Hass steuerte sie in diesem Moment. Sie musste es verhindern, sie musste hinfahren. Wie suspekt diese Idee war, kümmerte sie kein bisschen. Das Nötigste warf sie schnell zusammen – Schlüssel. Handy. Etwas Schnaps von der Silvesterfeier, den Sandra dabeigehabt hatte. Falls sie es nicht verkraften würde, es zu sehen. Oder damit sie es besser vertrug, was wusste sie. Ja. Das war's wohl. Und.. ah ja. Als sie, frisch gestylt und eingekleidet das Haus verließ, fiel ihr ein großer Stein auf. Gut.. vielleicht konnte er ihr helfen. Diana nahm den Brocken einfach mal mit. Sie wusste nicht, wie sie das Fenster sonst aufbekommen sollte.. auch, wenn es Einbruch war, sie musste es ja machen. Ihre Liebe zu Jonas war stärker als die Panik vor der Polizei. *„Gut, jetzt auf den späten Bus warten.."* Hoffentlich bekam sie es hin. Das konnte ja heiter werden.

Dianas Gedanken an die Vergangenheit endeten etwas später, sie ging noch die Erinnerungen von der Ermordung Jackys durch, der Mordversuch an Jonas, die Sachen mit Krankenhaus. All diese Sachen, die ihr zu schaffen machten. Sie hatte etwas gegen Feline in der Hand. Aber keiner schien ihr zu glauben.

6. Kapitel

Sie waren mit den Gedanken wieder in der Gegenwart angekommen, alle beide. *„Dein Tee wird kalt, Jonas."* Diana drückte ihm das Glas in die Hand, Jonas nahm einen Schluck und spuckte ihn ins Glas zurück. *„Himmel, Arsch und Zwirn."* Der Tee schien ihm nicht zu schmecken. *„Was ist denn jetzt mit uns? Und allgemein – wieso nur? Wieso Jacky? Ich liebe dieses Mädchen mehr als meine Eltern. Sie hat mir so viel bedeutet."* Diana musste an die Silvesterfeier denken, die noch gar nicht so lange her war.

„Solange es geht, ich bin für dich da." Ja. Das hatte Jacky ihr noch gesagt.. Sie war da gewesen. Und jetzt hätte Diana für sie da sein müssen. Aber man konnte es einfach nicht mehr rückgängig machen. Jacky war tot. Mit 12 Jahren. *„Ich kann das gar nicht glauben! Und..was ist mit meinen.."* In diesem Moment ging die Türe auf und ein anderes, kleines, weinendes Mädchen stürmte zur Tür herein. *„Jonas! Wenigstens lebst du noch!"* Hinterher trotteten Jonas' traurige Eltern, auch sie sahen verweint aus. *„Wir lassen euch nicht mehr alleine zuhause, nicht, solange wir noch in diesem Viertel wohnen. Da sind ja immer diese verdammten Drecksasozialen! Man kann sich selbst daheim nicht mehr sicher fühlen! Wer weiß, was noch passiert wäre.."* Die Eltern von Jonas wussten nichts von Felines Besuch, also konnte Jonas es ihnen auch nicht

sagen, sie wären ausgerastet. *„Okay, ja. Ich fühle mich auch nicht mehr sicher. Echt nicht. "* Lena sah sich ihren Bruder ganz genau an, strich über jede einzelne Verletzung und fühlte sich schuldbewusst. Weil sie nicht da gewesen war. Aber gleichzeitig war sie auch erleichtert, da sie sonst hätte auch verletzt oder gar getötet werden können. Das mit ihrer Zwillingsschwester tat ihr viel mehr weh, vor allem, jeder hatte sie nochmal gesehen, aber sie konnte nicht, da die Schwester zu ihr gemeint hatte, dass der Anblick für sie zu grausam sei. *„Ach, ja. Das wird. Außerdem..Diana ist montags wieder regulär in der Schule und ich bleibe so..1-2 Wochen. Denn so kann ich definitiv nirgendwo hin.. "* Er blickte an sich hinunter. Wer konnte nur solche Taten ausüben? Ihm war bewusst, dass er seiner kleinen Schwester mehr das Leben gegönnt hätte als ihm selber. Es war schlimm. Er wusste gar nicht, was das schlimmste für ihn war – dass seine Erinnerungen an den Mord verschwunden waren, dass Jacky tot war oder dass er jetzt im Krankenhaus war, weil ER fast umgebracht worden ist. Das alles hatte in irgendeiner Art und Weise sowieso etwas miteinander zu tun. Und verdammt, er musste doch Feline erreichen können. Ging es ihr denn gut? Er wusste es nicht. Bedauerlicherweise.

Am nächsten Morgen war Diana sich bewusst, dass sie Jonas jetzt alleine lassen musste. Heute würde sie gehen müssen, oder konnte sie nicht doch noch den Sonntag über bleiben?
Er würde jetzt lange hier bleiben.. und er wollte Feline

147

sehen. Das durfte nicht sein, wer weiß, was sie denn noch mit ihm vorhatte! *„Eventuell bringt sie ihn noch nachträglich um!"* Diana konnte es nicht zulassen. Sie wollte unbedingt mehr über diese Mörderin herausfinden.. wer weiß, wie? Mit einer Freundschaft? Mit einem Mädchen anfreunden, dass sie eventuell umbringen kann. Was sie nicht alles tun würde, um Jonas zu beweisen, dass sie ihn wirklich liebte – und dass Feline den Anschlag auf ihn geplant hatte! Es war einfach furchtbar*! „Das mit Jacky ist schlimm genug. Ich sehe es jetzt als meine Aufgabe, weiteres zu verhindern. Ich scheine die einzige zu sein, die merkt, was hier vor sich geht. Ich werde allen beweisen, was passiert ist und wieso. Es muss was dahinter sein. Ich, Diana, schaffe das. Alleine. Aus Liebe zu Jonas."*

Gegen Abend musste Diana leider wirklich ihre Sachen nehmen und nach Hause gehen. Ihre Eltern schienen nichts davon zu wissen. Nein, anscheinend war bei ihnen angekommen, dass Diana ins Krankenhaus gekommen war, weil sie sich beim Kochen an der heißen Herdplatte verbrannt hatte. Weil sie echt keine Sachen hatte, die einigermaßen heile waren, bis auf den blauen Kunstpelzmantel, zog sie wieder die halb zerschredderten Klamotten vom Freitag an und wickelte sich komplett in dem Mantel ein. Niemand hatte etwas vorbeigebracht, auch wenn allein der Logik nach eigentlich ihr Vater hätte verständigt werden müssen. Was in diesem Krankenhaus noch alles falsch lief, das konnte sie gar nicht genau sagen. Jonas Eltern sind wieder da gewesen und hatten sie gefragt, ob sie

sie nach Hause fahren sollten. Diana stimmte ihnen zu. So nach Hause laufen – nein. Außerdem tat der bandagierte Arm noch weh, weil sie sich ja an Jonas' Fenster geschnitten hatte. Massiv. Ob sie etwas davon wussten? Nein, sie vermuteten ja auch, dass dies' der Einbrecher war, der über die anderen hergefallen war. Also der Mörder. Das mit Feline würde ihr sowieso keiner glauben. *„Ich bin ja so froh, dass du zufällig noch da warst und den Krankenwagen holen konntest, Diana! Wer weiß, was sonst noch mit unserem Sohn passiert wäre."* - *„Klar. Er ist doch mein bester Freund."* Diana tat auf unwissend, auch wenn sie in echt wusste, was wirklich passiert war. *„Danke fürs Bringen."* Das Auto stoppte vor der Tür. *„Keine Ursache, Diana. Wir sehen uns."* Jonas' Mutter winkte ihr noch zu, während sie wendete und zum Krankenhaus zurückfuhr. Diana öffnete das Gartentor. In ihrem Gehirn eine einzige Überlegung, die sich die ganze Zeit über wiederholte. *„Okay. Wie kann ich an dieses Weib herankommen?"*

Es war ein normaler Montagmorgen, zumindest für alle anderen. Für Diana war es keiner. Sie musste zwar auch wieder zur Schule, wieder derselbe Mist, wieder lernen und sich quälen, aber heute war es um einiges schlimmer. Jonas war verletzt im Krankenhaus. Zwar hatte sie sich vorgenommen, nie mehr mit ihm zu reden, aber das toppte einfach alles. Als sie das Schulgebäude betrat, kam Kristina ihr bereits entgegen. Sie wollte der Freundin von den schrecklichen Attentaten erzählen, als diese vor ihren Augen anfing, zu weinen. Erschrocken nahm Diana die Kleine in den Arm. *„Krissy! Was ist passiert?"* Sie hatten noch zehn Minuten vor 8, also musste Kristina noch nicht zu ihrem Raum und konnte erzählen. *„Sandra.. Sandra hat mit mir Schluss gemacht!"* Sandra.. ihre beste Freundin.. sie hatte Diana von nichts gesagt! *„Sandra redet ebenfalls die ganze Zeit von Feline! Wie Jonas! Ich dachte, sie hasst dieses Mädchen! Und jetzt hat sie sich in sie verliebt?! Wie kann das bitte gehen. Sie hat immer gesagt, ich bin diejenige, die ihr Herz schneller schlagen lässt!"* Feline. In Diana sammelte sich immer mehr Hass. Wie war das denn jetzt passiert? *„Sie scheinen sich am Sonntag getroffen zu haben. Warum auch immer. Auf jeden Fall, heute Morgen hat sie mir gesagt, dass sie sich in Jonas' Freundin verguckt hat und sie unterstützen will. Weil du sie ja so nicht abkannst. Sie konnte sie doch auch nicht ab! Jonas auch nicht! Und jetzt DAS?!"* Kristina zitterte total. Diana war mehr als geschockt. Was konnte diese Feline denn noch anstellen? Es war ja fast so, als könnte sie die Menschen zu sich bringen. Aber warum Sandra? *„Und das gerade eben erst? Du Arme..ich rede später mit Sandra, ja?"* Inzwischen hatte es nämlich auch geklingelt. *„Ja."* Sie wischte sich die Tränen aus dem Gesicht. *„Übrigens..das mit Jonas und Jacky tut mir so leid!"* Okay, sie schien es auch erfahren zu haben, wie auch immer. Und für tiefgründige Gespräche blieb nun keine Zeit mehr. Feline? Keine Ahnung. Es musste durch irgendetwas herumgegangen sein. Als sie in die Klasse gehen wollte, kam Kristina noch einmal auf sie zu. *„Wann wird Jacky beerdigt?"* Wann Jacky beerdigt wurde, wusste sie sogar. Lieber hätte sie diese Erfahrung einige Jahrzehnte später gemacht oder überhaupt nicht, diese liebe, kleine Seele, aber was sollte sie denn jetzt noch tun?.. *„Übermorgen findet die Beerdigung statt. Jonas wird auch dabei sein, aber er muss danach wieder sofort ins Krankenhaus."* Krissy nickte und machte sich wieder auf den Weg zurück. Jetzt wieder im Unterricht aufpassen, nachdem so viel passiert ist? Es schien geradezu unmöglich zu sein.

Jonas lag im Krankenhaus. Inzwischen alleine, aber mit seinem Handy in der Hand. Und er hatte endlich Feline erreichen können. *„Ich komme demnächst mal, aber Schule stresst gerade sehr..es wird so langweilig sein ohne dich. Immerhin habe ich Sandra."* Dass Sandra und Feline Freunde geworden sind, hatte er mitbekommen. Und es freute ihn – sie beide hatten ihre schlechten Vorurteile abgelegt und fanden sie toll. Er wusste sogar, dass Sandra sich in Feline verliebt hatte – aber Feline liebte Jonas und war heterosexuell. Und da war Jonas sehr froh drüber. An Sandra könnte er sich demnach nicht verlieren. In zwei Tagen würde er bei der Beerdigung seiner Schwester sein – was für ein trauriger Anlass. Außerdem musste er im Rollstuhl hin, weil er sich kaum bewegen konnte vor Schmerz. *„Ich will wissen, wer das war."* Und er wollte Feline bei sich haben. *„Diana redet sowieso nur Mist. Ihr passt unsere Verbindung nicht. Warum auch immer. Ich kann es nicht nachvollziehen."* Er drehte mühsam sich auf die andere Seite des Bettes.

Nach der Schule hatte Diana den Plan, auf Feline zu warten und sie anzusprechen. Wie, das war ihr noch nicht ganz klar, aber sie hatte einen Grund. Rechtzeitig, als es bei ihr klingelte, hastete sie die Straße entlang. Bei Jonas' Schule endete die sechste Stunde immer etwas später. Also um 5 Minuten. Feline kam immer sehr spät heraus, also würde sie das Mädchen wahrscheinlich sowieso erwischen. Diana platzierte sich an den Treppen und sah nach und nach Leute herausgehen. Unter anderem auch Sandra, die jedoch nicht auf sie achtete. Diana wollte sie erst später auf die Sache mit Feline und Kristina ansprechen. Kristina war nach der vierten Stunde nach Hause gegangen, sie musste die ganze Zeit weinen und war nicht fähig dazu, normal irgendetwas zu tun. Sie stand herum, wartete auf Feline, die einfach nicht kam. *„Die soll endlich auftauchen. Ich krieg' sonst noch Aggressionen. Ich habe extra geplant, nett zu sein. Das würde alles ruinieren. Wenn sie spät kommt, dann kriegt sie so eine Ansage..aber wenn ich das tu, dann komme ich echt nicht weiter, was auch nicht wirklich was bringt. Dann bin ich ja eigentlich umsonst hier."* Und in diesem Moment erschien die Schönheit. Feline trug einen schwarzen Rock, nicht so lang wie ihrer, aber sie hatten fast denselben Mantel – nur die Farbe war unterschiedlich. *„Hallo, Diana."* Feline stellte sich vor sie, mit ihren smaragdgrünen Augen und sah sie an. *„Jonas ist nicht hier, das weißt du."* Sie blitzte in ihre Richtung, aber Diana spürte keinen Unterschied zu vorher, sie fühlte sich nicht von Feline angezogen. Sie hatte aber die Blitze gesehen, die sie in den Augen hatte. *„Wie soll ich das bitte wem beweisen"*, jammerte ihr Kopf. *„Okay. Also, ich weiß das Jonas nicht hier ist, aber ich wollte zu dir. Weißt du..ich glaube, du hast mitbekommen, dass ich nicht gut auf dich zu sprechen war. Aber du bist mit Jonas zusammen und willst doch nur das Beste für ihn."* Sagte sie, dachte sie aber nicht. *„Feline hat ihn fast umgebracht, aber okay"*, das dachte sie. Aber sie sprach ganz anders weiter. *„ Und ich denke, Jonas hat nur was mit netten Leuten zu tun. Du kommst außerdem überaus sympathisch rüber.. deshalb..es tut mir leid. Können wir nicht Frieden schließen und Freunde werden?"* Feline nickte, kurz danach konnte Diana wieder die grünen Blitze sehen. Es veränderte sich rein gar nichts. *„Wie kann das sein? Ich verstehe gar nichts mehr."* Die beiden Mädchen standen noch eine Weile herum, bis Diana gehen musste. *„Ich gehe noch ins Krankenhaus."* Feline schlug vor, mitzukommen. *„Solange sie da nicht alleine hingeht und weiter mordet, geht das ja."* Diana hatte es geschafft. Feline dachte, dass sie sie mochte. Oder dachte sie, sie hätte mit ihren komischen Augen etwas ausgelöst? Wie..wie das mit Sandra? Wieso waren Sandra und Jonas oder alle auf der Schule Fans von Feline geworden? Womit hatte das was zu tun? So viele Fragen.

Jonas lag auf seinem Bett und guckte sich ein YouTube Video von Twaimz an, als er auf einmal Stimmen in seinem Zimmer hörte. Die eine klang nach Diana. Das konnte doch nicht..oder? *„Diana! Geht's dir besser?"* Er legte sein Handy weg, drehte sich um und war verdammt erstaunt, als er hinter Diana auch Feline den Raum betreten sehen konnte. Feline rannte an seiner besten Freundin vorbei, grinsend ihm entgegen. *„Feline!"* Diana sah er kaum mehr an, als seine Freundin sich auf ihn stürzte. *„Altes Schauspiel, sie will ihn doch sowieso nur tot sehen."* Diana schloss die Tür mit einem lauten Knall. *„Das klingt ja wie der Schuss letztens. Als Feline, die elende Mörderin, Jonas' kleine Schwester einfach aus dem Nichts umbringen musste!"* Sie stöhnte, total fix und fertig, auf und das Paar löste sich voneinander und Diana konnte ihren besten Freund in den Arm nehmen. Er konnte nicht gut zurück umarmen, hatte immer noch Schmerzen, aber das reichte dem Mädchen zu genüge aus. *„Geht es dir besser? Tut mir leid, dass ich nicht bleiben konnte..mir ging es nicht gut."* Schlechter lügen konnte man nicht, oder? *„Sie. Hat. Versucht. Jonas. Umzubringen. Verdammt. Und sie glaubt, bei mir dasselbe durchziehen zu können, aber freundschaftlich, oder? Zumindest hat sie das mit diesen Blitzen versucht. Wie bei Jonas, Sandra und den anderen. Aber wieso wirkt das dann bei mir nicht? Quatsch, das ist doch eigentlich Märchenkram, oder? Oder auch nicht! Ich kann es doch sehen! Und ich muss es beweisen. Jonas liebt Feline nicht, sie hat ihn bloß beeinflusst! Sandra ebenso. Wie viele anderen auch zu sein scheinen!"* Was für ein Mist. Und aufgrund der Beeinflussung machten die beiden auch wieder vor Diana rum. Jonas kaufte ihr so jede Lüge ab, wie schwachsinnig! Es war ein Fehler gewesen, Feline ins Krankenhaus zu nehmen, so wollte sie nicht mehr dableiben. Aber würde Feline einen

154

neuen Mord probieren, sobald sie weg war? Wenn sie wieder verschwand..wie würde es ablaufen? Das Risiko war da, aber Diana jedoch wollte gehen. Was sie ebenfalls total wunderte war, dass Jonas nicht richtig erstaunt war, dass sie mit Feline „befreundet" war. Ihre Gedanken gingen in Richtung *„Ich rufe eine Schwester..ach nein."* Eine Schwester konnte sich auch beeinflussen lassen. Also musste sie wohl oder übel hierbleiben. Aber, konnte Feline nicht auch so Jonas versuchen zu töten, wenn sie dachte, Diana sei ebenfalls unter ihrer Kontrolle? *„Zum Glück bin ich es ja nicht und wenn sie was tun sollte, kann ich ja eingreifen."* Sie war nicht sonderlich glücklich darüber, dass sie zu Jonas' eigenem Schutze jetzt noch dortbleiben musste, aber sie ging wieder weg von der Tür und ließ sich auf das Bett fallen.

„Mein großer Sohn. Du hast es geschafft! Ich hoffe, so etwas Furchtbares kommt nie wieder vor." Drei Wochen später stand der Wagen seiner Mutter vor dem Krankenhaus und diese nahm Jonas seinen kleinen Koffer aus der Hand und lächelte. Er konnte das Krankenhaus verlassen. Vernarbt, aber nicht mehr verwundet. Er konnte außerdem wieder gehen. *„Ich habe einen Sicherheitsdienst rufen lassen. Wir haben jetzt eine Alarmanlage. Ich möchte niemals ein weiteres Mal auf die Beerdigung von einem meiner Kinder gehen müssen!"* Stimmt ja. Vor zweieinhalb Wochen war er auf dem Friedhof. Im Rollstuhl, Diana hatte ihn geschoben. Feline konnte an dem Tag nicht, wieso, wusste er nicht. Aber es tat so weh, nicht, weil er durch

die zahlreichen Verletzungen immer noch Schmerzen gehabt hatte, nein, es lag schlichtweg daran, dass seine kleine Schwester, die ihn so geliebt hatte, die so ein guter Mensch war, in diesem kleinen, grauschwarzen Sarg lag und ihr kleines Herz nicht mehr schlug. *„Sie wird nie wieder von mir geweckt werden können oder mir stolz ihre Medaillen, die sie bei Schwimmwettkämpfen gewonnen hat, zeigen."* Alleine bei dem Gedanken schossen ihm die Tränen in die Augen. Jacky hatte ihm so viel bedeutet und man konnte sie nicht mehr zurückholen. Sie war nicht auf die andere Seite der Welt gezogen, sodass man sie hätte besuchen können, nein, sie war tot. Obwohl, sie war wirklich auf der anderen Seite. Sie waren beim Leben.. und sie bei dem Tod.

Inzwischen hatten sie Februar, das erste Halbjahr des Schuljahres war beinahe vorbei. Und es hatte sich fast gar nichts verändert. Diana fühlte sich alleine. Mit Feline hatte sie sich zwangsbefreundet, sie schrieben ja und alles, aber mit Treffen war bisher noch nichts passiert, weil sie immer bei Jonas war. Und darum hatte Jonas ebenfalls keine Zeit für sie. Sandra sprach nur über Feline und das konnte Diana nicht ab, einfach, weil sie wusste, dass sie eigentlich wirklich noch total viel für ihre Ex Krissy empfand, aber bloß von Feline beeinflusst worden ist. Kristina hatte mit Feline nichts am Hut, vor allem, als Diana ihr sagte, sie solle sich fernhalten. Und weil sie so gut befreundet waren, hörte sie auch darauf. Hatte nicht weiter gefragt oder so, nein, sie hatte es einfach getan. Außerdem hatte sie noch Gefühle für Sandra und war mental instabil, sodass sie manchmal bis oft sogar gar keine Kraft für ein Treffen mit Diana hatte. Ansonsten..war sie ja eigentlich alleine, wenn diese Personen keine Zeit oder Lust hatten. Aber sie wollte doch mehr über Feline herausfinden, keine Freundschaft führen mit einer Person, die sie doch so abgrundtief hasste. *„Sie hat ihre Spielereien bei einer Übernachtung durchführen wollen, als keiner zuhause war, bis auf die Person, die sie töten wollte. Also musste sie doch eigentlich auch so etwas planen, oder?"* Dann würde sich ergeben, ob sie dasselbe vorhatte. Es war doch schon so weit, dass sie Felines Vertrauen gewonnen hatte. Wenn sie so tat, als ob sie unter Kontrolle wäre, würde es auch hinkommen. Wer weiß, was dieses Weib noch konnte. Jonas' Gedanken sind schließlich auch weg und er hatte keinen Filmriss, er war sogar nüchtern! Lag es an ihr? Man konnte es schließlich nicht wissen. Nur sie wollte das Mädchen persönlich fragen. Wie sie von Jonas erfahren hatte, ging sie heute nämlich um 19:30 von ihm weg, zum Bus. *„Ich kann doch zufällig um diese Uhrzeit bei Jonas in der Nähe mit Lucy Gassi gehen, oder so."* Diana hielt das für eine sehr gute Idee.

„Wir haben noch eine Stunde? Echt? Was wollen wir denn tun?" Jonas sah in Felines Augen, diese lachte nur und rollte sich auf die andere Seite. *„Deine Eltern sind zuhause. Und Lena. Also fallen einige, nämlich die besten Sachen, schon mal weg."* - *„Natürlich tun sie das, ich möchte ja auch kein Risiko eingehen. Das ist mir schon klar."* Jonas stand vom Bett auf und warf

sich ein Shirt über. Irgendwie fand er gerade die Vorstellung, allein in nur Boxershorts mit seinem Mädchen erwischt zu werden, merkwürdig. Feline war ja auch nicht sonderlich..oh, sie lag aber unter seiner Decke. Als sie seinen Blick bemerkte, schlüpfte sie in ihren Pullover zurück. *„Lass' uns doch noch den Film zu Ende sehen. Den, den wir an der Übernachtung ja nicht beenden konnten."* Jonas mochte den Vorschlag, sodass er zu seinem Fernseher humpelte und ihn einschaltete. *„Wir waren bei Minute 97!",* kam Felines schallender Ruf von hinten.

Es war zehn nach sieben, als Diana mit ihrer Dogge das Haus verließ und sich auf den Weg in Richtung Jonas machte. *„Es wird unvermeidbar sein, ihr nicht entgegenzukommen, ich werde sie auch ansprechen, selbst, wenn Jonas dabei ist!"* Lucy bellte und kläffte laut, als die erste Straßenlaterne anging, aber Diana befahl ihr, ruhig zu sein und stellte die Hündin still. Die beiden spazierten im leicht schimmernden Mondlicht die Hauptstraße entlang. Gleich würde sie wieder durch das „dreckige" Viertel müssen, aber Angst hatte sie nach ihrer Überraschungsaktion nicht mehr. Wieso auch immer, es wurde friedlicher um sie herum, der Zufall vom letzte Mal wurde Regelfall. Außerdem hatte sie ihre Dogge dabei, falls doch etwas sein sollte. Als sie in die Gasse einbog, die von ihrem Bereich zu Jonas führte, piepte ihre Uhr: Halb acht. Okay, gleich würde sie auf die beiden treffen. *„Ich gehe davon aus, dass es klappen wird. Auch wenn ich Angst habe..ich werde mich retten können, wenn sie dieselbe Aktion* *durchziehen möchte.*" Lucy riss sich los, was sie sonst immer nur tat, wenn sie Menschen in der Nähe witterte. Das Mädchen konnte die Hundeleine gerade noch rechtzeitig packen, als die Hündin losstürmte – mit Diana im Schlepptau. In der Nähe eines Paares, dass sich gerade mit einer innigen Umarmung verabschiedete, blieb stehen und hechelte.

"Ruhig!" Das Paar war aber so miteinander beschäftigt, dass sogar der Junge, der aussah wie Jonas, selbst beim Umdrehen und Weggehen nicht sehen konnte, dass ein riesiger Hund mit einem dahinter sitzenden Mädchen sich in unmittelbarer Nähe befand. Das Mädchen des Paares setzte seinen Weg alleine fort – es war tatsächlich Feline, Jonas war schon weg. Sollte sie sie ansprechen? Ja, sie tat es. Sprang mitsamt ihrer Dogge aus dem Busch hervor. Auch wenn sie nicht gerade leise war und Feline doch eigentlich denken konnte, dass sie alleine nun war, fuhr sie nicht vor Schreck hoch.

"Hallo Diana." In diesem Moment begann es zu regnen. Sie sahen sich an. *"Mir war klar, dass du auch hier bist. Was möchtest du von mir?*" Dianas Angst stand ihr nahezu auf der Stirn geschrieben, als sie schweißgebadet Jonas' Geliebte fragte, ob sie nicht Lust habe, bei ihr zu übernachten. Niemals hätte sie mit dieser entspannten Stimme gerechnet. *"Übermorgen. Da ist auch keiner da.*" - *"Okay.*" Grüne Blitze. Wieder. Jonas und jeder weitere, der diese „abbekam", fühlte sich danach anders. Zumindest schien es so, sie betrachtete das alles ja als Außenstehende. Diana stand bloß da, sie wechselten die letzten Worte. Als Diana

dann den Heimweg einschlug, blitzte es dann wirklich. Gewitter. „*Wer weiß, wie ich das überleben werde.*" Lucy jaulte, Diana fuhr ihr über das nasse, aber weiche Fell. Sie musste an übermorgen denken. Immerhin kam sie Feline so mehr auf die Schliche.

Zwei Tage später klingelte es gegen 20 Uhr an Dianas Haustüre. „*Hallo! Bist du Feline, von der meine Nichte erzählt hat? Keine Sorge, wir sind schon weg.*" Dianas Tante trug einen übergroßen Hut und ein enges Kleid, in dem sie aussah wie eine Presswurst, wie Diana es sich dachte, als sie die Treppe herunterlief, um Diana zu begrüßen. „*Wir gehen, ja?*" Dianas Vater war ebenfalls gestylt, auch merkwürdig, aber immerhin sah er besser aus als seine Schwester. „*Komischer Kerl, dein Vater.*" Feline trug ihre Taschen nach oben in Dianas Zimmer. Ja, er war komisch. Aber Diana hätte jetzt weniger Panik, wenn er da wäre. Selbst, wenn sie ihn auch unter der Kontrolle haben konnte..oder? Aber nein, sie konnte ihn dann doch auch umbringen. Als Feline es ja nicht geschafft hatte, Jonas ganz zu töten, war sie auch zu Jacky gerannt? Oder war es umgekehrt gewesen? Sie konnte es gerade nicht sagen..
Sie hatte ja keine Beweise. „*Ich tue es für Jonas.*" Um sich zu beruhigen, gingen die beiden Mädels in die Küche. „*Was möchtest du essen? Ich esse ja gerne Brot mit Gurke, Käse und Tomaten. Dasselbe für dich? Oder was magst du so?*" Feline schüttelte sich. „*Ich mag keinen Käse, der stinkt!*" Okay, Madame hatte Extrawünsche. „*Pancake mit Nutella wäre toll. Geht das hier klar?*" Zum Glück hatten sie Pancakes im

Kühlschrank, von einer Amerikaaktion im Supermarkt. *„Wer weiß, was sie gemacht hätte, wenn ich die nicht hätte"*, dachte sich die pancakeschmierende Diana. *„Ich traue ihr alles zu."* Diana stellte Feline den Teller hin, Feline wartete am Tisch, bis Diana sich ihr Standardabendbrot gezaubert hatte. Die beiden setzten sich an den Tisch, Felines Tasche stand auf dem Boden, sie war entspannt, ganz im Gegensatz zu Diana, die deutlich angespannt war. *„Vielleicht kann das Essen mich ja beruhigen. Oder ein Gespräch, in dem ich mehr über sie erfahre. Ob mich das so beruhigt, weiß ich ja nicht. Dieses Mädchen ist einfach nur mehr als gruselig.."* Diana biss in ihr Brot und überlegte, womit sie beginnen konnte, als Lucy angetrottet kam und Feline über das Bein leckte. *„Schnuckes Tierchen hast du da. Wie heißt sie?"* - *„Lucy. Und ich glaube, sie hat Hunger, warte mal, ich gebe ihr etwas Futter."* Diana stand auf, streichelte ihre Dogge und machte ihren Napf randvoll. Sie begann zu fressen, als ob sie nie etwas bekommen hätte. Dabei hatte Diana eine Idee – Wahrheit oder Pflicht mit Feline spielen wäre eine gute Idee. *„Aber ohne Pflichten. Wer weiß, was sie vorhat dann. Eine Fragerunde ist doch eine gute Idee."* Nach dem Essen? Diana wusch sich ihre Hände und kehrte zum Esstisch zurück. Feline schien fast fertig zu sein. *„So, Diana. Was tun wir jetzt?"* Das Mädchen steckte sich das letzte Brot quer in den Mund und kaute schnell zu Ende, um dann ihren Vorschlag zu mitzuteilen. Feline schien einverstanden zu sein. *„Finde ich eine gute Idee. Wir gehen uns aber vorher gemütliche Schlafsachen anziehen, oder?"* Diana stimmte zu.

Oben angekommen schien Feline nicht auf die Idee zu kommen, ins Badezimmer zu gehen, sie entkleidete sich hemmungslos vor Diana. Diana konnte ihren Blick nicht von ihr reißen. Der Körper war zwar unendlich blass, aber frei von jeglichen Unreinheiten, Narben oder sonst was. Ihre Beine waren unfassbar lang und trainiert, die Hüfte und Taille waren schön geformt. Feline hatte einen üppigen Busen, der durchaus schöner war als ihr eigener und der Po war auch ganz nach den Vorstellungen, die die meisten als perfekt empfanden. *„Vielleicht ist Jonas ja auch durch ihren Körper beeinflusst, nicht nur die Augen tun es."* Diana musste schlucken, als Feline ein langes Gewand über ihren Kopf zog. Schwarzer samtiger Stoff, wie ein langes Kleid. Darunter zog sie eine kurze Schlafhose. Sie sah auch so immer noch aus eine Königin. Selbst als sie aus dem Bad kam und ihre Schminke entfernte – sie hatte so schöne, große Strahleaugen. *„Dieses Smaragdgrün macht mich aggressiv."* Diana zog sich ebenfalls schnell aus, aber im Bad. *„Wenn sie mich hinterrücks erdolcht, dann habe ich auch keine Möglichkeit mehr, zu fliehen."* In einer weiten, kurzen Hose und einem T-Shirt mit Hunden drauf machte sie sich auf den Weg in ihr Zimmer. Feline saß bereits auf ihrem riesigen Bett und aß genüsslich einen Schokoriegel. *„Legen wir uns hin? Das ist gemütlicher."* Feline und sie lagen, aneinander gekuschelt, in ihrem Bett. *„Immerhin steht diese verdammte Tasche da unten und sie liegt nicht neben uns."* - *„Fang mal an, etwas von dir zu erzählen."* Diana war erstaunt, dass Feline anfing. Und

162

komischerweise fühlte sie sich in diesem Moment so wohl bei ihr. Es war, als hätte etwas ihr die Angst vor der Mörderin genommen. *„Okay. Ich bin ein komischer Mensch. Wenn es drauf ankommt, kann ich richtig schüchtern sein. Was ich zum Beispiel tue, ist, dass ich die Straßenseite wechsele, wenn mir Menschen entgegenkommen, die ich nicht kenne. Aber nur, wenn ich alleine bin. Außerdem hasse ich Veränderungen. Ich will oft, dass es wieder ist, wie es mal war. Als ich jünger war. Ich mag die Diana, die ich geworden bin, manchmal gar nicht. Außerdem wurde ich oftmals belogen. Ich verstehe nicht, wie Leute so tun können, als ob sie wen lieben.."* Ja, sie schauspielerte gerade selber Feline eine Freundschaft vor, aber sie dachte ja, dass sie von ihr beeinflusst war. *„Und sonst..ich werde sehr emotional, wenn ich alleine bin. Ich denke über vieles nach, was mich beschäftigt."* Mehr wollte sie nicht sagen, aber da unterbrach Feline sie auch schon. *„Soll ich auch was sagen? Okay. Ich mag den Winter. Da ist es nicht immer so hell, bunt, fröhlich. Klar kann es trostlos sein, aber ich fühle mich da komfortabler."* Feline nahm sie in den Arm, Diana zitterte wieder. Die Angst kam wieder. *„Sie ist und bleibt gefährlich. Also, sie ist keine Freundin, ich muss aufpassen."*

Zur selben Zeit lag Jonas auch zuhause im Bett, aß Chips und wurde von Lena gerufen. *„Jonas?"* Die Stimme klang weinerlich. Jonas ließ sein Handy fallen und machte sich auf den Weg ins Nebenzimmer. *„Ja, Len-"* Lena lag bitterlich weinend auf Jackys Bett und umklammerte dabei ein Stofftier, das mal Jacky gehört hatte. Jonas lief zu ihr und fragte sie, was denn los sei. *„Jacky war so liebenswert! Selbst, wenn wir uns mal gestritten haben und alles, sie war meine Schwester. Und ich kann nicht ohne sie. Ich kann das einfach nicht verkraften, dass sie weg ist und nicht mehr wiederkehren kann."* Ihr Bruder setzte sich zu ihr. *„Ich weiß doch, wie du dich fühlst. Wir sind doch alle in derselben Situation. Dieses Mädchen ist jetzt ein Engel, sie-"* Jonas brach ebenfalls in Tränen aus, er konnte nicht über diesen Verlust reden, ihn in Worte fassen. *„Wir schaffen das",* flüsterte er, *„gemeinsam."*

Wenige Stunden später hatten die Mädchen so viele Spiele gemacht, dass sie ganz müde waren. *„Wir haben fast rumgemacht, was ist los mit Feline? Ich bin zwar bisexuell, ja, aber trotzdem..wenn sie glaubt, mich so in Sicherheit wiegen zu können..nein. Außerdem ist sie mit Jonas zusammen und hetero!"* Nachdem sie sich für das Zubettgehen fertiggemacht hatten, lagen sie wieder gemeinsam in Dianas Bett. *„Wie ist das eigentlich so..mit Jonas zusammen zu sein?"* Mist. Warum war ihr diese Frage herausgerutscht, nun war es doch offensichtlich, dass sie nicht ganz freundschaftlich zu ihm stand! Feline ging dennoch darauf ein und tat so, als schöpfe sie keinen Verdacht. Oder war sie wirklich so blöd? *„Jonas ist ein sehr liebenswerter Mensch und irgendwie ist er doch perfekt. Er kann so gut küssen...und der Körper, hrr. Ist schon ein prächtiger Kerl. Aber er ist auch romantisch, scheint mich so zu lieben, dass er alles tut, was ich verlange."* Sie leckte sich über die Lippen und redete weiter. *„Ich mache aber auch viel für ihn."* Feline erzählte noch mehr und Diana wurde fast traurig, bis ihr wieder in den Kopf stieg, dass er das alles ja sowieso nicht „freiwillig" tat. Wenn er sich normal verlieben würde, dann würde er das ernst meinen, aber er hasste Feline ja, wieso sollte er sie von einem auf den anderen Tag plötzlich lieben? Außerdem, bis jetzt hatte Feline kein Attentat begangen, vielleicht sollte sie jetzt aufpassen. *„Gehen wir schlafen? Ich bin müde.."* Oder auch nicht? Felines Müdigkeit konnte ja gespielt sein, aber sie klang überraschend echt müde. *„Können wir. Warte, ich lösche eben das Licht."* Kaum war sie im Bett zurück, tat sie so, als ob sie schlafen würde. *„Bloß nicht einschlafen, sonst stirbst du",* sagte etwas in ihrem Kopf, *„und wenn wirklich was passiert, dann musst du was machen!"*

Diana zwang sich, wach zu bleiben, aber Feline mit einem Schnarchen zu täuschen, sodass sie sich sicher fühlen konnte, tatsächlich, nach ungefähr einer halben Stunde bekam sie mit, wie Feline aufstand. Sie selber war beinahe eingeschlafen, aber das hielt sie glücklicherweise wach. Diana konnte deutlich spüren, wie Feline aus dem Zimmer ging und anschließend wiederkam.. sie hörte ein Wühlen. *„Feline hat mich schon einmal probiert zu erwürgen, als sie auch Jacky getötet hatte. Was würde sie nun machen?"* Im Augenwinkel sah sie, wie etwas aus der Tasche gezogen wurde.. es sah aus wie ein Messer. Ein ziemlich monströses. *„Oh, scheiße.."* Zitternd vor Panik lag sie auf ihrem eigenen Bett, todgeweiht und nicht bereit zu sterben. *„Ich muss so tun, als ob ich unter ihrer Kontrolle bin. Gleichzeitig aber muss ich mich irgendwie retten!"* Als sie den Atemhauch von der Mörderin in ihrem Nacken spürte, drehte sie sich um. Wie im Schlaf, mit geschlossenen Augen. Feline setzte das Messer an ihre Kehle – Diana wich ruckartig zurück. *„Wie kannst du-"* Feline ließ das Messer beinahe fallen. Diana, die auf den Boden gefallen war, war angsterfüllt, als das Mädchen wieder zurückkam. Und das Messer wieder anlegte. Nun hatte sie keine Möglichkeit mehr, lag dort und bereitete sich auf ihren Tod vor. *„Sorry, Jonas..ich werde dir nie beweisen können, wie Feline wirklich tickt. Auch wenn ich alles dafür gegeben habe!"*

Und dann spürte sie den Windhauch, als das Messer gegen ihren Hals geschleudert wurde. Sie war davon ausgegangen, dass das ihr Ende sei. Aber nein, sie spürte gar nichts. Und fünf Minuten später ging es ihr immer noch gut. Sie blutete nicht einmal, auch, wenn Feline ihr mit der Kraft locker hätte den Kopf abschlagen können. *„Scheiße, es muss wohl stimmen!"* Sie hörte Felines Fluch, wie sie mitsamt Tasche und Messer das Zimmer verließ. *„Sie kann mich nicht töten. Ich kann höchstens bewusstlos werden, egal was sie tut. Wie, um alles in der Welt, geht das?"* Diana war beruhigt, dass immerhin sie keine Angst haben musste – sie wusste nur, dass Feline echt keine Liebe oder Freundschaft ernst nahm – sie wollte einfach jeden töten, obwohl sie ihr nichts getan hatten. Warum?

„Ein Glück, dass ich keine kleinen Geschwister habe,

die sie umbringen könnte. Von daher kann sie machen, was sie will. Ich gehe schlafen." Diana kletterte aufs Bett und war innerhalb von drei Sekunden eingeschlafen.

Am nächsten Morgen war Feline da. Komischerweise. *„Guten Morgen, Diana",* lächelte sie, als ob in der Nacht nichts vorgefallen wäre. Diana wollte sie bitter ansehen, aber ihr fiel ein, dass sie doch weiterspielen musste. *„Morgen, Feline. Hast du gut geschlafen?"* - *„Jo, das Bett is' nice."* Sie standen auf, lachten und stritten sich, wer als erstes ins Bad durfte, wie „normale" Freundinnen, aber in Echt war das von beiden nur eine Fassade, jede hatte ihre Gründe, warum sie etwas mit der anderen zu tun hatte, es war die traurige Realität, die Mist machte mit ihnen. *„Diana!",* kam ein Ruf von ihrem Vater von unten, *„DIANA!"* Diana wollte gerade nach unten gehen, weil sie fertig war, aber da war er schon oben. *„Diana!"* - *„Was ist denn geschehen?"* - *„Diana, in der Nacht muss etwas passiert sein! Unser Hund ist tot."*

Jonas saß mit Lena in der Küche und dachte an Feline. Heute war sie bei Diana.. klar, er hätte sie lieber bei sich. *„Aber immerhin kommen sie langsam miteinander aus. Ich bin da so froh drüber!"* Sie hatten noch lange rumgelegen und an die Sache mit Jacky gedacht. Und als würde es ihr wieder einfallen, zog seine kleine Schwester ihn am Ärmel von seinem Schlafpulli. *„Können wir heute Jacky besuchen gehen? Bitte.."* Jonas wischte sich eine Träne aus dem

Augenwinkel. „*Wenn du willst, ja. Gerne.*" Er umarmte seine kleine Schwester. Es war eine verdammt schwere Situation, wenn jemand geht, den man so geliebt hat. „*Jacky, wenn du uns siehst von da oben, alles wird gut, ich verspreche es dir*", flüsterte Lena, in den Himmel blickend. Sie litt sehr darunter. „*Komm, wir ziehen uns an und gehen. Mama? Lena und ich gehen was raus!*" - „*Zieht euch warm an, es regnet und das Wetter ist verdammt stürmisch!*", kam der Ruf ihrer Mutter von der Wohnzimmercouch.

Zwanzig Minuten später standen die beiden draußen, unter einem kleinen, violetten Regenschirm von Lena. „*Der hat dieselbe Farbe wie Dianas Haare..*" Jonas versank in seinen Gedanken, als Lena ihm etwas in die Hand drückte – einen Zettel und einen Stift. „Würdest du hier unterschreiben? Aber nur, wenn du es ernst meinst..es würde mir so viel bedeuten."
 Jonas öffnete den Zettel. In Lenas säuberlicher Handschrift stand folgendes geschrieben: **„*Jacky, wir vermissen dich. Du hast uns immer sehr viel bedeutet und in unseren Herzen lebst du weiter. Du warst so ein wunderbarer Mensch, keiner von uns wollte das.*"** Darunter stand ihr Name und unzählige weitere. Einige kannte er, Freunde von seinen Schwestern, einige aus ihrer Schule, sogar Mike, Anna und Diana waren aufgelistet und hatten ihren Namen auf dem kleinen Briefchen gelassen. Jonas nahm den Stift in seine Hand und unterschrieb. „*Deshalb wolltest du los, hm?*" - „*Ja. Ich wollte Jacky zeigen, dass wir sie nicht vergessen werden.*" Ihr Bruder war gerührt. Was für

eine wahre Geschwisterliebe.

Diana saß auf dem Boden, neben ihr lag Lucy. Und das nicht so lebendig wie sonst immer zuvor, nein, sie war blutverschmiert und das kleine Hundeherz schien schon eine längere Zeit nicht mehr zu schlagen. *„Wie konnte das passieren?"*, heulte Dianas Tante, *„sie muss in einen Kampf mit einem anderen Hund geraten sein, wir hätten die Hintertür abschließen sollen, sodass Lucy nicht hätte rauslaufen können!"* Diana weinte ebenso, saß auf den kalten Fliesen und streichelte das dreckige Fell. *„Ich hätte gestern nicht einschlafen dürfen. Klar habe ich keine Geschwister, aber sie konnte dennoch wen töten. Ich habe Lucy vergessen, das werde ich mir nie verzeihen!"* Ihre Gedanken wanderten zu Feline und der Hass staute sich immer mehr. *„Mir glaubt keiner, aber ich kann das nicht für mich behalten, wenn ich wirklich weiß, was hier vor sich geht! Ich hasse Feline.. die soll gleich so schnell wie es geht gehen."* Feline kam, bereits fertig geschminkt und gemacht, nach unten. *„Oh mein Gott, wie konnte das nur passieren?"* Sie lief mit täuschend echtem Mitleid zu Diana und nahm sie in den Arm. *„Diese Falschheit kann ich nicht ertragen, ich hasse dieses Weib."* Und trotzdem weinte sie. *„Ich fühle mich nicht sehr beeinflusst, aber wenn ich mich so frei lasse von diesem Hass, kann sie ein bisschen anstellen, warum auch immer"*, murmelte Diana so leise, dass Feline es unmöglich hören konnte. Und selbst wenn sie es hörte, sagen tat sie nichts. *„Wollt ihr dennoch was essen?"* Dianas Vater steckte den Kopf aus der Küche und hielt einen Teller voll mit Eierkuchen in der Hand. *„Gleich, ja, Daddy?"* Diana zog die Nase hoch und strich das letzte Mal über Lucys toten Kopf, ehe sie nach oben ins Badezimmer ging, aus dem Feline gerade kam. Als sie wiederkehrte, meinte sie zu dieser: *„Kannst du vielleicht gleich schon gehen? Ich bin noch mit Kristina verabredet."* Feline nickte starr, während sie am Essen war. Natürlich war Diana noch gar nicht verabredet, hatte es aber vor. *„Kristina ist sehr spirituell veranlagt. Ich könnte mir vorstellen, dass sie mir noch am ehesten glaubt."* Sie verputzte rasch das Frühstück, bis sie dann wieder in ihr Zimmer flitzen konnte und schnell Kristina anrief.

„Mmmmh..guten Tag, Frau Shairim hier?" Oh, ihre Mutter. *„Kann ich bitte die Kristina sprechen? Ich bin's, Diana, aus ihrer Parallelklasse."* - *„Alles klar. KRISTEENA, AAP KEE LIEE PHOON!"* Diana verstand kein bisschen, wenn auf Hindi gesprochen wurde, aber eine Sekunde später hörte sie ihre Freundin. *„Diana?"* - *„Krissy, kannst du gleich vielleicht zu mir kommen? Ich muss dir etwas erzählen, womit ich alleine nicht mehr klar komme. Und ich glaube, dir kann ich trauen.."* Sie hörte die Freundin tief einatmen und wenige Sekunden später etwas auf Hindi zu ihrer Mutter brüllen. Gehetzt hustete sie ins Telefon, fragend ob sie nicht erst in 20 Minuten erscheinen könnte, was Diana nicht einmal erwartet hatte. Wie süß, sie wollte so schnell es geht, helfen! *„Dann muss ich Feline innerhalb von 20 Minuten.."* In diesem Moment ging die Tür auf. *„Ja, geht klar. Bis gleich."* Feline stand, mit dem Täschchen in der Hand

170

vor ihr. *„Diana, ich gehe jetzt. Danke für den Tag, es war schön mit dir."* Sie umarmten sich, Feline lächelte schief, in Diana brodelten die Hassgefühle. Ein Teil des Abends war tatsächlich schön gewesen, aber es war Feline. Eine verdammt brutale Mörderin. Als Feline die Haustüre hinter sich zuwarf, wollte Diana zu ihrer toten Dogge gehen. Aber diese lag nicht mehr, wo sie sich einmal befunden hatte. *„PAPA? WO IST LUCY?"* Ihr Vater wusste es nicht. *„Wenn Feline jetzt.."* Nein, Feline schien die tote Dogge nicht mitgenommen zu haben. Es wäre sowieso zu auffällig gewesen. Wer schleppte schon ein totes Tier zur Bushaltestelle? Okay, sie konnte Leute beeinflussen, aber..

Im Vorgarten nämlich schaufelte gerade ihre Tante ein riesengroßes Loch. Gut, dass gerade niemand vorbeilief. Dort sah sie auch eine große Kiste, die eigentlich als Schuhkiste für ihre Tante fungiert hatte, aber nun schien es tatsächlich Lucys Sarg zu sein. Die Tante hatte Opfer gebracht. Während Diana über der Kiste lehnte, tropfte eine Träne aus ihrem rechten Auge hinunter auf das tote Tier. *„Ich werde dich so vermissen."* Genau in diesem Moment stoppte ein Bus an der Haltestelle gegenüber von ihr und von weitem konnte sie sogar schon sehen, wie die kleine Kristina ausstieg und sich zur Ampel aufmachte, sodass sie die Straßenseite zu Dianas Wohnort wechseln konnte. *„Gleich werde ich ihr alles sagen. Hoffentlich glaubt sie mir.."* Während Diana und ihre Tante die Kiste in das Loch hoben und die Erde darüber glattstrichen, kam Kristina an. *„Oh, was ist denn passiert?"* Diana fiel ihr um den Hals. *„Vieles. Und schon mal zu Anfang*

171

– *Lucy wurde umgebracht!"* - *„Was?"* Kristina wollte gerade anfangen zu reden, als Diana ihrer Tante sagte, sie würden reingehen und sie ihre Freundin zur Tür hereinschob. *„Ist Feline jetzt doch.."* - *„Nein Paps, das ist Kristina!"* Die Mädchen gingen die Treppe hoch. *„So, was wolltest du mir sagen?"* Kristina legte ihrem linken Arm um die zitternde Diana. *„Versprichst du mir, dass du versuchst, es zu verstehen und mir nicht sofort sagst, dass es doch Schwachsinn wäre?"* - *„Selbstverständlich! Diana, was denkst du denn von mir.."* - *„Nun ja, mir würde ja sonst keiner glauben, aber mich belastet diese Sache."* - *„Dann lass' es raus!"* Kristina schrie regelrecht, aber erschreckte sich selber, als Diana beinahe eine Träne die Wange heruntertropfte. *„Schon gut. Sag's mir einfach."* Während Kristina ihre langen, schwarzen Haare in einen Zopf band, fing Diana an, zu erzählen. *„Du kennst doch Feline, oder? Jonas' Freundin, mit der blass-rosafarbenen Handtasche und den langen, hellblonden Haaren. Die, die diese smaragdgrünen Augen hat. Sie hat versucht Jonas umzubringen."* - *„Was?!"* - *„Hör mir doch einfach zu! Sie hat auch gestern versucht, mich umzubringen, aber es hat nicht geklappt, wie auch immer! Stattdessen ist Lucy jetzt tot. Sie kann mit den Augen andere so beeinflussen, dass sie so etwas wie ihre Sklaven werden. Feline ist keine normale Person, sie ist wie eine Hexe. Jonas liebt sie nicht, er wurde beeinflusst. Sandra liebt sie auch nicht, sie ist nur ein weiteres Opfer ihrer grünen Blitze! Sie liebt dich und kann da nichts für! So wie alle anderen, die sie unter Kontrolle hat. Sie denkt, dass sie mich*

172

auch hat. Aber bei mir wirken die Blitze aus irgendwelchen Gründen überhaupt nicht. Bei dir würden sie aber wirken, also halte dich fern von ihr!" Kristina sah sie entsetzt an. *„Also hat diese Feline auch Jacky, also Jonas' Schwester aus dem Leben gerissen?"* - *„Ja. Ich habe es mit eigenen Augen gesehen. Es war schlimm. Aber ich werde ihr auf die Schliche kommen. Glaub' mir. Und dann kann ich Jonas endlich überzeugen, dass sie mordet. Er glaubt mir nicht – aufgrund der Beeinflussungen!"* Kristina starrte einfach nur noch perplex in ihre Richtung. Diana nahm kein Blatt vor den Mund, die Informationen schossen schneller aus ihr heraus, als sie es denn wollte. *„Ich glaube an Magie. Und ich kann mir schon vorstellen, dass das existiert. Aber wie willst du das beweisen?"* Diana versuchte es ihr zu erklären, merkte, wie Kristina ihr versuchte, jedes Wort zu glauben. *„Jonas ist nie bei Feline, weil sie ihm keine Adresse nennt. Er kennt ihren Wohnort nicht, sie nennt ihm nicht seine Haustelefonnummer und er weiß kein Stück von ihr, sie aber sein ganzes Leben! Was sie fast versucht hat, zu beenden.."* Diana seufzte. Immerhin glaubte Kristina ihr. *„Also komme ich wieder mit Sandra zusammen, wenn das geklärt wird?"* Wenn das das einzige war, was sie interessierte..- *„Ja, denke schon. Aber es wird nicht leicht sein."*

Kaum waren Lena und Jonas wieder zuhause angekommen, da erhielt Jonas eine Nachricht. *„Wetten, das ist Diana oder so?"* Der Besuch auf dem Friedhof war tränenreich, es waren noch ein paar andere aus

Lenas Klasse da gewesen und alle hatten geweint. Er wollte gar nicht daran denken, wie es gewesen war. Darum rannte er in sein Zimmer und machte es sich auf seinem Bett bequem. In diesem Moment vibrierte sein Handy ein zweites Mal. *„Ich sollte langsam echt mal nachsehen, wer das ist."* Jonas entsperrte das Handy und sah es sich an. Beide Nachrichten kamen von Anna. *„Och nö, was will die denn jetzt?"* Mit verdrehten Augen blickte er auf die beiden Nachrichten – und war erstaunt: *„Hi Jonas. Ich wollte dir viel Glück mit deiner Freundin wünschen. Ich bin nämlich endgültig über dich hinweggekommen. Mike ist so ein toller Kerl, er scheint der richtige für mich zu sein."* Die zweite lautete bloß, dass sie es wirklich ernst meinte. Jonas antwortete mit einem knappen Satz, freute sich dann aber doch für sie. *„Mein Felinchen ist so ein Engel. Ich freue mich schon so darauf, sie morgen wiederzusehen."*

Es war 16 Uhr, heute hatte Feline lange Schule gehabt, das wusste Diana. Auch wenn sie früher Schluss hatte, ist sie zurückgefahren zum Gymnasium, auf das Feline ging. Und Jonas. Hinter einer Mauer hockend wartete sie, bis das Paar sich voneinander verabschiedet hatte. Diana hatte einen Rucksack dabei, ihr Handy und eine Kamera sowie einen Notizblock. Sie sah aus wie eine echte Detektivin. Naja, eher wie ein Detektiv. Weil ihr bewusst war, wie leicht sie erkannt werden konnte, hatte sie sich eine Hose und eins von Jonas' Hemden, welches er mal bei ihr vergessen hatte, angezogen. Ihre Haare steckten in einer Mütze und sie war

174

ungeschminkt. Man konnte sie wenn dann an den Cheeks erkennen, aber das würde doch keiner, oder? *„Ich habe zwar Angst, aber ich bin die einzige, die das stoppen kann. Deshalb muss ich ihr so lächerlich hinterher ermitteln."* Diana konnte ihren Gedankengang nicht fortsetzen, da Feline gerade losging. Sie stieg in den 236, Diana konnte gerade noch rechtzeitig einsteigen. Gut, der Busfahrer hatte sie „junger Herr" genannt, auch wenn sie wirklich absolut bescheuert aussehen musste. Diana hatte keine Ahnung, wo Feline herausmusste, aber sie hielt sich an ihr. An der Steinerstraße drückte sie den Stopp-Knopf. Ah, da musste sie raus? Das war doch gar nicht so weit weg..sie und Feline sprangen aus dem Bus. Feline hatte sie gar nicht gesehen, was für ein Glück. Wie lange konnte sie sich verstecken? Diana war sich unsicher, aber in dem Moment fuhr ein Bus mit der Nummer 699 ein. Sie sah, dass Feline vorne in das Gefährt einstieg, also nutzte sie den Hintereingang, auch wenn man da ja eigentlich nicht einsteigen durfte. Von der vorletzten Reihe konnte sie beobachten, dass Feline und der Busfahrer sich küssten. *„Geht die Jonas fremd mit einem..Busfahrer?!"* Diana war geschockt, hätte es am liebsten fotografiert, aber da war der Kuss vorbei. Es war ein kleiner Schmatzer auf den Mund, aber trotzdem, es war ein Kerl und sie hatten sich geküsst. Was ihr ebenfalls aufgefallen war, war, dass im Bus nur sie, Feline und zwei weitere Leute saßen, die jedoch bei der nächsten Station auch ausstiegen. Sie alleine im Bus mit Feline. Es war gruselig, nahezu grauenhaft. Der Bus schien ewig zu fahren und Feline stieg einfach nicht aus. Mit Musik versuchte sie sich zu beruhigen, aber die Anspannung war da, sie löste sich nicht, es funktionierte nicht. *„Jakobiweg"*, kratzte die Stimme des Busfahrers. In diesem Bus schien es nicht einmal eine Ansage zu geben. Feline stand auf. Es war die Endstation. Der Bus hielt nicht vor dem Wald, den sie sehen konnte, er fuhr auf einem holprigen Pfad ein Stück hinein. Dann blieb er stehen und wendete sofort wieder. Diana konnte sehen, wie der Busfahrer noch etwas zu Feline sagte, aber sie konnte nicht hören was. Beide stiegen aus. Inzwischen war es fast dunkel. *„Wo soll denn hier wer wohnen? Es gibt nur Wald!"* Diana stellte sich an eine Ecke, an einen dicken Baum, um zu beobachten, wo Feline hinging. Sie ging nicht aus dem Wald heraus, was Diana eigentlich sogar noch erwartet hätte, nein. Feline marschierte, die beiden Taschen in den Händen, den Weg entlang, immer tiefer in den Wald entlang. Nach einer Zeit, als Diana sie fast gar nicht mehr erkennen konnte, kam sie vom Weg ab. Da begann sie zu rennen, weil sie die Fährte aufnehmen wollte. *„Hoffentlich finde ich den Weg zurück"*, dachte sie sich, in Stößen atmend, so schnell wie sie rannte, weil sie kaum mehr Luft bekam. Endlich hatte sie Feline wieder im Blick. Sie streifte durch die Dunkelheit und über Baumstümpfe, Diana hinterher, auch wenn sie beinahe hinfiel. Als sie durch hohes Gras ging, das sogar noch nass war, wusste sie nicht, ob sie folgen sollte, aber wenn sie schon so weit gekommen war, warum sollte sie jetzt aufgeben? Noch wenige Meter, dann kam ein See. Feline ging rechtsrum, Diana nahm den Weg links. *„Wieso tue ich das"*, stöhnte sie laufend. Noch weitere zehn Minuten folgte sie der vermeintlichen Mörderin durch den Wald, es wurde so stockfinster, dass man die eigene Hand nicht mehr vor seinen Augen sehen konnte. Sie konnte Feline plötzlich nicht mehr sehen. Oder nein – sie schien zu sitzen. Mit einer Taschenlampe konnte sie erkennen, dass sie auf einem Baumstamm, der auf dem Boden lag, saß. Es war ein Kreis gelegt worden aus mehreren Baumstämmen und Stümpfen.

Und Feline saß dort. Kurz bückte sie sich, bis sie dann wegging. Diana leuchtete ihr hinterher. Ah, sie wollte zum Bach. Sie wollte ihr gerade hinterherlaufen, als sie etwas sah. *„Oh mein Gott!"* Diana schrie. Ihr war es egal, ob wer sie hörte, sie schrie. Das, was sie gerade sah, war mehr, als ihre Augen ertragen konnten. In der Mitte des Baumkreises lag eine halb verrottete Leiche, die nur echt sein konnte. Diana bekam Panik. Und als ob das nicht genug wäre. Gerade wollte sie zurückgehen, als ihr eine Sache auffiel. Sie war beinahe gestolpert. Als sie sich umdrehte, konnte sie noch mehr Leichen erkennen. Kinder, Erwachsene. Sogar Tiere lagen dort, es waren bestimmt über 30 tote Körper, die dort lagen. Diana fiel beinahe in Ohnmacht. *„Ich kann das nicht!"*, heulte sie, *„wie kann man so etwas tun?! Was geht hier vor sich?! Feline ist doch kein normaler Mensch!"* Dennoch versuchte sie, Fassung zu bewahren und sah sich, von riesiger Angst erfüllt, weiter um. An einem Baum baumelte ein blauer Sack. *„Sie denkt, sie ist alleine. Deshalb steht die rosa Tasche auch da. Ich werde hereinblicken und den Inhalt fotografieren."* Diana schlich zur Tasche und öffnete sie. Das Ergebnis war schauerlich. Feline trug diese Tasche immer und überall bei sich und in ihr waren eine geladene Pistole, ein scharfes Messer und ein Seil.

Ein Foto. Es sind die Sachen, mit denen Jacky getötet wurde und die auch bei Jonas' Mordversuch helfen sollten. Kein Wunder, dass da keiner ran durfte. Wohnte Feline hier? Das machte die Sache nicht viel besser. Mit Blitz, weil es fast dunkel war (nicht so dunkel wie gerade, weil ein kleines bisschen Licht einfiel) fotografierte sie den Inhalt der Tasche. Die Leiche, die im Kreis lag. Als sie den Leichenhaufen weiter hinten fotografieren wollte, hörte sie Felines hochhackige Schuhe durch die Blätter am Boden streifen. Okay, selbst wenn sie verkleidet war, erwischen lassen war nicht drin. *„Unhold!"* Feline warf einen Stein in ihre Richtung, Diana rannte einfach los. Zurück. Sie wusste den Weg nicht genau, aber Hauptsache, weg von der Mörderin. Sie hatte die ersten Beweise. *„Morgen muss ich es Krissy zeigen"*, keuchte sie. Diana wusste nicht, wie lange sie noch durch die Dunkelheit rennen musste, bis sie eine Straße erkannte. Es war nicht dieselbe Stelle, wo auch der Bus angehalten hatte, aber eine Bushaltestelle gab es trotzdem. *„Der 236 kommt in wenigen Minuten."* Ihre Haare waren halbwegs aus der Mütze gefallen, sodass sie sie wieder hineinstecken musste. Klar könnte sie die ganzen Männersachen jetzt auch ausziehen, aber in den Minuten, in denen sie noch auf den Bus warten musste, könnte Feline kommen und wenn sie erkannt wurde, hatte sie ein Problem. *„Das ist traumatisierend, ich* *werde diese furchtbaren Bilder niemals aus meinem Kopf bekommen"*, schluchzte sie, immer noch vollkommen fertig. Feline war eine Psychopathin. Und sie würde es beweisen können.

7. Kapitel

„Driiing, driing!" Es nützte nicht, dass der Wecker klingelte. Diana hatte die ganze Nacht nicht schlafen können, zu schockiert war sie von den ganzen Vorfällen. *„Träume ich?"* Es schien ja nur sie etwas davon mitzubekommen. Sie musste an Jonas denken. Sie liebte ihn immer noch. Gleich würden sie wieder zur Schule gehen, als ob alles okay wäre, aber das war es einfach nicht. Sie hatte nicht geschlafen. Geweint. Und als sie sich die Leiche noch einmal angesehen hatte, beinahe übergeben. Selbst mit so viel Schminke konnte man ihr immer noch die Müdigkeit ansehen. Wie gut, dass sie nur für die ersten beiden Stunden zur Schule musste, wegen einer Klausur. Dann hatte sie sowieso Entfall. Diana packte die Kamera in ihren Rucksack, schloss den letzten Knopf ihrer Bluse und lief die Treppe nach unten, weil sie aus dem Fenster schon Jonas an der Ampel gesehen hatte.
„Jonas! Wie geht's dir?" - *„Du siehst gar nicht gut aus..willst du nicht lieber zuhause bleiben?"* Jonas

kannte sie zu gut, er merkte schon, dass es ihr nicht gut ging. „*Hm, ja, hab aber ne Klausur..danach kann ich eh gehen..*", grummelte Diana, während sie neben ihm die Straße entlang ging, an die gestrigen Ereignisse denkend. „*Wenn Jonas nur wüsste..*"

Jonas verabschiedete sich gerade von Diana, weil er zu seiner Schule musste und sie zu ihrer. Sie sah so unfassbar krank aus..hatte sie nicht geschlafen? Und wieso? Ihm war einfach nichts mehr klar. Jonas bekam von seiner besten Freundin kaum mehr was mit – aber schob es nicht auf sich und dass er so viel Zeit mit Feline verbrachte, nein, er schob es auf sie. Obwohl Diana da gar nichts für konnte! An der Schule angekommen, suchte er erst einmal Feline. Wie gekleidet sie wieder war! „*Ich wette, sie hat sehr reiche Eltern und schämt sich vielleicht für mich, deshalb nimmt sie mich nie mit heim.*" Jonas sah sich seine Freundin an, bevor er auf sie zuging. Eine kurze Hose mit Leggings hatte sie an, Kniestrümpfe und einen schwarzen Mantel. „*Babe!*" Sie umarmte ihn und er begann, sie zu küssen. Diese Lippen waren einfach ein Traum. „*Gehen wir zu Mike?*", fragte er sie, sie stimmte zu. Mike stand mit Anna auf der anderen Seite des Schulhofes, besser gesagt: Er saß. Mit Anna gemeinsam auf der Mauer. Das andere Paar, Jonas und Feline, gesellte sich zu ihnen. „*Und? Wie läuft es bei euch?*", fragte Jonas seinen besten Freund, der ihn glückselig anstrahlte. „*Guck sie dir nur an. Dieses Mädchen ist mehr als perfekt..ich liebe sie so sehr.*" - „*Und ich ihn.*" Anna stand auf und küsste ihren

Freund. *„Ihr seid aber auch süß"*, lachte Mike, *„Jonas, die halbe Schule beneidet dich! Schätz' dich glücklich!"* - *„Und wie glücklich er ist!"*, rief Feline zufrieden. *„Was haben wir jetzt?"* Jonas wusste es nicht, in seinem Kopf hieß es bloß „Feline". Mike antwortete ihm mit „Sport." Okay, sie hatten alle zusammen – bis auf Anna. Die musste, nachdem es geklingelt hatte, zu den anderen Neunern ins Schulgebäude. Mike sah ihr hinterher. *„Er weiß, wie ich mich fühle. Liebe kann so schön sein.."* Jonas ergriff Felines Hand. *„Wir müssen los!"*

„Und jetzt bitte in zwei, drei Minuten zum Ende kommen!" Dianas Lehrer stand hinter ihr, die zwei Stunden waren beinahe vorbei. Sie hatte alle Aufgaben bewältigen können, mehr oder weniger gut, nur die letzte fehlte ihr. Gerade saß sie neben Leonie, die Kursbeste und ihr Aufgabenblatt lag so schön neben ihr..wenn nur der Lehrer nicht da stehen würde!
„Diana, gib' bitte ab." - *„Ach, lassen wir es."* Das Mädchen hatte keine Lust mehr und reichte ihm den Aufgabenzettel. *„Hier, Herr Müller."*
Wenige Minuten später lief Diana dann in die Parallelklasse und holte Kristina ab, die auch Entfall hatte, wie jede neunte Klasse eigentlich. Bis auf die 9e, die hatte noch eine Stunde Musik. Aber als sie vor dem Raum stand, war Kristina noch nicht draußen – sobald die Türe sich öffnete, war sie aber eine der ersten, die aus dem Zimmer flitzten. Sie schien nicht erwartet zu haben, dass Diana auf dem Flur stand, weswegen sie auch ziemlich dumm aus der Wäsche starrte. *„Diana?*

Auch frei jetzt? Und – was willst du mit der Kamera.. " Diana nahm sie einfach bei der Hand und führte sie nach draußen. Kristina fragte sie zwar durchgehend, wo sie denn hinwolle, aber erst an einem Busch blieb sie stehen. *„Ich habe Bilder, wegen denen ich nicht geschlafen habe. Das ist echt nichts für schwache Nerven. Also..ich habe Beweise. Feline ist eine gottverdammte, obdachlose Mörderin ohne Eltern, die Leichen im Wald hortet!"* Kristina lachte zunächst, erstarrte aber sofort, als sie sah, wie ernst es Diana war. *„Zeig mir erst einmal ein Bild, das nicht ganz so heftig ist..wenn es da eines gibt.. ich weiß nicht genau, ob ich das alles sehen will.."* - *„Ja, das gibt es. Du kennst ja die Tasche von Feline, an die ja keiner darf, aber die immer, wirklich überall dabei ist?"* - *„Die blass-rosafarbene?",* antwortete Kristina, leicht erstaunt und fragend. *„Genau die. Bist du bereit für den Inhalt?"* Kristina nickte stumm. Diana schaltete die Kamera an und zeigte ihr das erste Foto. Im Hintergrund lagen Blätter, ein Baumstamm des Kreises und im Vordergrund war die offene Tasche. Mitsamt dem Inhalt. *„Mit diesen Sachen..ist Jacky nicht.."* Sie verstummte wieder. Diana nickte. *„Genau. Kannst du dir etwas noch Schlimmeres ansehen? Also in Echt ist es noch furchtbarer.."* Die Freundin stimmte einfach zu, sie wollte mehr Beweise sehen, schreckte aber zurück, als sie die Leiche erkennen konnte. *„Ist das wirklich..?"* Sie konnte es nicht fassen. Die Leiche war wahrscheinlich eine Frau mittleren Alters mit sehr langen, braunen Haaren, wie Feline. *„Wer auch immer das ist..oh Gott.."* Diana erzählte Kristina außerdem

182

noch von den anderen Funden. *„Wie kann es so etwas geben? Ich fühle mich unsicher..Hauptsache, sie bleibt von mir fern. Können wir irgendwie zu mir gehen? Ich möchte das verkraften. Alleine schaffe ich das nicht."* Die Mädchen machten sich auf den Weg zur Bushaltestelle, während Diana ihr weiteres erzählte. *„Ich habe so Angst vor Feline. Sie scheint alles zu können, aber ich weiß nicht, was genau. Das macht mir so Angst. Ich habe das Gefühl, sie ist immer da."* Diana flüsterte. *„Auch jetzt gerade. Ich fühle mich dauernd beobachtet. Abends im Bad ist es krass. Das erinnert mich nur daran, dass sie auch probiert hat, mich zu töten, aber es klappte nicht. Sie kann mich sehr wenig beeinflussen. Dennoch leider dazu bringen, dass ich spitz werde und mit ihr rummache, wie auch immer.."* Diana schämte sich. Es war nicht viel, was sie in der Nacht getan hatten, aber sie konnte ja auch nichts dafür. Ein bisschen Einfluss hatte Feline auf sie, auch wenn sie es nicht wollte. Auf emotionaler Ebene zum Beispiel. *„Der Bus kommt, wir müssen laufen. Komm, rede gleich weiter!"* Kristina unterbrach das Gespräch und sie rannten los.

„Wir sind zuhause!", rief Krissy wenig später in die muffige Wohnung. Ihre Brüder riefen auf Hindi etwas zurück – ihre Mutter war noch in der Arbeit. Die Mädchen hatten über vieles geredet, sie hatten alle möglichen Theorien aufgestellt, aber keine war realistisch genug um sie zu glauben. *„Ich glaube einfach nicht, dass sie so viel kann. Es muss doch eine Erklärung geben, wie manche Sachen geschehen."* Kristina klickte auf dem Laptopscreen auf

„Google" und gab „Drogen" ein. „Hier haben wir eine Liste. Wieso sollten wie die nicht durchsuchen?" Diana starrte auf den Bildschirm, die unendlich vielen Begriffe lesend. Sie wusste nicht einmal, dass so viele Suchstoffe überhaupt existieren. *„AH-7921. Nein. Hydroxybutansäure. Macht bewusstlos und löscht Erinnerungen. Vielleicht besitzt Feline ja einfach etwas davon."* - *„Wie soll sie ihm denn Drogen gegeben haben? Jonas ist vernünftig. Wenn, dann ist er beeinflusst gewesen, aber wir suchen ja gerade nach etwas, wodurch sie ihn beeinflussen konnte – also Drogen. Das ist ein Kreislauf, Kristina, da ist mehr dahinter. Deshalb weiß ich also nicht, wo sie wohnt und alles, sie hat kein Zuhause. Keine Adresse oder so."* Kristina sah sie, immer noch leicht im Schock vom Realisieren, an. *„Wie heißt sie denn mit Nachnamen?"* Diana musste eine Zeit lang nachdenken, bis ihr klar wurde, dass Jonas ihr ihn gar nicht verraten hatte. *„Ich habe ehrlich gesagt keine Ahnung. Nur herausfinden kann ich es kaum, ich bin nicht in ihrer Stufe. Wenn, dann müsste ich Jonas fragen. Aber ob der mir antwortet?"*

Jonas war in der Schule. Im Gegensatz zu Diana hatte er mehr Unterricht heute, im Moment hockte er hoffnungslos im Mathekurs mit Mike. *„Dann machen wir uns mal ran an die Kurvendiskussion!"* Ihr Lehrer schien viel zu motiviert zu sein, ganz im Gegensatz zu den Schülern. Einige zeichneten, ein Teil war am Handy, nur wenige hörten echt zu und beteiligten sich am Unterricht. Sein bester Freund war ebenfalls am

184

Handy und sah sich Bilder mit Anna an. Jonas schaute rüber. Wider Erwarten waren die Bilder schön. *„Spann' nicht"*, huschte Mike. Jonas wandte seinen Blick ab, nämlich auf sein Handy. Und er hatte Nachrichten, obwohl er eigentlich keine erwartet hatte. Zwei. *„Diana und Feline"*, sagte seine Anzeige zu ihm. *„Ich denke, Di...Felines Nachricht ist wichtiger."* Er sah sich den kurzen Text an. *„Babe, gehen wir heute mal ins Kino?"* Ja, wieso nicht? Jonas stimmte schnell zu und sah sich die Nachricht seiner besten Freundin an. *„Jonas, eine Frage. Heißt Feline mit Nachnamen Stolze?"* Stolze. Wie kam Diana auf Stolze? Nein, das tat sie nicht. *„Quatsch. Da musst du was verwechseln. Sie heißt Gurr. Feline Gurr."* - *„Jonas! Pack' sofort dein Handy weg!"* Er seufzte und legte das Mobiltelefon zurück in seine Tasche. *„Also, wenn die eine Variable.."*

„Gurr. Sie heißt Gurr! Irgendwoher kenne ich diesen Namen." Scharf nachdenkend saß sie auf dem Sofa von Kristina und dachte nach. *„Jemand hieß so. Den ich kenne. Aber wer?"* - *„Ich weiß es auch nicht. Aber mir fällt zu dem Namen auch nichts ein..obwohl..meine Mutter hatte mal Kontakt zu einer Frau Gurr. Früher, als wir noch ganz klein waren. Aber mehr weiß ich dazu auch nicht. Sie hieß auf jeden Fall Angelika Gurr."* Und auf einen Schlag kam Diana etwas ins Gedächtnis. *„Kristina. Das ist langsam echt nicht mehr lustig. Weißt du, mir ist gerade wieder eingefallen, wer Gurr hieß. Nämlich meine Mutter, die sich angeblich in Australien befindet!"*

Dianas Mutter. Diana hatte überhaupt keine Ahnung, warum, aber sie spürte eine Verbindung. Eine krasse Verbindung. Auch, wenn es einfach nur ein Zufall sein konnte, etwas in ihr klärte sich gerade, auch, wenn sie den Gedanken mehr als nur unglaubwürdig fand. Diesen Nachnamen hatten außerdem nicht viele. Aber wie zur Hölle konnte sie aus ihrer Familie stammen? Und was wäre sie dann zu ihr? Dianas Mutter hatte einen anderen Nachnamen als sie. Sie hieß Franklin, nicht Gurr. Und was war mit Felines Familie? Sie hatte keine, oder? Aber irgendwie musste es eine Verbindung geben. Sie war sich da sicher, sonst wären nicht so komische Sachen passiert. Aber ihre Mutter wohnte doch angeblich in Australien! Ihr war eins klar, auch wenn sie nicht gerne daran dachte, ihre Eltern waren nur ein Jahr zusammen und sie war ein Unfall. Danach hatte sie sich aus dem Staub gemacht, so wurde es ihr gesagt. Ist mit ihrem Ex-Mann durchgebrannt, abgehauen, liegen lassen. Diana seufzte. *„Ist Feline jetzt etwa aus meiner Familie oder was? Wir können keine Geschwister sein. Sonst hätte ich eine ältere Schwester, von der ich nichts wusste. Und die gab es nicht."* Kristina sah sie an. *„Nee, du hattest auch keine. Meine Mutter war nur mit deiner befreundet gewesen, auch wenn du das nicht wusstest."* - *„Ich bin so verwirrt. Und..verstört..wie kann das sein, dass dieses Miststück aus meiner Familie kommt?"* Kristina schüttelte den Kopf. *„Nur weil ihr denselben Nachnamen habt? Es heißen auch 10000 Menschen Müller, die sind auch nicht verwandt."* Aber die waren

186

meistens alle stinknormal und sterblich und können nicht andere Menschen beeinflussen. Das war das, was Diana sich in dem Moment dachte. Sie schien doch selber nicht komplett normal zu sein. Wenn sie sich wehtat, dann blutete sie. Aber wenn Feline mit einem Messer ihren Kopf abschlagen wollte, passierte gar nichts? Irgendwie war da etwas faul..aber glauben, dass Feline und sie etwas miteinander zutun hatten, wollte sie nicht. Es war unheimlich – aber sie konnte es einfach nicht ausschließen. *„Mach' dich doch bitte nicht so verrückt",* flüsterte Kristina in einem beruhigenden Ton, *„das wird schon nicht stimmen. Wenn ihr Geschwister wärt, dann hättest du auch smaragdgrüne Augen und wärst eine Psychotante wie sie." - „Ja, aber mein Vater hat ja eh nur mich als Kind. Vielleicht haben wir dieselbe Mutter!" - „Bitte, deine Mutter ist in Australien!"* Selbst wenn sie in Australien ist, sie ist mit ihrem Ex-Mann durchgebrannt. Es war realistisch, dass sie noch ein Kind hatte. Aber wie sollte sie das bitte versteckt haben? Sie hatten so viele Gedanken, naja, eigentlich nur Diana, aber nichts passte zusammen, obwohl es gar nicht so zusammenhangslos zu sein schien. *„Vielleicht war mein Vater Mamas One Night Stand. Und dann war ich der Unfall und danach war sie weg. Felines Vater musste wohl auf sie Acht geben dann."* Was allein ein Nachname für Verschwörungstheorien auslösen konnte – komische Angelegenheit. Aber Diana war sich mehr als sicher, dass es ein Anzeichen war. *„Als ob ich da nicht indirekt mit drinhänge. Feline hätte mich beinahe umgebracht. Wie zum Fick ist es möglich, dass* *sie mir nichts tun konnte? Laut meiner Theorie kommt sie aus meiner Familie. Ich weiß nicht, woher. Aber es muss so sein.“*

Kristina meinte, dass wenn sie es so meinen würde, es ja stimmen könne. *„DU glaubst doch mehr an den Zauberkram als ich! DU müsstest noch eher zustimmen!“* Diana seufzte ein drittes Mal. *„Wir müssen Jonas warnen. Beziehungsweise du. Bei mir denkt der immer, ich wolle sie trennen, wenn ich Gerüchte verbreite, die wahr sind. Schreibe ihm bitte einen Text, ich lese ihn vorher. Du kannst dir aber Zeit lassen“* - Kristina hatte das Handy zu voreilig gezückt - *„und ich überlege währenddessen weiter, was da los sein könnte.“*

„Ich wäre auch gerne so groß wie du, Feline.“ Jonas' Ex und Jonas' Freundin standen mit den Jungs auf dem Schulhof und quatschten miteinander, während Mike und Jonas auch mit ihnen und einander redeten. Sie hatten gleich noch eine Stunde Unterricht, es war die letzte Pause. Anna hatte gerade beschlossen, der Größeren einen Fischgrätenzopf zu machen, was Mike fotografierte, weil er es so niedlich fand. Jonas war gerade nicht so gesprächig, er hatte Hunger und wollte heim, sonst hätte er auch mit ihnen herumgeblödelt. Kaum stand er alleine da, weil sie etwas zur Seite gingen, piepte sein Handy. *„Oh, in der Schule sollte ich das doch lautlos haben..“* Er betätigte schnell ein paar Tasten, um den Ton abzuschalten, aber die Nachricht ignorieren wollte er ebenfalls nicht. Sie war von Kristina. *„Ah, Kristina und Diana haben doch heute*

eher Schluss." Er fragte sich dennoch, warum sie ihm schrieb, sie schrieben nie, wieso denn jetzt auf einmal? Er öffnete den Chat und ein Text kam ihm entgegen. Ganz oben stand „Bitte nicht mit anderen Leuten lesen." Er wollte gerade damit anfangen, als Feline ihn von hinten stürmisch umarmte. *„Mein Hasi! Es hat geklingelt, bis später! Was liest du da Schönes?"* Jonas drehte das Handy weg. *„Ich muss jetzt ganz schnell zu Info, wir treffen uns wie immer am Geländer!"* Ein hastiger Kuss, dann rannten sie in verschiedene Richtungen unterschiedliche Treppen nach oben. Vor dem Kursraum angekommen hatte er genügend Zeit zu lesen. *„Bitte nicht mit anderen Leuten lesen. Jonas, bitte vertrau Feline nicht. Diana hat Aufnahmen von ihrem Zuhause gemacht. 'Zuhause'. Jonas, dieses Mädchen ist gemeingefährlich. Du liebst sie nicht, vertrau' mir. Das endet nicht gut, wenn ihr zusammen bleibt.."* Was für ein Schwachsinn. *„Sandra hat sie wegen Feline verlassen. Wegen ihrer Wut will sie jetzt glückliche Beziehungen zerstören? Pff, bleib mir vom Hals. Was soll Diana fotografiert haben? Die macht mir seit Wochen immer wegen Demselben Stress.."* Sein Lehrer kam, er stand auf und nahm seinen Rucksack. *„Ich und Feline gehören zusammen. Das wird keiner verhindern können."*

Wenige Wochen später saß Diana zuhause und überlegte, wie beinahe täglich, ob der Familienzusammenhang einen Sinn haben konnte. Die Nachricht an Jonas von Krissy war gekonnt ignoriert worden, Jonas hatte sich keineswegs nur dazu geäußert.

Es war bereits Mitte März, Feline und Jonas waren seit drei Monaten ein Paar und sie hatten noch öfter Übernachtungen gemacht, bei denen aber nichts geschehen war. *„Vielleicht will sie ihn noch ein wenig vögeln, bevor er dann endgültig tot ist.."* Der Gedanke machte es nicht unbedingt besser. *„Was, wenn ich Papa frage? Ich bin 16 und nicht 10. Vielleicht sagt er mir dann die Wahrheit..die Sache ist mir nicht geheuer."* Mit Kristina konnte sie nicht wirklich mehr reden, weil diese nicht so sehr an Magie zu glauben schien, um das zu glauben und ansonsten gab es keinen. *„Dann muss ich da alleine ran. Wie auch immer."* Aber wie konnte sie denn weiter alleine überlegen, wenn sie doch keine Ahnung hatte, was passiert war, damals, als sie noch so klein war..Fragen war natürlich eine Möglichkeit, aber keine gute. Es war merkwürdig. Ihre Familiengeschichte war komisch, sie wusste fast gar nichts über ihre Mutter und das, was sie wusste, klang einfach schon seit immer wie aus dem Internet gezogen. Vielleicht ist es deswegen. Deswegen hatte sie solche Theorien – bei dem Gedankenspielraum, den sie ohne Informationen hatte. Um mehr über die Lage von Jonas' Freundin zu erfahren, musste sie den Raum verkleinern. *„Egal, was er denkt – ich frage meinen Vater, ob er jetzt hochkommen kann. Ich muss mehr wissen. Hoffentlich kriege ich eine bessere Antwort als 'Australien'.."* Diana erhob sich von ihrem Bett und wollte gerade die Türe öffnen, als sie beinahe mit ihrer Tante zusammenstieß, die ein Stück Kuchen mit Kirschen in der Hand hielt. *„Wollte ich dir gerade* *bringen, wir haben gebacken. Wolltest du etwas?"* Ihre Tante lächelte freundlich, sie sah manchmal aus wie eine nette Therapeutin. Aber als Therapeutin konnte sie nicht fungieren, dafür war sie zu wild und ausgeflippt. *"Kannst du Papa eben hochholen? Ich habe eine Frage an ihn."* Die Schwester ihres Vaters erwiderte, dass sie es tun würde, nur dass er gerade noch Sahne für den Kuchen machen wollte – beziehungsweise es probierte. *"Der schafft das doch eh ni-"* In diesem Moment knallte es unten und man konnte das Fluchen ihres Vaters hören. *"Ich glaube, das mache ich lieber. Ich schicke ihn nach oben."* Die Tür brauchte sie nicht zu schließen, denn in diesem Moment stand Dianas Vater schon in der Tür, der sie daraufhin schloss. *"Was gibt's, Liebling?"* Diana ließ sich energisch auf das Bett fallen und klopfte ihm auf die Schulter. *"Ich will jetzt die wahre Geschichte von dir und Mom erfahren. Ich bin keine fünf mehr"*, stieß sie energisch hervor. Der angespannte Gesichtsausdruck ihres Vaters bereitete ihr Sorgen. Ah, sie schien ihn schon irgendwie auf dem richtigen Nerv getroffen zu haben. Oder auf dem falschen? War es überhaupt richtig, auf Schwachstellen anderer herumzureiten? Naja, sie konnte es schließlich gar nicht wissen. Diana begann, zu drängen. Dieses ewige Stillschweigen war nach ein paar Minuten halt unangenehm. *"Rück es raus. Ich verurteile keinen. Bitte."* In ihrem Kopf war nur dieses "außer Feline", was sie beinahe wieder giftig gucken ließ, aber das war ja auch so. Sie würde die Familiengeschichte gerade überhaupt nicht interessieren, wäre sie nicht am Ermitteln, was diese

Person anging. *„Okay..Schatz..ich sage dir nur das, was ich weiß. Das Problem ist, dass ich selber nicht alles weiß."* Er vergrub das Gesicht in seinen Händen und zog die Lesebrille anschließend runter. *„Angelika und ich..das ist eine komische Sache gewesen. Wir haben nicht einmal eine richtige Beziehung geführt. Damals hatte ich sie auf einer Party kennengelernt. Eine wunderschöne, junge Frau. Wow. Wir sind beide anscheinend betrunken gewesen, ich weiß davon nicht viel..wir hatten auf jeden Fall unseren Spaß, weißt ja, was ich meine."* Diana nickte ihm zu, auffordernd, weiterzusprechen. *„Und am nächsten Morgen ist sie einfach geblieben. Hat mir gesagt, sie habe keine Lust mehr auf ihren Ex-Mann und ihr Kind."* - *„Was für ein Kind? Ein Mädchen?!"* - Diana biss sich auf die Lippe, das kam ein wenig komisch herüber. *„Ja, ein Mädchen. Ich weiß ihren Namen leider nicht, aber anscheinend wollte sie kein Kind. War dann natürlich nicht toll, als wir erfahren haben, dass ich sie während der Nacht geschwängert hatte. Sie hat die ganze Zeit bei mir gelebt, also hier, ich hatte mich in sie verliebt, sie jedoch hatte nach den Neuigkeiten genug. Deine Mutter hat gesagt, dass sie nicht mehr will. Und ist dann nur geblieben, weil sie das Kind zur Welt bringen wollte. Das warst du. Kurze Zeit später ist sie dann aber abgehauen. Ich wünschte selber gerne, ich wüsste mehr über diese mysteriöse Frau. Sie war einfach.."* - *„Sie war echt mysteriös?"* Diana redete ihrem Vater wieder ins Wort, auch wenn es absolut unpassend war und eigentlich klarmachte, dass sie versuchte, sich die Geschichte anhand von einigen Kriterien zu erklären.

„Ja, das war sie. Aber ich möchte nicht über sie reden. Ihre Vergangenheit ist anscheinend auch nicht so toll gewesen.."

Das Mädchen hatte genug gehört. *„Danke, Daddy..das reicht schon. Wenn's geht..kannst du mir noch ein Stück Kuchen mit deiner erstklassigen Sahne hochbringen?"* Sie zwinkerte ihm zu, während er mit dem bereits leeren Teller seiner Tochter aus dem Zimmer ging. Kaum war die Tür geschlossen, machte Diana sich immer mehr Gedanken, nachdem sie diese Informationen verdaut hatte. *„Das klingt gar nicht gut. Feline scheint meine Stiefschwester zu sein und sie weiß nichts davon. Meine Schwester ist mit meinem Schwarm zusammen und ich habe mit ihr herumgemacht. Meine. Schwester! Das geht mir alles viel zu schnell. Wieso muss das gerade mich treffen?!"* Sie vergrub den Kopf im Kissen und seufzte wieder einmal. In völliger Verzweiflung hob sie ihn wieder, als ihr ausgelassener sowie fröhlicher Vater mit dem Kuchen vor der Tür stand.

Es war kaum zwei Stunden später, als ihre Familie sich auf den Weg nach draußen machte, das Mädchen hatte sturmfrei. Heute war ein Frühlingsfest am Kurfürstendamm und ihre Tante wollte noch unbedingt zu einem Flohmarkt, was Diana dann eine sehr gute Gelegenheit gab, auf den Dachboden gehen zu können und dort nach alten Bildern oder Geburtsurkunden aus der Familie zu suchen. Wäre jemand da, würde er nur die ganze Zeit ebenso oben sein und ihr mögliche Beweise aus den Fingern reißen, so wie Diana es schon

193

einmal passiert war, früher, als sie mal ein Foto ihrer Mutter gefunden hatte. Leider kann sie sich gar nicht mehr dran erinnern. *„Wenn ich das Foto aber finde, würde ich es erkennen. Ich will wissen, ob ich ihr ähnlich bin. Oder ob Feline es ist. Und was wirklich passiert ist!"* Sie hatte genug von der monatelangen Warterei. Wenn sie jetzt schon wusste, dass es Geheimnisse, große Geheimnisse und Unwissenheiten in ihrer Familiengeschichte gibt, dann würde sie es auch herausfinden! Selbst, wenn sie gerade noch mit dem Gedanken kämpfen musste, dass Feline und sie Geschwister waren. Wenn auch nur Halbgeschwister mit derselben Mutter. Natürlich war das unheimlich. Einige Minuten später ging sie eine Wendeltreppe nach oben ins letzte Stockwerk. Obwohl es erst am Nachmittag war, schien es nicht sonderlich angenehm zu sein, dort herumzugeistern. Bei kleinen Spinnen schrie sie bereits alles zusammen. Oben gab es außerdem nur eine Tür. Wenn sie durch diese ging, führte eine bröckelige Holzleiter sie auf den Dachboden. Diana war nicht gerne hier, das Ambiente glich dem einer verrotteten Scheune. Von außen würde man dem Haus nicht einmal zutrauen, dass sich so etwas darin befand. Sie stieg die Leiter vorsichtig nach oben, in der Angst, dass sie brach oder sie sich mit dem Kleid verhedderte, jedoch schaffte sie es problemlos hoch. Oben angekommen sah sie sich den Boden ausführlich an. Dieser Ort war schon immer da gewesen. Er hatte immer existiert. Aber aus Angst – und aufgrund von Verboten – war sie jetzt bestimmt zehn Jahre nicht mehr dort. An ihr eines Mal hier konnte sie sich kaum erinnern. Oben stand eine grünliche, altmodische Couch, die kaputt und verstaubt war. Eine Sprungfeder ragte aus ihr heraus. *„Wie zur Hölle haben sie die da raufbekommen?"* In ihrem Gesicht stand ein Fragezeichen. Der restliche Raum war dunkel, kalt und trüb. Es gab ein Dachfenster, welches klein und kaputt war, man konnte den Wind dadurch nahezu spüren – wie in einem Horrorfilm. *„Ein richtig klischeemäßiger Dachboden. Kein Wunder, dass man sich vor so etwas fürchtet.."* Sie ließ den Blick weiter schweifen. Was sie erkennen konnte, waren ein paar alte Bilder von ihr und ihrem Vater – die sie durchkramte, aber egal wie lange sie suchte, es war kein einziger Hinweis auf die verschollene Mutter. Rechts standen ein paar weitere Möbelstücke, Rahmen, Werkzeuge und Regale. Links gab es auch etwas zu sehen – eine Plastikwanne voller Comiczeitschriften und Bücher. Dazu noch unzählige alte Holzkisten. Diana konnte sie wirklich nicht zählen, aber sie war einfach nur aufgeregt, weil es sie so sehr interessierte, was sich in ihnen befand. Mit vereinter Kraft stemmte sie den Deckel nach oben. Ugh, waren die Dinger schwer, wohl doch nicht so leicht, wie sie zunächst schienen..und es hatte sich nicht einmal gelohnt, denn sie war komplett leer. Die zweite ebenso, bis auf ein paar Murmeln befand sich nichts darin. *„Wieso auch immer wir Murmeln haben. Mich hat das Zeug nie interessiert!"* Dritte Kiste. Nächste Fehlanzeige. *„Wieso haben sie hier so viele unnütze, leere Kisten stehen?",* dachte sie sich erstaunt, gab aber nicht die Hoffnung auf, doch etwas finden zu können. In der vierten Kiste gab es dann endlich einen Inhalt – wenn auch nur ihre alten Babyklamotten. Rosafarbene Strampler, violette Schuhe und gelbe Söckchen. Ja, schon damals schien sie auf diese Farben abzufahren.. oder hat sie das dazu gemacht? Diana hob den Strampler, der die Farbe ihrer Haare hatte, heraus und sah ihn sich an. Eine kurze Zeit später legte sie ihn zurück, schloss die muffige Kiste und machte sich an die nächste. Wieder leer. Die sechste war ein neuer Erfolg. Ganz schön viele Urkunden und Daten. Die erste war von ihr. Die zweite von ihrer Tante. Die dritte gehörte ihrem Vater. Diana warf die Unterlagen durch die ganze Gegend, aber dennoch fand sie nicht ein einziges Kärtchen, das ihrer Mutter gehören konnte. *„Vielleicht ist sie ja echt in Australien und hat die Sachen mitgenommen..“* Nein, es konnte einfach nicht sein. Wie auch? Nach den Informationen.. inzwischen war der Boden voller bekannter Pässe und Unterlagen. Diana holte die letzte heraus, fest davon überzeugt, wieder eine Niete gezogen zu haben. In ihrer Verzweiflung hatte sie falsch gedacht. Es war eine Mappe an Unterlagen. *„Angelika Gurr. Krankenhaus Hedwigshöhe. Klinik für Psychiatrie, Psychotherapie und Psychosomatik.“*

Feline und Jonas standen am Kurfürstendamm, Hand in Hand, umringt von Buden und Ständen. Ein Wagen mit Grillwurst fuhr an ihnen vorbei und etwas weiter entfernt stand ein großes Riesenrad. *„Wenn du da mit mir draufgehst, dann kaufe ich dir etwas Besonderes!“* Feline zwinkerte ihn mit den grünen

Augen an. Jonas konnte nicht anders, er musste einfach zustimmen. *„Alles klar, dann lass' uns gehen!"* Nach weniger als zehn Minuten Hingehen und einer knappen halben Stunde Anstehen konnten sie endlich die Gondel betreten. Leider waren sie nicht alleine, eine Mutter und ihr kleiner Sohn waren gegenüber von ihnen mit dabei. *„Guck mal, Mama, das Mädchen ist hübsch."* Der Kleine brabbelte vor sich hin. Feline strich über seinen Kopf und bedankte sich. Die Mutter war zu sehr mit ihm beschäftigt, um auf das Pärchen zu achten. Feline ergriff Jonas' Hand. *„Ich liebe dich so sehr"*, hauchte sie, *„ich würde für dich da runterspringen, wenn du es wollen würdest."* - *„Tu das nicht! Ich brauche dich, so etwas würde ich niemals von meiner Geliebten erwarten!"* Jonas sah sie entsetzt an. *„Ich sage nur, dass ich es tun würde. Also..würdest du es auch für mich tun?"* Jonas dachte nach, ohne sie anzusehen. *„Wenn sie mich lieben würde, dann würde sie mich nicht in den Selbstmord treiben wollen.* Er konnte klare Gedanken fassen, was er seit Monaten kaum konnte. Aber kaum hob er seinen Kopf und ihre Blicke trafen sich, stimmte er ihr zu. *„Was habe ich da gerade gesagt?"*, dachte er sich verwirrt, *„ich liebe dieses Mädchen so sehr. Aber für sie sterben werde ich nicht, da kann sie sagen, was auch immer sie will. Niemals stürze ich mich runter."* Aber anstatt so zu handeln, stand der Junge auf und beugte sich stark über das Geländer. *„Was tust du da?"*, fragte die junge Mutter, die ihnen gegenübersaß, *„du passt auf dich auf, oder?"* Jonas schüttelte den Kopf. *„Was dann? Du bleibst schön sitzen, junger Mann."* Sie zog ihn auf den

Sitz zurück und hielt ihn fest. Sie hatte ihren Sohn auf dem Schoß sitzen, sodass Feline ihr nicht ins Gesicht sehen konnte. Jonas probierte sich loszureißen, wenn Feline es doch wollte, dann könnte er es doch tun? *„Wenn du so ein großes Verlangen hast, es zu tun, solltest du lieber aussteigen"*, meinte die Dame und kaum, dass sie unten waren, rief sie es einem Mitarbeiter zu, der Jonas und Feline aus der Gondel fischte. *„Geh' lieber mit ihm zum Arzt, einem Therapeuten oder so etwas"*, riet er Feline, leicht verwirrt. Er schien die Situation nicht ganz deuten zu können. Die lachte nur und sie verließen gemeinsam den Platz. *„Okay, ich hole dir jetzt ein Eis, wenn du möchtest..danke für's Versuchen."* Sie kam enttäuscht rüber, was Jonas auch nachvollziehen konnte. Er hatte ihr nicht noch näher seine Liebe...Moment. Sein Kopf wurde wieder ein Stückchen klarer. Feline wollte, dass er sich für sie umbrachte? Was? Wenige Sekunden trafen die Blicke sich wieder und er wurde schwach. *„Ach, was soll's.. nächstes Mal tue ich es. Dieses Mädchen ist mir alles wert!"*

Nach weiteren Funden war Diana damit beschäftigt, die Unterlagen zu durchsuchen. Bis auf ein paar wenige Informationen, die sie sowieso schon wusste, waren die Briefe, Pässe und anderen Blätter nicht gerade notwendig oder hilfreich. Das einzige, was interessant herüberkam, war die Mappe mit der Inschrift „Krankenhaus Hedwigshöhe". Sie hatte wirklich jede der dreiundzwanzig Kisten durchgekramt, aber nie war nur irgendetwas Spannendes herausgekommen. Dafür

198

aber Sachen, die sie nicht unbedingt finden wollte. Eine verstaubte Sammlung voller dreckiger Filmchen und Zeitschriften in Kiste Nummer vierzehn, in der zwanzig waren alte Bilder von ihr und Jonas. Mit zehn, nackt, im Planschbecken. *„Hoffentlich liegen bei Jonas nicht auch noch solche Erinnerungen"*, seufzte sie ziemlich verschämt. Weil ansonsten nichts wirklich Heiles oben war, ließ sie sich mit einem Plumps auf dem Sofa mit der Sprungfeder nieder. Es war zwar staubig, aber immer noch besser als irgendwo anders zu liegen. Es war die Zeit, die Mappe genauer unter die Lupe zu nehmen. Die einzige Hoffnung. *„Meine Mutter war in einer psychiatrischen Klinik, davon wusste ich gar nichts.."* Irgendwie verschreckte sie es, weil ihr Vater es ihr doch hätte erzählen müssen. Und wieso ging diese Hülle so schwer auf? Egal wie sehr sie an der Mappe riss, die Seiten bewegten sich kein Stück weg voneinander. Kein bisschen. Nachdem sie dann aber mit aller Kraft heftig gezogen hatte, flog das eine Teil nach links und das Cover nach rechts. Es schien nichts drin zu sein. Traurigerweise...aber kaum dass Diana das eine Teil aufhob, sah sie darin etwas kleben. Sie drehte es um..und erstarrte zu Eis. Es schockte sie, als wäre wer weiß was passiert, aber nein, sie sah das erste Mal in ihrem Leben ein richtiges Bild ihrer eigenen Mutter. Angelika Gurr hatte lange, braunes Haar und einen rotgeschminkten Vollmund. Ihr Lächeln war schmal und ihre Wangenknochen standen sehr deutlich hervor, selbst ohne viel Make-up. Auf dem Bild hatte eine weiße Bluse mit üppigem Ausschnitt an sowie einen Schal, der das ganze Drama bemühte zu verdecken. Es war nicht einfach. Sie hatte Sommersprossen und einen sehr hellen Hautton. Richtig wie Feline, bloß in Weiß und mit dunklen Haaren. Aber das genügte nicht. Als Diana den schönen Lidstrich ihrer Mutter bewunderte, fiel ihr das Entscheidende auf: Angelika Gurr hatte noch etwas mit Feline Gurr gemeinsam. Die gemeingefährlichen, smaragdgrünen Giftaugen.

Nachdem sie sich das alles angesehen hatte, liefen ihr hoffnungslos die Tränen die Wangen herunter. Es war ihr zu viel. Feline und sie waren Halbgeschwister. Ihre Mutter war anscheinend ebenso eine grausame Person wie diese es war – nach ihren Vermutungen. Die grünen Blitze bildete sie sich nicht ein. Feline war wirklich keine menschliche Gestalt. Sie waren echt, aber nur sie konnte wirklich nicht davon beeinflusst werden..weil sie blutsverwandt ist. Halbschwester. *„Sie konnte mich vielleicht deswegen nicht umbringen. Weil ich aus ihrer Familie stamme. Das ist doch auch in Büchern manchmal so. Die Familie der Hexen ist unsterblich. Aber Feline ist doch keine Hexe..auf jeden Fall, deshalb kann nur ich helfen. Als ihre Schwester muss ich es mir doch eigentlich zur Aufgabe machen, die Welt vor ihren Missetaten zu schützen..wieso ich? Ich fühle mich nicht bereit dazu."* Sie hatte definitiv mehr als genug gesehen. Schluchzend warf sie alles, was sie gesehen hatte, in eine Ecke und kletterte wieder die Holzleiter nach unten. Schnell. Ohne Angst, dass diese vielleicht einbrechen könnte. Sie wollte einfach so schnell es geht heraus aus diesem Dilemma. Kaum war sie unten angekommen, schmiss sie sich auf ihr

Bett und wollte einfach nur vergessen. Aber sie konnte es nicht. Es schien nahezu unmöglich zu sein! Besonders, weil ihr ein Gedanke im Kopf spukte, aber sie ihn nicht zuordnen konnte. Er war kein angenehmer Gedanke, nein, das war er nicht. Eine Viertelstunde Grübelei später sprang sie auf einmal wie wild auf und rannte zu ihrer Kamera. Ob sich die Vermutung bestätigte..?

Leider kam sie nicht allzu schnell an die Bilder, da sie zwischendurch noch welche geschossen hatte. Aber kaum eine halbe Million anderer Bilder später kam zunächst das Bild mit dem Tascheninhalt. Das nächste Bild war das Richtige. Plötzlich schrie sie wieder auf. Es war wahr. Die Leiche der Frau, die inmitten des Holzkreises lag, war nicht irgendeine Leiche. Sie hatte braune, lange Haare und ein zwar dreckiges, aber weißes Hemd an. Eine braune Cordhose. *„Meine..nein, unsere Mutter! Tot, im Wald, nicht in Australien! Feline hat meiner, ihrer, unserer Mutter das Leben genommen!"* Und sie brach erneut in Tränen aus.

Die nächste Zeit war die pure Hölle für Diana. Diese ganzen furchtbaren Sachen, die auf einmal auf sie hineingeprasselt waren, obwohl sie gar nichts von der Familie zu wissen schien. Vielleicht war es besser so gewesen. Schlaflose Nächte quälten sie, mit diesen Gedanken war sie nicht fähig dazu nur eine Minute allein ruhig einzuschlafen, sie fühlte sich unterdrückt, beobachtet, gefangen. Als sie ein paar Tage später aufgrund dessen in der Schule zusammenbrach, wurde sie nach Hause geschickt, um sich für eine gewisse Zeit zu erholen. Sie hatte dem Lehrer gesagt, dass jemand aus ihrer Familie umgekommen war und sie deshalb einfach keine Kraft mehr hatte. Er war überraschend verständnisvoll – und es war ja keine Lüge. Auch, wenn ihre Mutter halb verrottet im Wald lag, weil ihre Tochter sie umgebracht hatte. Sie hatte zwar keine Beweise dafür, aber Feline brachte alles und jeden um, oder? Also hatte sie wohl auch vor ihrer eigenen Mutter nicht Halt machen können. Was für eine Schweinerei. Zuhause angekommen überlegte sie, wie sie weiter damit umgehen sollte. *„Ich würde Feline gerne alles an den Kopf werfen. Sie weiß ja alles und töten kann sie mich nicht, geschweige überhaupt irgendwelche bösen Sachen mit mir anstellen. Dieses Drecksvieh.. wenn ich schon eine Schwester habe, dann eine, die nicht mordsüchtig ist, mit meinem Schwarm zusammen ist und ihn umbringen will oder alleine einfach Feline ist!"* Aber Feline schien ihre Schwester zu sein. Sollten Geschwister nicht zusammenhalten? Nein, wenn sie so tickte, dann konnte sie das vergessen. *„Ich werde mit ihr reden. Gleich morgen verabreden wir uns. Bei mir, wenn keiner da ist. Wenigstens Papa soll am Leben bleiben.."* Aber nett wollte sie sein, nett anlocken, so tun, als wüsste sie von nichts. Damit Feline auch ganz sicher kommen würde. Hoffentlich würde ihr Plan aufgehen.

„Schatz? Kannst du mir mal mein Handy geben?" Feline lag auf Jonas' Bett, wie sie es immer tat und aß etwas von seinen Chips, während Jonas am Computer saß. Er sah sich an, wann Papa Roach

wiederkommen würde, damit er mit Diana hingehen konnte. Feline wollte zwar gerade wieder irgendetwas mit ihm machen, deutete geradewegs auch auf die sexuelle Ebene hin, aber in letzter Zeit hatte er einfach keine Lust auf sie oder irgendetwas. *„Okay, wo liegt es?"* - *„Es befindet sich da auf dem Stuhl, guck mal!"* Sie zeigte rüber. Jonas stand auf und reichte es ihr. *„Diana hat mir geschrieben!"*, rief sie zu ihm mit vollem Mund. Jonas war erstaunt. *„Was denn?"* Feline begann verdutzt, den Text vorzulesen. *„Hey, Feline. Ich vermisse dich irgendwie total..also, hast du Lust, morgen mal vorbeizukommen? Ich hab' voll das Bedürfnis, mit dir zu quatschen!"* Jonas war umso verwunderter, dass Diana und Feline sich verstanden. *„Ja. Ich bin dann morgen nicht bei dir, ja? Diana ist eine gute Freundin.. deshalb möchte ich ihrem Wunsch folgen, bist du einverstanden?"* Sie sahen sich in die Augen und er lächelte. *„Klar. Aber davor vielleicht noch eine Runde.."* Er zwinkerte verlegen, überlegte sich, die restliche Zeit mit ihr noch ein wenig mehr zu nutzen. *„Wieso nicht, mein Engel?"* Und keine Sekunde später riss sie ihn auf das Bett.

Am nächsten Tag machte Diana ihr Zimmer schön zurecht. Sie durfte laut den Lehrern noch mindestens zwei Wochen zuhause bleiben, also wartete sie darauf, dass Feline Schulschluss hatte. Eine Kerze ans Fenster, eine Kerze auf den Schreibtisch.. es sah nahezu aus wie ein satanisches Ritual. Aber nein, sie wollte nur ihre Schwester empfangen. *„Ob ich sie töten kann?"* Der Gedanke war ihr vorher noch gar nicht gekommen.

„Wenn mir das zu krass wird, kann ich es ja mal probieren. Auch wenn ich diese Vorstellung verdammt abartig finde – einen Menschen, ins Besondere meine eigene Schwester umzubringen. Komische Sache...aber mir kann sie ja nichts. Also, wieso nicht.."

Als sie, um eine weitere Kerze zu platzieren, an ihrem Spiegel vorbeilief, fiel ihr außerdem auf, dass ihr Zimmer fertig war, aber sie nicht. Glücklicherweise musste sie ja nicht mehr viel machen, Feline hatte noch eine halbe Stunde Schule und das Zimmer sah gut aus. Ihren Kleiderschrank öffnend überlegte sie, was passend wäre. Ob sie so schauerlich wie Feline sonst aussehen sollte, oder ihre gewöhnliche Pastelgoth-Art fortführen sollte, wusste sie nicht? Oder doch so „krank" wie es ging? Also, mit Jogginghose, ohne Make-up und allem? Nein. Sie würde Feline beweisen, wie gut sie aussehen konnte. Dass sie sie übertreffen konnte, selbst wenn sie ihre Fähigkeiten hatte. Aber gegen diese war sie immun. Also raus mit dem schwarzen Kleid voll mit Rüschen und Spitze. Es war so lang, dass es fast den Boden berührte. Schwarze Armstulpen passten auch dazu, welche sie auch ganz flugs anlegte. Hohe Schuhe? So gut konnte sie nicht auf ihnen gehen, aber heute war ein guter Anlass. Die Haare. Diana rannte ins Badezimmer und glättete den leichten Ansatz, bevor sie sich extra Mühe bei dem restlichen Lockenpart gab. Etwas Haarspray, fertig. Sie grinste. Die Zeiten des Selbsthasses mussten beendet werden, sonst würde sie niemals besser sein als Feline. Brille oder keine Brille? Lieber Kontaktlinsen, aber die auch erst nach dem Schminken. Zwanzig Minuten später, als sie mit den Linsen in den Augen noch den schwarzen Lippenstift über ihre ehemals lieblichen Lippen zog, blickte sie in den Spiegel. Sonst auch meistens dunkel, aber auch niedlich und süß, heute war sie die Dunkelheit in Person, es grenzte nahezu an Feline. Gerade wollte sie in ihr Zimmer zurückgehen, fertig und gespannt auf die Andere warten, da fiel ihr noch etwas ein. *„Keiner ist da, also fällt es auch nicht auf.."* In der Küche, ihrem Ziel, angekommen, schnappte sie sich das schärfste Messer, dass ihr in den Augenwinkel sprang und rannte die Treppe in Höchstgeschwindigkeit wieder nach oben und knallte die Zimmertür zu, nur um den Mordgegenstand unter ihrem Kopfkissen zu verstecken. *„Ein bisschen merkt man ja doch, dass ich von Feline abstamme – oder von Mama. Dieser Gedanke, jemanden umzubringen, lockt eigentlich ganz schön. Auch wenn es grauenhaft ist! Trotzdem ein tolles Gefühl."* Diana schüttelte den Kopf abermals, was für eine Show sie abzog. Als ihr Handy vibrierte, schreckte sie auf. Es war ihr Wecker, eingestellt auf „Feline hat Schluss". Okay, nun, wenn sie sich sofort auf den Weg machen würde, bräuchte sie eine knappe Viertelstunde zu ihr. Entspannt saß Diana herum und hörte noch ein wenig etwas von ihrer Lieblingsband. Als das Lied auf Jonas' Lieblingsband Halestorm umsprang, musste sie wieder daran denken, was sie eigentlich zu all' dem veranlasst hatte. *„Ich werde für dich gewinnen."* In diesem Moment klingelte es an der Haustüre.

Diana drückte auf den Stoppknopf, hastete nach unten,

brüllte „*Komme, Moment!*" und öffnete ihrer Halbschwester die Tür. „*Na, siehe einer an, wir haben dasselbe an.*" Erschrocken musste Diana feststellen, dass sie in Feline ihr Spiegelbild sah, bloß mit glatten, blonden, längeren Haaren. Und dass die Stulpen einen weißen Rand hatten. Ihre waren komplett schwarz. Erwartet hatte sie das, ehrlich gesagt, nicht. „*Komm' herein.*" Feline schloss die Tür hinter sich. „*So aufgebrezelt, Diana. Ich dachte ja, du bist krank.*" - „*Traumatisiert trifft es eher*", grummelte sie leise, in der Hoffnung, dass sie es nicht mitbekam, was wirklich so schien. „*Ja, etwas erkältet, aber mir geht es schon besser. Außerdem – wenn ich Besuch erhalte, vor allem von der Freundin meines besten Freundes*", sie setzte ein gespieltes Lächeln auf, „*dann kann ich doch nicht aussehen wie der letzte Penner.*" Feline lachte. „*Na, dann hast du ja doch wohl Recht. Wollen wir hochgehen?*" Diana zitterte leicht, aber stimmte ihr zu. „*Ich finde ja, dass dein Zimmer voll schön ist!*" Feline stieß ihre Tür auf. „*Heute sogar noch toller! Du hast ja prächtig dekoriert!*" - „*Danke.*" Diana war irgendwie verlegen und beschämt. Diese Person, die manchmal doch so liebenswert sein konnte, hatte sie gleich auf dem Gewissen. Wieso.. weil sie jeden tötet. Das versetzte Diana wieder in ihre grimmige Laune und schob das Mitleid ein paar Kilometer weiter nach hinten. Es gehörte jetzt nicht zu ihr, es war so fehl am Platz wie noch nie. „*Dieses Mädchen hat dir den Jungen geklaut, den du liebst. Dieses Mädchen hat deinen Hund umgebracht. Dieses Mädchen hat deinen Schwarm fast umgebracht und seine Schwester! Es würde alles wegmorden, wenn es nur könnte! Reiß dich zusammen und mach' es!"* Diana seufzte. Es war doch gar nicht so einfach, wie sie es dachte. Als sie auf dem Bett saßen, blickte Feline Diana an. *„Du siehst so besorgt aus. Was ist denn los?"*

Und da konnte Diana sich nicht mehr halten und brüllte sie an. *„DU HAST JONAS, DEN ICH VERDAMMT NOCH MAL LIEBE, BEINAHE UMGEBRACHT! UND DU TÖTEST ALLES, WAS DIR IN DIE UNMITTELBARE QUERE KOMMT! DU BIST NICHT NORMAL, WEIB, UND DAS SCHLIMMSTE IST JA, DASS DU UNSERE MUTTER UMGEBRACHT HAST: WIR SIND GESCHWISTER, HALBGESCHWISTER!"* Feline blickte ihr in die Augen. *„Meine Vermutung bestätigt sich..du hast es mir gerade bewiesen. Du weißt auch das, was ich mit den Augen kann, hm?"* Sie schoss einen kleinen Blitz. *„Und damit-"* Feline zog das Messer unter ihrem Kissen hervor - *„kannst du mich nicht umbringen. Und ich dich genauso wenig. Magst du mal probieren? Es geht nicht."* Sie drückte Diana das Messer in ihre Hand. Diana, die total überfordert war, nahm es an sich. *„Jetzt versuch' mal, was du tun wolltest. Mach' es. Stich mir in die Brust und hack' an meinem Kopf."* Dianas Blick war angsterfüllt. *„Woher wusstest du, was ich vorhabe?!"* Dieses Mädchen konnte ihre Gedanken aufs Wort genau wiedergeben. Irgendwie war das ja schon schauerlich.. Feline antwortete ihr. *„Ich kann deine Gedanken lesen. Aber nur deine, weil wir Geschwister sind. Ich hätte Vorahnungen haben müssen, hatte ich auch. Das war ein offensichtliches*

Zeichen. Los, probier' es. Dann vertraue ich dir auch was an. Aber bitte, verrate mich nicht. Ansonsten bin ich meine Kräfte für immer los." Diana wollte so viele Fragen stellen, aber Felines Aussage schien tatsächlich zu stimmen, sie wusste, dass sie Angst hatte, da sie davon ausging, Feline könnte sie doch töten. „*Ich könnte mich selber umbringen. Aber wir sind in einem Familienbund. Weil du aber nur halbverwandt bist, kannst du zwar nichts machen, aber bist unbeeinflussbar.*" Feline nahm das Messer, als Diana sich einfach nicht traute, es gegen ihre Schwester zu richten. „*Dann tue ich es.*" Sie befal Diana, die Augen offen zu haben. Dann schlug sie gegen ihre Arme, rammte es in ihre Brust und schnitt ihre Kehle durch, mit einer Menge an Kraft, die Diana selbst nicht einmal gehabt hätte.

Zumindest sah es so aus, aber Diana passierte rein gar nichts. Das Messer konnte ihr nichts, wenn Feline es benutzte. „*Du hast nur einen Windhauch gespürt, oder? Ja. Dann bitte, mach' es bei mir.*" Diana fühlte sich wie eine Psychopathin, als sie Feline am Hals sägte mit der Waffe. Ganz vorsichtig, weil sie sich irgendwie grauste, aber selbst da geschah rein gar nichts. Keine Spur, nicht der geringste Blutspritzer. „*Siehste? Nichts passiert. Und wir können uns ja hoffentlich vertrauen. Deshalb erfährst du jetzt die gesamte Wahrheit, okay? Aber, du musst mir eins versprechen: Keiner erfährt etwas.*" Diana versprach es zwar nicht, aber Feline begann dennoch, zu reden. „*Wir sollten uns hinlegen. Es wird eine sehr lange Erzählung.*"

8. Kapitel

„Also, ich weiß nicht, wie ich anfangen soll. Es ist so viel, was ich dir sagen muss, so viele Sachen, die du wissen solltest, weil du aus meiner Familie stammst und es ist definitiv verdammt komisch und schauerlich – manche Sachen. Ich habe kein Zuhause." Diana entschuldigte sich für die Unterbrechung, aber sie sprang auf und holte ihre Kamera. Feline schob sie beiseite. *„Ich weiß, dass du da warst und mir nachspioniert hast."* Diana wollte kaum Luft holen, um etwas zu erwidern, da sprach sie einfach weiter, den Satz aus Dianas Gedanken weiterführend. *„Ja, ich weiß, dass du verkleidet warst. Sonst treibt sich nie jemand dort in der Gegend herum, manchmal bloß ein Jäger, vereinzelte Füchse und Marder. Ich wohne da, in diesem Wald, aus bestimmten Gründen. Ich kenne meine Familie selber kaum. Nur Mama liegt dort, in diesem Kreis. Und nein, ich habe sie nicht umgebracht, das könnte ich nicht. Sie hat sich selber das Leben genommen. Und das ist eigentlich der Grund, warum ich so viele Menschen nun auch aus ihrem Leben reiße. Tut mir leid, wenn ich etwas zusammenhangslos rede, aber es sind so viele Informationen. Und bitte unterbrich mich nicht, sonst vergesse ich noch die*

Hälfte." Sie sah Diana mit einem strengen Blick an, jene war auf der Stelle still. „*Alle aus unserem Geschlecht haben diese Augen gehabt, so auch ich und deine Mutter. Aber nur die Weiber können sie benutzen. Ich weiß selber nicht, warum wir die haben. Ich finde es amüsant, etwas Übermenschliches zu sein. Klar, ich kann nicht alles, nur Gedanken lesen, beeinflussen und Gedanken auslöschen. Ja, das erklärt auch, warum Jonas sich an nichts mehr erinnern kann. Mein Vater hat die Augen auch. Er ist das einzige, noch lebende Familienmitglied. Unsere Mutter wurde in die Klapse gesetzt, weil die Leute sie für verrückt erklärt hatten. Sie hatte anscheinend wirre Sachen gesagt, sie konnte nicht gut mit ihren Kräften umgehen, hat sie manchmal regelrecht missbraucht. Ich habe sie sehr geliebt, aber dennoch.. als du dann zur Welt kamst und sie nicht da war, hat mein Vater sich um mich gekümmert. Ach ja, meinen Vater kennst du auch. Erinnerst du dich an den vermeintlich komischen Busfahrer? Das ist er. Und er fährt den Bus eigentlich nur, weil er sich kaum etwas leisten kann, was eine Wohnung oder so angeht. Er macht früh Schluss und dann schlafen wir in diesem Bus. Aber er muss schon früh um fünf wieder los, damit er auch um 18 Uhr seine Schicht beenden kann..Auf jeden Fall, mit sechs wurde ich dann im Wald ausgesetzt. Das war schlimm, glaub' mir. Davor haben wir noch in einem Haus gelebt, aber nicht einmal ich weiß, was damit geschehen ist. Und meine Mutter hat sich dann vor meinen Augen umgebracht. Aber irgendwie hat sie der eine Schuss nicht direkt getötet. Deshalb hat sie sich dann vor ihrer kleinen, sechs*

Jahre alten Tochter, als sie aus der Klapse ausgebrochen war, erhängt. Im letzten Moment hat sie sich dann noch die Hand abgeschlagen. Ich habe mich irgendwie seit diesem, traumatisierenden Moment, dafür verantwortlich gefühlt. Und die ganzen Menschen, die sie dazu gebracht haben, habe ich gehasst. Nur die „ganzen Menschen" waren oder sind für mich alle. Und insbesondere du warst mit ein Dorn im Auge. Ich hatte den Verdacht, dass du meine Schwester bist. Und dass du mitverantwortlich für ihren Suizid warst – auch wenn du nichts davon wusstest. Nein, sie war nie in Australien. Dein Vater weiß von dem Selbstmord, aber nicht, was dann mit ihr geschah. Ich habe ihre Sachen genommen und in ihre Tasche gesteckt, die neben ihr gelegen hatte. Ich wollte ihr Opfer bringen, bin davon ausgegangen, dass sie dann stolz auf mich sei. Wenn ich die Menschen töte, die sie so gemacht haben. Ich bin krank aus Liebe zu ihr, ich gebe es selbst zu. Ich wollte sie rächen. Je mehr Tote, desto besser. Ich rede auch immer mit ihr, frage sie, ob sie mich jetzt liebt, wenn ich ihr Leichenopfer bringe. Ich trage sie ja immer zu ihr. Die Beeinflussung und Auslöschung der Gedanken anderer kann mir da mehr als behilflich sein, Schwester. Ich wollte mich wenige Jahre nach ihrem Suizid selber umbringen, bin fast selber in der Klapse gelandet, es war ein so schlimmes Erlebnis. Und glaub' nicht, ich bin so heil davongekommen. Warte, ich erzähle gleich weiter, lass' uns nur kurz ins Bad gehen.." Diana, von den bisherigen Erlebnissen mehr als geschockt, führte sie ins Badezimmer. Sie wusste nicht, ob sie Angst haben sollte oder froh sein sollte, da sie das alles erfuhr und Felines ganzes Vertrauen hatte, da sie ja Schwestern waren. *„Beides ist sicherer.“* Im Bad angekommen zog Feline sich aus. Nur noch in Unterwäsche stand sie da und bat Diana um einen nassen Schwamm. Diana warf ihn ihr zu. Was hatte sie vor? Erst diese Geschichte und jetzt das. Feline ergriff den Schwamm und rubbelte ihre gesamten Arme und Beine entlang, bestimmt zehn Minuten sah Diana ihr dabei zu. Dann drehte sie sich um. *„Du hast immer gedacht, wie ich nur so makellos sein kann. Guck' dir das an.“* Feline gesamte Gliedmaßen waren übersät mit breiten, tiefen, roten Narben – mehr oder weniger groß. Sie schienen enorm zu sein, so viele konnte sie gar nicht mal mehr zählen. *„Ich habe mir nicht das Leben genommen. Aber jeder dieser unzähligen Schnitte steht für Schuldgefühl und einen Heulkrampf, den ich wegen der ganzen Sache hatte. Allerdings fand ich diese Narben so ekelig, deshalb habe ich mir irgendwann dieses spezielle Make-up zulegt. Es ist extrem abdeckend und wenn ich mehrere Schichten drüber pinsele, dann sehe ich auch so makellos aus, was ich aber gar nicht bin. Theaterschminke eben. Es dauert seine Zeit, das aufzutragen, aber ich habe immer genug Zeit, wenn Papa weg ist. Magst du mir helfen, es wieder drauf zu machen? Ich kann leider nicht die Zeit umkehren..“* Während sie dabei waren, überlegte Diana, ob sie ihr auch etwas anvertrauen konnte. Als sie fertig waren, griff Diana sie am Arm. *„Hey. Ich habe auch Narben. Am Arm, hier.“* Sie zog den linken Ärmel nach oben. Vier, fünf Striche blitzten hervor.

„*Die sind ein halbes Jahr alt. Liebeskummer. Wegen Jonas. Du, wenn du ihn doch sowieso nur töten willst, so wie Sandra, warum ziehst du ihn dann in deinen Bann?*" Feline sah zu Boden. Es kam wohl wahrhaftig überraschend. „*Am Anfang wollte ich echt nur Mord. Und ein wenig Sex vielleicht. Aber ein paar Wochen, nachdem er meinen Anschlag überlebt hatte, kam dann ein Schwall echter Gefühle. Ich wollte sie verbannen, ich will nicht wieder das unschuldige Mädchen sein, das bei seinem ersten Mord Schreikrämpfe bekommt, da ich es grausig fand. Ich habe mich das erste Mal verliebt.. da hat die Beeinflussung auch geholfen. Sonst würde ich ihn dir überlassen. Ich schwöre es dir, Diana. Ich hasse Menschen so sehr, weil sie meine Mutter so gemacht haben. Ich will das selber nicht. Deshalb will ich nicht, dass mir jeglicher Mord leidtut. Ich habe keinen an meine Handtasche gelassen, da die Mordgegenstände, die meine Mutter zum Selbstmord benutzt hat, drin sind, wie du bereits weißt. Und das Töten war so schlimm am Anfang. Ich hatte da gar keinen Spaß dran. Aber nach dem zehnten Mord ging dieser Spaßfaktor auch los. Und selbst wenn der fehlt – ich tue es noch immer für meine Mutter. Unsere. Mutter. Und weißt du noch etwas? Ich war schon an richtig vielen Schulen und habe es dort getrieben. Nein, nicht nur, was man heutzutage unter Treiben versteht. Ich habe tatsächlich dort Schüler gekillt und bin jedes Mal geflogen – aber nicht deshalb, zum Glück konnte sich ja keiner an etwas erinnern, aber aufgrund von dem anderen Mist, den ich tat, um zu fliegen und an anderen Schulen den Amoklauf fortzuführen, weil es*

*sonst zu auffällig wäre mit den ganzen Toten. An dieser
Schule habe ich auch vorgehabt, andere zu töten, aber
ich werde es nicht mehr machen können.
Beziehungsweise, ich will es nicht mehr, weil ich meine
Fähigkeiten nicht verlieren will. Schließlich habe ich
mich gerade an dich verraten. Ich finde das ja ziemlich
mies.. wenn du mich verrätst, an irgendwen, kann ich
gar nichts mehr. Okay, deine Gedanken sind jetzt schon
auch wieder privat, da ich dir auch davon erzählt habe,
aber dennoch. Bitte, tu mir das nicht an und behalte
alles für dich, Diana, ja? Ich bereue das gerade
irgendwie, aber es musste doch auch raus,
oder?"* Feline beendete den Redeschwall. Diana
musste irgendwie lachen. Sie konnte Feline zwar nicht
umbringen, aber sie hatte sie in der Hand. Selbst, wenn
sie jetzt auf so lieb und hilflos tat, sie hatte ihr einen
Tipp gegeben. *„Ich werde für die nächste Zeit ebenso
lieblos sein, wie sie es nun ist. Ich kann Jonas endlich
aufklären. Wir schaffen das!"* Während sie schweigend
das Badezimmer verließen, fragte Feline sie, ob sie sich
nicht vertragen könnten. *„Ja, ich verbreite Grauen und
bin ein verdammt schlechter Mensch, wenn ich
überhaupt einer bin – aber können wir uns, als
Halbgeschwister, nicht vertragen? Ich habe dir mein
ganzes Leben erzählt und was alles geschehen ist. Also,
bitte."*
Dieses Angebot klang gut, aber in ihrem Hass konnte
sie es nicht annehmen. *„Ich habe dich gern, Feline.
Aber wer meinen Schwarm oder allgemein jemand, der
mir viel bedeutet, probiert, zu töten, bei dem kann ich
solch ein Angebot nicht annehmen. Sorry."* Sie hatte

sich noch nett ausgedrückt, bei der Wut, die sie spürte, wenn ihr einfiel, dass Feline sich nicht einmal schuldig für ihre Taten fühlte. *„Aber..wirst du mich..verraten?"* Ah, ihre große Schwachstelle. Sie hatte ihre Halbschwester auf dem richtigen Fuß erwischt. *„Ja, klar. Nein, Quatsch. Geschwister verraten sich doch nicht gegenseitig, was denkst du denn?"* Für Feline war es eine große Erleichterung, für Diana eine verdammt leichte Lüge, die ihr gespielt und im Hass von den Lippen glitt wie ein Schlittschuh über das Eis. Sie würde sie verraten, aber dealte mit der Freundschaft – der falschen. *„Ich verspreche es nur, damit sie nicht mit ihrer Masche weitermacht und mordet. Schließlich wird sie ja sonst weitermachen. Ein Glück, dass sie meine Gedanken nicht mehr lesen kann."* - *„Ich verspreche es, dass ich dich nicht verraten werde, aber..du darfst niemanden mehr umbringen, hörst du?!"* Feline lächelte lieb, wie ein kleines Lämmchen, so brav sah sie auf einmal aus. *„Ich verspreche es ebenso."* Und sie reichten sich die Hände.

Es klingelte und das gesamten Gymnasium stürmte aus den Klassenzimmern, die Unterstufenschüler allen voraus. Jonas, der gerade Informatik gehabt hatte, stolzierte langsam die Treppe nach unten. Feline hatte heute die letzte Stunde Entfall gehabt, aber sie wollte auf ihn warten. Wo sie war, wusste er nicht, aber sie war auf jeden Fall irgendwo auf dem Schulhof. Als er aus der Schule herausging und am Geländer, wo sie normalerweise standen, vorbei, da konnte er erkennen, wo seine Freundin sich befand. Feline saß mit Diana auf der Mauer und sie unterhielten sich angeregt. *„Die beiden sind Freundinnen. Eigentlich schön, oder?"* Er lief auf die beiden zu und umarmte Feline von hinten. *„Schatz! Gehen wir in die Stadt?"* Er sah sie verliebt, aber auch etwas fragend an. *„Mit Diana?"* - *„Mit Diana!"* Diana grinste frech. *„Jaa, Feline wollte, dass ich mitkomme."* Sie liefen dann gemeinsam die Straße entlang, das Paar hielt Händchen, Diana hatte sich bei Jonas untergehakt und so machten sie sich auf den Weg in die Innenstadt. Es war einfach ein schöner Tag, den Jonas genießen wollte, wie er es noch nie getan hatte: Mit seiner festen Freundin und seiner besten Freundin. Was für ein Gewinn! Er war wieder gut dran mit Diana, ohne dass sie Feline gegen ihn hetzte. *„Selbst wenn wir jetzt nicht so viel herummachen können, weil Diana dabei ist, immerhin hassen sie sich nicht. Wir können etwas gemeinsam unternehmen! Da habe ich so lange drauf gewartet."*

Es waren ein paar weitere Wochen vergangen, in denen Diana nachdachte und an ein Ende kam: Sie konnte die Sache mit Feline nicht mehr länger vor Jonas verheimlichen. Sie hatte Angst um ihn. Und.. weil sie ihn liebte, versuchte sie, immer noch um ihn zu kämpfen. Auch, wenn sie in der Öffentlichkeit nun echt auf Freundin tat, sie hasste Feline so abgöttisch. *„Diese Tarnung wird bald endgültig brechen. Wieso sollte ich noch länger durchhalten?"* Feline und sie nannten sich nicht Schwestern in der Öffentlichkeit, aber der Gedanke, dass sie es waren, zerfraß sie immer noch. Es war einfach so ungeheuerlich, dass sie zur Hälfte auch so etwas wie eine „Zauberin" war. Naja, eigentlich eher etwas unsterblich. Aber nur Feline und ihrem Vater gegenüber. Was war sie da überhaupt? Kräfte hatte sie ja nicht. *„Auf jeden Fall habe ich etwas, was nicht jeder hat und das ist unheimlich genug."* Es war schon der elfte April, Feline und Jonas hingen schon beinahe vier Monate aufeinander herum und sie konnte es einfach nicht mehr mit ansehen. *„Ich muss meine Schwester verraten. Sie wird sowieso nicht auf mich hören. Man merkt, wie das Töten anderer Menschen ihr zur Sucht geworden ist. Irgendwann wird sie es sowieso machen und spätestens dann hätte ich sie dann auch an jemand anderen verraten. Dann kann ich es auch jetzt tun. Ich liebe Jonas zu sehr, so ist er in Gefahr. Ich hätte sie ja umgebracht, aber ich kann es ja nicht. Okay, selbst wenn ich es könnte, mir hätte der Mut gefehlt.."* Sie verstand selber nicht, wie Feline das so gut konnte. Ihr innerer Monolog ging weiter, während sie mit leerem Blick aus dem Fenster starrte. Es sah kein bisschen nach Aprilwetter aus , heute regnete es in Strömen. Okay, man nannte ihn doch auch den „launischen April", aber das hieß nicht, dass es wirklich so sein musste, oder? Immerhin passte das Wetter zu ihrer Laune. Die war echt am Boden, sie war niedergeschlagen. Wie gerne sie es doch anders hätte, nicht so merkwürdig wie jetzt. *„Und ich dachte, so etwas gibt es nur in Märchen. Hexen und der ganze Mist. Jetzt habe ich eine als Halbschwester. Wie soll man da bitte nicht traumatisiert sein, geschweige denn normal denken, wenn man es nicht einmal erzählen* *darf?!"* Diana dachte nach. Vor einem halben Jahr, oder vielleicht vor sieben Monaten, ging es ihr so schlimm..Jonas. Sandra. Sie hatte die Situation so wenig ausgehalten, dass sie sich selber verletzt hatte. Der Drang dazu war unermesslich. Und irgendwie hatte sie das Bedürfnis, es jetzt wieder zu machen, auch wenn sie so lange clean war jetzt. Die Klinge befand sich in der dritten Schreibtischschublade. Selbst, wenn sie so lange unbenutzt darin gelegen hatte, sie wusste genau, wo sie war. Das kleine, silbrig schimmernde Stück aus Metall. Diana zögerte keine Sekunde, sie nahm es in die Hand, riss ihren Ärmel auf brutalste Weise nach oben und wollte gerade zum ersten Schnitt ansetzen, als ihr plötzlich ein Gedanke kam. *„Du ruinierst über ein halbes Jahr ohne diesen Mist. Du weißt, wie groß das Verlangen wieder werden kann, wenn man erstmal wieder anfängt, hört es nie auf und du wirst wieder in das tiefe Loch fallen, aus dem du damals mit Mühe gekrochen bist. Willst du das wirklich? Dein Arm ist so heil geworden. Tu das nicht, bitte."* Die Stimme in ihrem Kopf wurde lauter, sie klang fast schon wie ..Feline. Oder bildete sie sich das nur ein? *„Du liebst Jonas."* Diana zog den Ärmel wieder runter. *„Du bleibst für ihn stark, weil er dir die Welt bedeutet."* Diana legte die Klinge in die Schublade zurück. *„Diana, du bist kurz vor deinem Ziel! Du kannst es allen zeigen, du hast was drauf! Und vielleicht bekommst du Jonas dann sogar!"* Der Satz hatte gereicht. Das Mädchen nahm die Klinge wieder aus der Schublade und pfefferte sie in die Mülltonne. *„Ich werde nichts in diese Richtung tun. Ich rocke das*

Ding. Ich werde das schon hinbekommen!" Diana klopfte sich auf die Schulter. Eigenlob sollte ja stinken, aber heute, in dem Fall, war es gar nicht mal so unangemessen.

In einem anderen Haus ging die Stimmungskurve gerade jedoch umgekehrt. Von einem Hoch auf ein gewaltiges Tief wanderte es, die Laune von Jonas kochte in Wutanfällen.

"Wieso bist du so? Du glaubst doch nicht, dass ich alles für dich mache, oder? Ich liebe dich aber, aber ich bin nicht dein bekackter Sklave!" Er schleuderte brutal ein Kissen gegen seine Freundin. *"Wieso? Ich habe dir nicht viel gesagt. Ich wollte nur eine Kleinigkeit von dir."* Jonas sah sie voller Rage an.

"Wenn ich dich nicht lieben würde.. erst willst du, dass ich vom Riesenrad springe und dann soll meine kleine Schwester als "Mutprobe" aufs Dach klettern?! Weißt du, wie gefährlich das ist? Mit mir kann man echt viel machen, aber seit Jacky weg ist, passe ich umso mehr auf Lena auf. Sorry, heute kannst du mich echt mal. Verpiss' dich!" Feline sah ihn giftig an, hob ihren Blick und wollte gerade etwas sagen, als er weiter schrie:

"Selbst mit den niedlichsten Blicken, den tollsten Küssen oder der größten Leidenschaft will ich dich heute nicht mehr sehen. Renn' jetzt, los, ich will dich nicht sehen, der Spaß hat aufgehört, du hast sowas von den Rubikon überschritten!" Feline stand auf und stampfte mit den hochhackigen Schuhen in den Teppichboden. *"Ja. Dann gehe ich halt. Es tut mir ja leid, aber ich finde so etwas ja lus-"* Jonas ergriff sie,

219

setzte sie vor seine Zimmertür und knallte sie vor ihrer Nase zu. *„Das ist ganz und gar nicht witzig, Feline!"* Er hörte die letzten Schritte, wie sie die Stufen herunterpolterte, den Schrei seines Vaters, dass er bitte mit Mädchen und Frauen besser umgehen solle und Lena Schluchzen. Jonas stand auf und öffnete zaghaft ihre Zimmertür. *„Lena?"* Sie saß mal wieder, schrecklich weinend, auf dem Bett und konnte kaum mal mehr reden. Jonas ließ sich neben ihr nieder, es war nicht das erste Mal, dass diese Situation geschah. *„Ja..magst du reden? Ist es wegen Jacky wieder?"* Lena schüttelte heftig den Kopf. Sie schlang ihre Arme um ihn. *„Ich warte mal eben, bis sie sich etwas beruhigt hat."* Das schien wenige Minuten später einzutreffen, aber als Jonas seine Frage wiederholte, da begann sie wieder zu flennen. *„Nur weil ich nicht aufs Dach gehen wollte, hast du so Streit mit Feline. Am Ende bin ich der Grund für das Scheitern, buhuhu, das Scheitern eurer Beziehung! Du hast schon Jacky verloren, deine Freundin sollst du jetzt nicht auch noch verlieren.."* Jonas tätschelte sie. *„Ist schon gut, Lena. Das ist nicht gut, was sie gesagt, fast schon befohlen hat. Weißt du, was dir hätte passieren können? In letzter Zeit sind wir eh nicht mehr ganz so..ein tolles Paar. Es hat nichts mit dir zu tun. Es ist, als ob...meine Anziehung zu ihr nachgelassen hat. Am Anfang konnte ich wegen ihr ja kaum mehr klar denken, aber jetzt...sonst hätte ich sie eben ja auch nicht rausgeschmissen."* Lena hob den Kopf und ihr Bruder konnte in das verweinte Gesicht sehen, was ihm einfach mehr bedeutete, als die vermeintlich „gute

Laune" seiner Freundin, weil er sie herausgeworfen hatte. *„Also...bist du mir nicht böse, dass ich es nicht getan habe?"* Jonas knuddelte die Kleine. *„Nein, Lena. Im Gegenteil. Ich bin so glücklich, da du verweigert hast."*

„Cut my life into pieces, this is my last resort-" Dianas Handy klingelte, wie aus dem Nichts, kaum dass sie die Klinge weggelegt hatte. Die Papa Roach-Melodie konnte schließlich nur von ihr kommen. „Jonas ruft an", sagte das Handydisplay. Jonas? Wieso rief er sie heute an, Feline war doch bei ihm? Nun ja, nicht dran gehen kam auch doof rüber. Also entschied sie sich dafür, es zu tun. Mit leichtem Herzklopfen drückte sie auf den grünen Button. *„H-hallo?"* Hoffentlich hatte er das nervöse Zittern in ihrer Stimme nicht mitbekommen. *„Hi, Diana..Feline und ich haben uns total gestritten."* Er haute die Tatsache sofort raus und brachte sie auf den Punkt, so kannte sie ihn. *„Ja!",* jubelte es in Dianas Kopf, *„es wird besser!"* In Echt murmelte sie ein überrraschtes „Oh nein!" in den Hörer. *„Und dann wurde es mir zu viel. In letzter Zeit scheint das alles, was die Gefühle angeht, schwächer zu werden und wir streiten mehr. Heute habe ich sie rausgeworfen. Ihr Verhalten war einfach gottlos! Aber alleine komme ich mit der Situation gerade nicht klar, so schwach wie ich auch klinge, können wir reden?"* Diana nickte, auch wenn er es nicht sah. *„Klar, tun wir doch sowieso schon?"* Jonas räusperte sich. *„Nicht am Telefon. Es regnet zwar in Strömen, aber ich fahre eben mit dem Fahrrad zu dir, wie ist*

das? Oder störe ich dich gerade? Das wäre nicht mein Ziel…" Das Süßeste überhaupt. Aber das konnte sie doch nicht zugeben. *„Ja, klar! Du bist mein bester Freund, wir können über alles reden."* - *„Scheiß Friendzone!",* dröhnte ihr Kopf. Er bedankte sich noch und meinte, er sei in wenigen Minuten da, dann war das kurze Telefonat auch schon vorüber. *„So wie er jetzt drauf ist, kann ich ihm auch alles erzählen. Und dann hat Feline keine Kräfte mehr, seine Beeinflussung geht zugrunde und alles kann nur besser werden!"* Innerlich jauchzte sie.

Und ja, nach ungefähr zehn Minuten Aus-dem-Fenster-starren fuhr ein pitschnasser Junge ein und lehnte sein Fahrrad gegen die Hauswand. Er hatte noch nicht geklingelt, da riss Diana die Türe auf. *„Hey, Jonas!"* Wie niedlich er aussah, die schwarze Wuschelmähne zerstrubbelt und komplett durchnässt. *„Stell' das Rad schnell ab, nicht, dass du dich noch erkältest!"* Diana hatte schon einen Kaffee und Tee aufgesetzt, den sie jetzt auf den Tisch im Wohnzimmer stellte. Jonas nahm die Tasse mit dem Kaffee dankbar an sich und begann, zu trinken. *„Schmeckt fein, Dankeschön."* Dianas Tee war noch zu heiß, sie nippte bloß und gab ein „Bitte" zurück. Eine Weile saßen sie beide nur am Tisch, schweigend, an ihren Tassen nippend und den anderen anblickend. Nach einer Zeit brach Jonas das Schweigen. *„Das mit Feline ist so kompliziert. Kannst du dir eine Sache vorstellen? Wir waren ja auf diesem Fest letztens. Und oben auf dem Riesenrad wollte sie, dass ich aus Liebe hinabspringe! Kannst du dir das vorstellen, nein, oder? Und ich war*

so im Rausch.. ich hätte es auch noch fast
gemacht." Er sah zu Boden. *„Klar kann ich mir das
vorstellen, nur damals, als ich dir gesagt habe, sie will
dich tot sehen, hast du mir nicht geglaubt"*, dachte sich
Diana sauer, aber auch leicht triumphierend. Er konnte
ja nichts dafür, er stand in ihrem Bann. Und aus dem
konnte er nicht ausbrechen. Erst, wenn sie Feline
verraten hatte und an wen sollte es denn besser sein?
*„Ich muss dir was sagen. Und bitte, glaub' mir das, es
belastet mich seit längerer Zeit!"* Kaum war dieser Satz
gefallen, rannten ihr unzählig viele Tränen die Wangen
hinunter. Es musste irgendwann einfach raus, also sagte
sie es lieber, bevor sie ewig in ihren Sorgen
herumschwamm. Jonas nahm sie in den Arm. Es fühlte
sich an, als wäre er Profi darin, Mädchen beim Weinen
zu trösten und zu beruhigen. *„Lass' uns dafür doch
hochgehen. Ich verspreche dir, dass ich dir zuhören
werde und unterbrechen werde ich auch nicht. Wenn es
dir so viel bedeutet, natürlich."* Diana rieb sich das
verheulte Gesicht trocken. *„Okay, dann mal los."*

Oben lagen sie dann beide in Dianas Bett,
nebeneinander, als sie wieder weinen musste. Wieso
auch immer, aber Jonas hob ihren Kopf und legte
diesen auf seine Brust, sodass sie kuscheln konnten.
„Besser so?", fragte er verlegen. Diana lächelte
verliebt und nickte. *„Magst du denn jetzt reden? Ich
habe kein Bedürfnis mehr, Feline ist ein verlogenes
Drecksweib. Deine Probleme sind wichtiger.."* Ah, gut,
Drecksweib klang schon schön, auch wenn es ihre
Schwester war. *„Na gut. Also..es ist so.."* Und dann ließ

sie alles raus. Von Anfang an. Was sie getan hatte. Ihre Beobachtungen, die Recherchen, die Spionage, das Aussprechen mit Feline, die Sachen, die sie erfahren hatte, was jetzt wirklich passiert war. *„Und weil ich sie jetzt verraten habe, dürfte auch ihre Wirkung auf dich nicht mehr wirken. Du hast sie nie geliebt. Du warst beeinflusst. Ich als ihre Halbschwester habe so viel getan, um dich sicherzustellen. Und das war's. Deshalb kann ich seit Wochen nicht mehr klar denken!"* Nachdem Jonas Diana zugehört hatte, richtete er sich auf, zitterte. *„Ich habe die Erinnerungen zwar nicht mehr, aber..sie hat wirklich all' diese Morde auf dem Gewissen? Und ich bin mit ihr zusammen? Mit der Partyschlampe, die damals, als wir feiern waren, jeden in jeder Stellung genommen hat? Das ist meine FREUNDIN?! Wie kann ich nur?!"* Diana grinste wie ein Honigkuchenpferd. Der Jonas, den sie so kannte und liebte, war zurück. Demonstrativ hielt sie Kussbilder von ihnen vor ihn, um alles noch ein bisschen. *„Sie sieht gut aus. Klar. Aber alleine das von der Party war so abschreckend! Und..ich..bin mit einer Psychopathin zusammen?!.."* Diana umarmte ihn, da sie sah, wie sehr es ihn erschütterte. Sie wusste selber, wie so viele Informationen auf einen sensiblen Menschen wirken können. *„Ich bin jetzt aber wahrscheinlich auch wieder sterblich ihr gegenüber. Naja, ob sich das geändert hat, weiß ich nicht, ich wage es ja fast zu bezweifeln, aber..es wird. Du musst sie ins Messer laufen lassen!"* - *„Das auf jeden Fall! Ich bin sowas von dafür! Und Schluss machen muss ich auch."* Er schwitzte wie sonst

224

was, allein, weil er so am Zittern war. *„Ich zeige dir jetzt noch den letzten Beweis."* Diana rollte nach rechts zu ihrem Nachttisch und nahm ihre Kamera zur Hand. *„Das ist der letzte Schock des Tages, das schaffst du noch"*, redete sie ihrem Schwarm gut zu, damit der ihr nicht noch zusammenklappte, mitten auf dem Bett. *„Feline hat ja immer diese Tasche dabei. Pass auf. In ihr ist die Hölle selbst."* Erstes Bild. Jonas zuckte zusammen. *„Und das..ist unsere, seit Jahren tote Mutter! Guck mal, sie bereitet ihr göttliche Rituale. Dieses Mädchen ist krank."*

Jonas hielt sich ziemlich süß die Hände vor die Augen, er konnte es sich einfach nicht mehr ansehen. Diana warf die Kamera wieder nach hinten. *„Und genau deswegen brauchen wir jetzt einen Plan. Theoretisch könntest du ja einfach Schluss machen, aber ich habe das Gefühl, dass ein bisschen von diesem Bann noch da ist. Sie liebt dich ja echt, aber ihre Mordlust überwiegt und will dich töten. Deshalb will sie dich weiter beeinflussen. Deshalb fühlst du dich auch noch nicht ganz bereit zum Schlussmachen, kann das sein?"* Er sah sie an – und nickte. *„Ich liebe sie nicht, hasse sie fast, aber ein kleines bisschen Anziehung ist noch da. Du kennst dich gut aus als ihre Halbschwester, man merkt das schon."* Sie schauten sich an, als hätten sie beide dasselbe in ihren Köpfen. *„Ich möchte die Sache mit Feline beenden. Mein Gott, vier Monate ertrage ich die schon."* - *„Wir müssen einen guten Plan schmieden!"*, riefen sie gleichzeitig und schlugen ihre Hände aneinander. Es war einfach so wie früher, nur dass die Situation nun um einiges heftiger war.

„Was können wir denn machen? Ich möchte den Mut haben, um Schluss zu machen. Und das so bald wie möglich. Aber.. ich kann es nicht. Du musst mir helfen, du hast die Kraft und du gibst mir Kraft." Jonas haute mit der flachen Hand auf das Bett. Er war total geschockt davon. Das, was Diana ihm seit so langer Zeit erklären wollte, schien wahr zu sein! Wieso verstand er es denn jetzt erst? *„Ich weiß es noch nicht, wir müssen es gemeinsam festlegen. Sie hat Schwachstellen, das habe ich gemerkt. Nur wie wir sie herlocken können, dass sie dadurch in eine Falle tappt, das..ja. Das ist noch fraglich."* Seine beste Freundin drehte sich zu ihm. Gerade hatte sie noch auf seiner Brust gelegen und auch wenn sie dort sein ganzes Hemd vollgeweint hatte, sie sah so niedlich aus. Irgendwie wollte er sie dort wieder liegen haben. Aber er konnte nicht mit so etwas ankommen, es war gerade ernst und sie mussten wirklich planen. *„Hast du am Wochenende Zeit? Da wollte sie ja wiederkommen, aber ich werde absagen. Stattdessen…kannst du doch bei mir schlafen."* Wieso hatte er das gerade von sich gegeben? Was würde Diana denn jetzt von ihm denken. Wider Erwartens wurde sie rot und stimmte zu. *„Klar, ist Lena dann auch da? Ich würde mich freuen, auch sie zu sehen."* - *„Ja, Lena sollte auch zuhause sein. Wenn wir in dieser Nacht etwas mit Feline planen, sollten wir sie aber vorbereiten. Das ist besser, sonst denkt sie wer weiß was von uns.."* Er dachte daran, was eben erst passiert war. Lena war seit Jackys Tod sehr sensibel und vieles brachte sie zum Weinen. *„Okay, ich*

gehe eben meinen Vater anrufen. Ich komme gleich wieder." Diana nahm ihr Handy, verließ das Zimmer und stellte sich vor die Tür. Jonas verstand wenige Fetzen vom Gespräch, es klang sehr dumpf. Einige Minuten später kam sie mit einem breiten Grinsen herein. *„Ich darf. Sind deine Eltern eigentlich da?"* Jonas musste kurz überlegen. *„Die sind selten da. Auch, wenn sie nach dem Mord nie wieder uns alleine lassen wollten. Verdammt, ich kann immer noch nicht glauben, dass es meine Freundin war! Und dass diese Bitch meine Freundin ist!"* *„Dann..müssen wir uns etwas überlegen. Feline muss ihre Strafe bekommen. Klar, eure Mutter ist tot, aber das, was sie macht, ist auch kein gerechtes Verhalten! Sie muss unbedingt bestraft werden oder eingewiesen. Sie ist strafmündig. Also bitte, das wird schon gerecht bestraft werden, wenn wir die Beweise haben."*

Am Ende des Tages hatten sie den Plan dann aufgestellt. Es hatte Arbeit gekostet, Zeit, Tränen, Jonas' Geduld und Dianas Mühe. Aber mit dem Glockenschlag der Kirche und dem Sonnenuntergang hatten sie alles festgelegt. Und um es nicht zu vergessen, hatten sie es sicherheitshalber auch noch einmal auf Dianas Notizblock festgehalten. Als der Junge das Haus verlassen wollte, hielt Diana ihn noch einmal fest. *„Nimm das Notizbuch mit. Ich würde es nur vergessen."* Total verknallt sah sie ihn an. Jonas konnte den Blick aber nicht zuordnen. *„Braune Augen sind so viel ehrlicher und schöner als smaragdgrüne"*, dachte er sich, als er ihre großen Augen betrachtete. Er ging regelrecht darin unter. Seine beste Freundin war so wunderschön, das konnte keine Feline übertreffen, keine Sandra, keine weitere. *„Wir sehen uns morgen wieder. Ich gehe morgen wieder zur Schule",* sagte sie leise zu ihm, während sich die untergehende Sonne in ihren Augen spiegelte. *„Okay. Ich hole dich ab."* Er nahm das Notizbuch an sich und umarmte sie. Eigentlich hatte erwartet, dass sie ihn schnell loslassen würde, aber keiner der beiden wollte sich losmachen vom anderen. Die beiden standen bestimmt länger als fünf Minuten eng umschlugen auf Dianas Matte, bis ein lautes Bellen sie aus den Gedanken riss. *„Ich muss dann auch mal los."* Verlegen blickte er noch einmal zu ihr. *„Okay. Danke noch einmal fürs Zuhören, ich musste es einfach loswerden."* Jonas war ebenso froh, dass er zugehört hatte und nun die Wahrheit wusste. *„Wir sehen uns."* Er stieg auf sein Fahrrad und fuhr linksrum, mitten in den Sonnenuntergang hinein. Diana stand noch lange an der offenen Tür und sah ihm nach.

Diana hatte jeden Stichpunkt, den sie klein und unordentlich auf den Block gekritzelt hatten, im Kopf. Stundenlang hatten sie geplant und nebenbei sind sie sich auch ein klein bisschen nähergekommen. Nicht sonderlich viel, aber die eine oder andere Berührung war dabei gewesen. Sie hatte ja im Kopf, dass Feline ihn umbringen wollte. Sie hatten mit ihr geschrieben, beziehungsweise sie und Feline wusste nicht, dass Jonas mitlas. *„Ich kann das Versprechen nicht halten, Diana, ich werde am Wochenende wieder zu Jonas gehen und dann probieren, ihn zu töten. Aber nicht*

Lena, jetzt echt nur Jonas. Denn dank ihm bin ich schwach. Ich kann nicht mehr so brutal sein, wenn ich verliebt bin und das will ich nicht. Diana, er muss sterben und du wirst mich nicht aufhalten." Diese Nachricht hatte ihn in Panik versetzt. Aber Diana hatte ihn beruhigen können, sie war ja da und konnte nicht von ihr verwundet werden. Sie würde keinen beeinflussen können, da sie ihre Kräfte nicht mehr hatte, aber davon wusste sie noch nichts, sie würde es erst merken, wenn sie es probierte. Und dann konnte sie ihnen nichts, weil Diana sie festhalten würde. *„Hoffentlich wird das nicht zu extrem, ich möchte nicht, dass sie Jonas irgendwie verletzt oder dass er zu Schaden kommt. Das muss sicher ablaufen."* Aber das würde schon werden. Sie hatten noch drei Tage Zeit, in denen sie planen konnten. Obwohl der Plan schon fertig war, es musste ja nicht gleich heißen, dass man ihn nicht verbessern und sicherer stellen konnte.

„Noch zehn Minuten. Wie schaffe ich das?" Sie wusste nicht, ob sie im positiven oder negativen Sinne aufgeregt war. Gleich würde sie Jonas abholen, sie würde das letzte Mal mit ansehen müssen, wie die beiden sich die Zunge in den Hals steckten. Jonas tat das Ganze nicht einmal mehr freiwillig. Sie waren zwar das niedliche Schulpaar, aber danach hatten sie nie mehr in irgendeiner Weise Kontakt, geschweige denn jegliche weiteren Treffen. Und jetzt, die letzte Stunde am Freitag, bevor sie ihn abholen konnte. Ihr Lehrer hatte ihre Arbeiten dabei und redete und redete schon 30 Minuten darüber, aber zurückgeben konnte er sie ja

noch nicht. *„Und dafür bekommt ihr dann noch 12 Punkte, was mit dem Rest dann auf 66 Punkte kommt. Wer hilft mir beim Austeilen? Hendrik, und vielleicht Diana?"* Er ließ den halben Stapel Hefte auf ihren Platz fallen. Na toll, jetzt musste sie auch noch austeilen. Außerdem hieß es „Wer HILFT mir beim Austeilen" und nicht „Wer erledigt meine Arbeit und teilt die Hefte aus, während ICH auf der FAULEN HAUT LIEGE.." Immerhin – das erste Heft war ihres. *„Johanne? Patrick?"* Sie eilte durch die gesamte Klasse, bis der ganze Stapel aufgeteilt war. Schnaufend ließ sie sich auf ihren Platz fallen und schlug ihr Heft auf. *„Zwei minus! Yes!"* Diana freute sich, die Arbeit war nicht sonderlich einfach gewesen und da war das schon eine tolle Leistung. Sie war so konzentriert im Durchlesen, dass sie die Klingel kaum mitbekam. *„Schönes Wochenende!"* Ein paar Mitschüler riefen dem Lehrer noch ein *„Ebenso, Herr Bergmann!",* hinterher. Diana machte packte die paar Hefte in ihre Tasche und lief die Treppe nach unten. Auf dem Weg nach unten kam ihr Kristina entgegen. *„Ich muss dir was erzählen! Gestern ist Sandra zu mir gekommen und hat sich entschuldigt! Wir sind wieder zusammen. Ich bin so glücklich, das glaubst du nicht!"* Es schien zu stimmen, Felines Wirkung auf die anderen hatte nachgelassen. Sie redeten kurz, Diana erwähnte nebenbei ihre Übernachtung bei Jonas. *„Bei deinem Schwarm? Viel Glück!"* Dann musste Kristina auch schon wieder weg. Diana war aber nicht enttäuscht, sie musste ja selber auf zu Jonas' Schule, ihn abholen. Und dann würden sie zu ihm gehen. Was sie machen würden, bevor Feline kam? Sie wusste es noch nicht, auch auf dem Weg zu ihm fiel ihr keine einzige Sache ein. Kaum dass sie an der Schule angekommen war, sah sie Jonas und Feline knutschen. Er fuhr ihr durch die langen, seidigen Haare und schien glücklich. Sie spürte einen Stich in ihrem Herzen, aber als ihr einfiel, dass das sowieso gestellt war, atmete sie auf. Jonas hatte sie gesehen, so küsste er sie kurz ein letztes Mal und lief zu ihr rüber. Sie fielen sich in die Arme. *„Hallo, Jonas!"* Ihre Tasche war prall gefüllt mit Bettwäsche, mit anderen Sachen und mit Jonas' Lieblingsschokolade, die sie ihm auch augenblicklich in die Hand drückte. *„Danke! Oreoschokolade? Wie lieb!"* Er umarmte sie ein zweites Mal. *„Komm, wir gehen zu mir. Lena wartet schon auf dich!"*

Zuhause angekommen schloss Jonas die Haustüre auf. Zumindest wollte er es tun, aber Lena hatte sie bereits gesehen und machte auf. *„Hey, Jonas, hey, Diana! Wo ist Feline?"* Jonas wusste nicht, was er sagen sollte. Er und Diana mussten ihr heute sagen, dass Feline kein guter Einfluss war. Aber wie? Sie war doch erst traurig gewesen, dass ihre Beziehung am Bröckeln war. Aber vielleicht half das auch, um ihr zu erklären, warum sie sich Feline lieber nicht als Vorbild nehmen sollte..er wusste es nicht. Stattdessen sagte er: *„Ich und Feline haben noch Streit, vielleicht sind wir auch schon getrennt. Mach' dir da keine Sorgen drum. Kümmere dich lieber um deine anderen Sachen. Wenn du uns helfen würdest, Dianas Sachen hochzutragen, dann könnten wir auch noch rausgehen. Mama und Papa* *sind ja wieder nicht zuhause.*" Die Eltern von Jonas und Lena waren öfters mal nicht da, ungünstige Lagen der Jobschichten und wenn das nicht war, waren sie oftmals auch in anderen Städten. Oder feiern. Heute waren sie aber in Köln, welches ja ziemlich weit entfernt war von Berlin, sodass sie nicht so früh daheim sein konnten. Hoffentlich war das kein Fehler. Lena auf jeden Fall machte sich keine weiteren Gedanken, auch nicht, als Diana ihm sagte, sie hätte die Pläne auch ohne das Notizbuch im Kopf. Lena hatte einfach das Interesse, Spaß mit ihnen zu haben. *„Wir können sie ja bespaßen.*" Diana grinste, weil ihr klar war, was Lena im Kopf hatte. *„Darf ich dich schminken?*" Sehnsüchtig blickte Lena auf das Schminktäschchen von Jonas' bester Freundin. *„Natürlich, kannst deine Fähigkeiten gerne testen. Aber erst gehen wir raus, ja?*" Lena lachte. *„Schlaft ihr in einem Bett? Ja, oder? Seid ja beste Freunde.*" Oh, darüber hatte er noch nicht nachgedacht. Früher hatten sie es mal getan, aber jetzt waren sie ja älter und reifer. Er nickte nach der kurzen Überlegung. *„Wieso auch nicht? Diana hat auch nichts dagegen. Oder?*" Er sah Diana an, diese meinte, sie würde es liebend gerne tun, was wiederum ihn sehr freute. Diana sah heute auch wieder toll aus. Es war wärmer heute, so trug sie ein bauchfreies, enges Top mit der sowie einen kurzen, weißen Faltenrock. Fliederfarbene Kniestrümpfe, die perfekt zum gleichfarbigen Top passten. Die weißen DocMartens. Sie trug sie eigentlich sowieso immer, es wäre ein Wunder, wenn sie diese nicht trug. Die Haare in einem hohen Zopf zusammengebunden, auf der Nase die freche Nerdbrille. Es hatte etwas, definitiv. Diana gefiel ihm. Nur er wollte es vor ihr einfach nicht zugeben. Die weiße Lederjacke in der Hand forderte sie die anderen auf, das Haus zu verlassen. Dabei schlug sie Jonas fast den violetten Pferdeschwanz ins Gesicht, was ihn aber nicht störte. Sie entschuldigte sich trotzdem. *„Wo wollen wir denn hin?"*, fragte Lena sie. *„Du wirst es noch sehen"*, lachte Jonas und sie schlossen ab, ganz vorsichtig und ohne jegliche Hintergedanken.

Diana war so euphorisch. Alleine der Gedanke, bei Jonas zu übernachten war ja toll, aber in einem Bett? Wow. Aber erst einmal musste die Sache mit Feline geklärt sein..was nicht sonderlich einfach laufen würde. Jetzt würden sie erst einmal mit Lena herumlaufen, wohin, war noch nicht ganz klar. Es war einfach nur klar, dass sie das Gefühl hatte, heute würde etwas Gutes passieren. Sie hatten den fünfzehnten April, heute sind Jonas und Feline vier Monate ein Paar. Nach vier Monaten konnte man es auch schön beenden, fand Diana. Okay, normalerweise nicht, aber bei dieser Lüge war jeder Tag einfach zu viel. Die Zeit bis zum Abend, an dem Feline kommen würde, würden sie sich vertreiben. Wann sie genau kommen würde, das hatte sie nicht gesagt. Aber Diana würde, wie im Januar, ihren Plan sprengen. Nur dieses Mal war sie rechtzeitig da.

„Ich hätte nicht gedacht, dass du einen Lidstrich so schön hinbekommen kannst", staunte Diana. Jonas

fotografierte sie. Lena hatte ihren Traum erfüllen können und Dianas Make-up gemacht. Selbst mit Lippenstift konnte sie umgehen, aber der Eyeliner verwunderte sogar Jonas. *„Jetzt echt, hast du geübt?"* Lena lächelte sie schüchtern an. *„Ich habe Felines Schminkart immer so schön gefunden. Also habe ich an mir geübt..und jetzt wollte ich wissen, wie es an dir aussieht."* Feline hin oder her, Diana stand es echt gut. Es war inzwischen schon 21 Uhr und sie waren im Wald auf Bäumen geklettert, auch Diana, auch wenn sie beinahe hängen geblieben war. Aber weil sie nicht besseres zu tun hatten, haben sie es gemacht. Lena war sehr glücklich darüber. Sie hatten Pizza bestellt, seine Schwester hatte seine beste Freundin geschminkt, sie hatten Fotos gemacht und jetzt...eigentlich hatten sie vor, den Film „Pitch Perfect" zu gucken, aber beim Film gucken konnte man viel verpassen. Lena hatte nicht verstanden, warum, aber als sie nichts mehr machten, ging sie aus Jonas' Zimmer und zog sich um. Weil sie eh nichts anderes machen konnten, machten die besten Freunde es ihr nach. Jonas forderte, dass Diana die Badezimmertür anlehnen sollte. Ihr war es leicht unangenehm, aber es war einfach dafür, dass alle es hören konnten, wenn eingebrochen wurde. Alle Türen standen einen Spalt weit offen. *„Am besten wäre es ja, wenn wir ganz leise Pitch Perfect gucken und dabei meine Zimmertür offen lassen",* meinte Jonas und fand seine Idee eigentlich angemessen. *„Wieso die Tür offen?",* fragte Lena ihn verstört, *„Junge, was hast du eigentlich vor?"* Mist. Sie hatten ihr immer noch nicht gesagt, was heute noch passieren würde. Aber eventuell war es besser, weil sie es, trotz der nicht mehr vorhandenen Beeinflussung, nicht auf Anhieb glauben würde. *„Dann kommt, Leute."* Diana saß auf seinem Bett, in seine weiche Decke gewickelt, wie sie das lange, weiß gestreifte Nachthemd trug. Jonas fläzte sich in den großen Boxershorts und einem weiten, weißen Shirt daneben. Lena kuschelte sich zwischen die beiden. *„Es fühlt sich an, als wären wir eine kleine Familie"*, dachte Jonas verträumt. Lange wollte er aber nicht träumen, jeden Moment konnte unten etwas passieren und er wollte nicht sein Leben lassen. Er war zu stolz und zu sehr davon überzeugt, dass Diana ihn retten konnte. Sie war eine wahre Heldin.

„Jonas! Lena!" Es war schon eine Stunde vergangen und die beiden waren eingeschlafen, als Diana einen Schlag gegen die Tür vernahm. *„W-was?!"* Jonas hob den Kopf. *„Feline ist da!"*, zischte sie. *„Feline?"*, fragte Lena erstaunt und etwas sehr laut. *„Sei jetzt leise, wie erklären es dir später. Es geht um Jonas' Leben, jetzt!"* - *„JONAS' LEBEN?!"* Diana hielt ihr den Mund zu. *„Ruhe jetzt. Bleibt da. Ich rufe eben die Polizei, allein wegen Einbruch. Den Rest können wir ihr noch erklären."* Lena wollte zu einem erschreckten *„WELCHER REST?!"* ausholen, aber Dianas Hand lag noch auf ihrem Mund. *„Setz' dich am besten in den Schrank, Lena. Ist dann doch sicherer."* Erschrocken folgte Lena ihrem Rat. Die Spannung stieg, es fühlte sich an, als wäre es nicht real, wie in dem schlechten Horrorfilm, den sie letztens gesehen hatte. Ihr ganzes

Leben könnte man inzwischen in das Genre „Horror" gut einordnen. *„Jonas, setz' dich aufs Bett. Ich gehe in Lenas Zimmer und rufe dort die Polizei."* Als sie das gesagt hatte, hörte sie schon Schritte auf der Treppe, hohe Absätze, wie sie nur Feline tragen konnte. Diana konnte ihren Schatten sehen, als sie sich blitzschnell in das Zimmer schloss. *„Hallo, wen spreche ich?"* Der Polizist hatte kaum seinen Satz ausgesprochen, da flüsterte Diana leise zu ihm hin. *„Bei uns wird gerade eingebrochen und die Person scheint nicht gerade ungefährlich zu sein. Bitte schicken sie einen Wagen so schnell es geht in die Goethestraße 23, danke."* Diana knallte das Handy zur Seite, nachdem sie kurz Rückfragen beantwortete und spannte durch das Schlüsselloch, während sie auf Jackys altem Bett hockte.

Zitternd saß Jonas mit einem Buch auf seinem Bett, gab vor, zu lesen, wie sie es abgesprochen haben, aber egal, wie oft er auch ansetzte, er konnte einfach nicht weiter schauspielern, vor lauter Furcht kam er nie weiter als zwei Zeilen und verlor dann auch wieder die Stelle. *„Was, wenn Diana mich nicht retten kann? Wenn sie mich ausliefert?"* Er hatte Angst, große Angst, Angst, die in jeder Sekunde mehr ins Unermessliche wuchs. Seine kleine Schwester saß zitternd in seinem Kleiderschrank, ihm tat es so leid, dass sie mit reingezogen wurde. *„Wieso muss das so sein?"*, wollte er sich gerade fragen, als die Tür aufging – und Feline vor ihm stand und ihre Blicke sich augenblicklich trafen. *„Na, Jonas. Ich bin nun doch* *hier, haha. Und weißt du was? Es tut mir leid, aber gleich wirst du schlafen müssen. Lange schlafen. Und mit lange meine ich für immer!"* Jonas schrie auf, als sie aus ihrer Tasche das Messer zog und gegen ihn richtete, da hörte er, wie Diana hineinlief. *„Gott sei Dank"*, hauchte er beruhigt. *„Du wirst ihn nicht mehr beeinflussen können! Er hat dich durchschaut, weil du keine Kräfte mehr hast!"* Feline sprang zurück. *„Du bist hier?! Und du hast mich verraten?! Na warte!"* Sie schleuderte das Messer rasant gegen Dianas Kopf, gegen ihre Kehle, gegen ihren Oberkörper. Sie stand bloß da und lachte über Felines Rage, da sie sich einfach nicht beruhigen konnte und vergessen hatte, dass sie ihrer Halbschwester nichts antun konnte. *„Deine smaragdgrünen Wunderaugen sind jetzt genauso tot wie deine Seele!"*, brüllte Jonas, *„du glaubst doch nicht wirklich, dass ich dich richtig liebe?! Nur die Beeinflussung hat dazu geführt!"* Feline richtete sich auf, das Messer hatte Diana nun, sie hatte es aber schnell wieder und sie wollte gerade auf Jonas zulaufen und schreien, dass er deswegen ja so bitterlich sterben solle, als Diana sich dagegen warf. Diana ergriff ihre Hand, nahm das Messer, katapultierte es in die andere Hälfte des Zimmers und schnappte sich Felines Hände. Mit dem Seil band sie sich komplett aneinander fest, wusste alle Griffe richtig zu setzen und hatte, während sich ihre Schwester verzweifelt versuchte zu wehren, alles noch unter Kontrolle. Sie war vorbereitet. *„Geh' mit Lena runter, Jonas, dir wird nichts passieren!"*, rief sie dem Jungen zu. Lena stieg, vollkommen in Panik, aus dem

Schrank und sie machten sich auf den Weg nach unten. *„Du wirst auch nach unten gehen oder ich schleudere dich!"*, gellte Dianas wütende Stimme in Felines doch so zärtliche Ohren. *„Als ob."* Im nächsten Moment konnte sie nicht mehr verneinen, sie rollte die Treppe nach unten. *„Aaaahhh!"* Und dann hörte Diana die Sirene der Polizei.

„Polizeiwachtmeister Haube hier, bitte aufmachen!" Die Tür war zwar sowieso halb eingeschlagen, aber Jonas konnte sich noch dazu bringen, sie zu öffnen. Der Mann starrte mit seinen Kollegen in das Wohnzimmer. *„Was ist vorgefallen und wen muss ich festnehmen?"* Sie lachten, bis sie Feline sahen, die sich mit vereinten Kräften probierte, aus den Seilen loszureißen und Diana zu schlagen. *„Dieses Mädchen! Feline Gurr heißt sie! Verhaften Sie sie wegen Einbruch und versuchtem Mord!"*

Nach einem längeren Gespräch und vielen, weiteren Details der Geschichte hatte die Polizei dazu aufgerufen, Feline in die Jugendpsychiatrie zu fahren. Inzwischen war sie wieder frei vom Seil und stand mit dem leersten Blick an der kaputten Tür, den Schaden hatte sie ebenfalls verursacht. *„Fräulein. Wir müssen Sie mitnehmen, sie gefährden andere!"* Feline sagte nichts. *„Frau Gurr, nun steigen sie in den Wagen. Es ist besser für andere und auch für Sie selbst. Wir verständigen Ihre Eltern jetzt, geben Sie mir bitte die Nummern."* Feline stand immer noch auf derselben Stelle, atmete nicht einmal und sah sie einfach nur an.

238

Ihr Blick war voller Leere und Kälte, als der Polizist probierte, ruhig auf sie einzureden. Anderenfalls, dachte er wahrscheinlich, dass sie ihn angreifen würde. *„Sie hat noch mehr getan, das könnte ich ihnen auch noch-"* Dianas Ruf kam von hinten. In derselben Sekunde schmiss Felines Kopf sich in ihre Richtung. *„Du glaubst doch wohl nicht, dass ich denen alles erzählen werde, du nichtsnutzige Drecksgöre von Halbschwester, du bist ein Taugenichts!"* Diana wollte den Satz fortführen, als Feline, die Polizisten missachtend, weiter brüllte. *„Meine Ehre geht über das Heilen, man kann mich nicht heilen, ich ende wohl nun wie deine, meine, unsere Mutter, nur, dass sie eingewiesen wurde und ich mir das nicht bieten lasse! Das ist ein Tod aus Mutterliebe, denn Ehrenmord werde ich nicht begehen!"* Lena schrie, Jonas konnte seine Augen nicht abwenden, Diana saß in Schockstarre auf dem Sofa. Feline stand dort, wenige Meter von ihnen entfernt, hatte die Tasche auf den Boden geschmissen und das Messer in ihre Brust gerammt. Während sie da schon gequält zu Boden sackte und das Blut nahezu wie eine Fontäne herausschoss, hob sie den Arm und probierte, sich in den Kopf zu schießen. Dazu genügte ihre Kraft dann aber überhaupt nicht mehr, sie war dem Tode schon geweiht. *„Vielleicht ist Mama ja jetzt stolz auf mich"*, waren ihre letzten Worte. Mehr konnte sie nicht mehr sagen. Feline war tot.

Lena brach zusammen, hatte einen regelrechten Heulkrampf, Jonas musste sich fast übergeben und

Diana konnte sich nicht bewegen. Die Polizisten starrten nur auf die Leiche des Mädchens, das gerade rasant Suizid begangen hatte. *„Wusstet ihr etwas von Suizidgefährdung bei ihr?"*, brach einer der Polizisten die Stille nach knapp drei Minuten. Diana nickte. *„Man konnte ihr nicht helfen. Sie haben ja einen Teil der Geschichte erfahren. Sie ist einfach psychisch krank, nur das hat keiner feststellen können."* Der Wachtmeister zückte einen Block und ließ eine kurze Notiz da, dann ging er zu Lena, die sich schüttelte. Es schien ein Trauma zu sein, es hatte sich jemand vor ihren eigenen, kleinen, Kinderaugen getötet. *„Wir können für Frau Gurr keinen Krankenwagen mehr rufen, für sie scheint jetzt schon jede Hilfe zu spät zu sein. Aber für die Kleine wäre das am besten, sie steht total unter Schock. Und wenn einer von euch mir die Nummer der Eltern gibt, bestelle ich die ins Krankenhaus."* Jonas tippte auf sein Handy. *„Einen Moment. 015758..."* Währenddessen beugte sich der andere Mann zu Felines Körper. *„Wir müssen uns jetzt den Aufgaben widmen, die leider Gottes zu unserem Job dazugehören. Aber Sie müssen nicht unbedingt dabei sein.. es wäre besser, wenn man sich um Sie kümmert nach dieser furchtbaren Situation."* Man hörte schon die nächsten Sirenen. Jonas umarmte Lena. *„Du schaffst das"*, flüsterte er ihr hinterher, als der Polizist sie zu dem Krankenwagen führte. *„Wollen Sie mitkommen?"*, fragte er Jonas, der noch unschlüssig vor der Haustüre stand, keine Ahnung hatte, was jetzt passieren würde. *„Nein, danke. Wir kriegen das alleine hin."* Kurz wurde ihm zugenickt, dann war der Beamte wieder mit seiner kleinen Schwester beschäftigt.

9. Kapitel

Es waren Stunden vergangen, beinahe drei Uhr in der Früh war es, als sie Polizei ihren Rücktritt startete. Das Wohnzimmer war wieder sauber, aber sie würden noch einmal wiederkommen müssen. Felines Vater würde gesucht werden und Jonas hatte eine SMS von seiner Mutter bekommen – sie würden morgen schon losfahren, um zu Lena zu besuchen. Eigentlich hatten Diana und Jonas nur vorgehabt, Feline und Jonas Schluss machen zu lassen, aber es war viel schlimmer geworden. Aber die Sache „Feline" war nun aus der Welt geschaffen. Nach dieser ganzen Aufregung waren die beiden auch viel zu nervös, um überhaupt zu schlafen. *„Gleich geht die Sonne auf und wir sind noch hier und hellwach. Ich werde diese Nacht wohl nicht mehr schlafen können."* Diana sah durch das Küchenfenster, das wieder ein neues, heiles Glas hatte. Monate davor hatte sie es zerstört, als sie Jonas vor dem Tod gerettet hatte – das erste Mal. *„Wie wäre es damit, dass wir auf den Dachboden gehen? Von dort kann man auch leicht aufs Dach. Aber auf eine flache Stelle, wo man nicht runterfallen kann."* Jonas nahm Dianas Hand, als diese seinem Vorschlag zustimmte. *„Hoffentlich ist Jonas' Dachboden nichts so schlimm* *wie meiner"*, dachte sie mit sich, aber oben angekommen war es bloß ein normaler Raum mit viel Krempel drinnen. *„Ich mache dir eine Räuberleiter und du gehst zuerst, ja?"* Diana nickte und sie kletterten aus dem offenen Fenster raus auf das Flachdach und blickten auf die Gärten der Nachbarschaft. Als Diana ihre Beine baumeln ließ, machte der Junge es ihr nach. Und auf einmal nahm er ihre Hand ein zweites Mal. *„Du.. Diana?"* Es war zwar noch dunkel, aber sie wusste, dass er sie ansah. Ihr Herz klopfte. *„Ja, Jonas?"* Er räusperte sich. *„Diana.. warum warst du überhaupt so geduldig und zielstrebig? Du hast alles getan, um mir zu beweisen, dass Feline eine Mörderin ist und ich sie gar nicht erst liebe. Aber ich habe gar nicht auf dich gehört. Wieso zur Hölle hast du so etwas für einen Sturkopf wie mich getan?"*

Wie sollte sie denn antworten? Sollte sie ihm die Wahrheit sagen? Nach dieser Arie aus Lügen verdiente er die Wahrheit, sie wollte nicht mehr lügen. Es wäre eine Schande, es jetzt noch weiter zu verheimlichen. Außerdem…es war ein wunderschöner, perfekter Moment, regelrecht wie in einem Film! Sollte sie nun wirklich.. ja. Sie öffnete den Mund. *„Weil…weil ich dich liebe. Und das schon ziemlich lange. Weißt du, wie sehr mir das wehgetan hat, als du in Sandra, meine BESTE FREUNDIN, verliebt warst? Und dann warst du mit Anna zusammen. Und Feline, die Schlampe. Ich kann nicht in Worte fassen, wie sehr ich diese Dreckweiber gehasst habe. Unbeschreiblich war das, mehr als nur das. Schlimm. Ich habe das nicht* *ausgehalten. Aber für dich, Jonas, habe ich alles getan. Ich habe gekämpft und so viel gewagt. Ich liebe dich so sehr. Jonas, ich habe so lange auf diesen Moment gewartet. Endlich ist es raus – ich bin in dich verliebt."*

Diana drehte sich weg von ihm. Jonas konnte kaum klare Gedanken fassen. Diana hatte ihm gerade ihre Liebe gestanden? Und sie liebte ihn lange? Und er war so dumm gewesen, hatte es nicht gemerkt und war mit Feline zusammen gewesen? Es war doch deutlich. Aber er hatte sie immer als die beste Freundin abgestempelt, auch wenn er oft mal daran gedacht hatte, dass sie doch so viel wundervoller war als jenes andere Mädchen. Er liebte sie doch auch, wenn er recht überlegte. Aber wie bereits gesagt, er wollte sie nicht als beste Freundin verlieren, deshalb hatte er sich die Gefühle nie eingestanden. *„Ich weiß doch wohl am besten, wie sich das anfühlt"*, war sein Gedanke und er tippte Diana an. *„Hey, Diana."* - *„Huh?"* Die leicht aufgehende Sonne machte ihr Gesicht ein kleines bisschen sichtbar, er konnte sehen, wie angsterfüllt und verlegen sie war. Er stieß sie an. *„Diana, mach' dich nicht so verrückt! Ich liebe dich auch."* Das Mädchen riss die Augen weit auf. *„Wirklich?"* Jonas nickte. *„Ja."* Und dann beugte er sich zu ihr rüber und küsste sie. Es war kein langer Kuss, aber einer, den sie oft wiederholten, bis es zu einem langen, leidenschaftlichen Kuss wurde. Die beiden verschmolzen regelrecht ineinander. Diana war im siebten Himmel. Wie romantisch es einfach war. So lange hatte sie darauf gewartet, jahrelang – und endlich war es geschehen.

Nach dem Kuss sahen die beiden Frischverliebten sich an, lachten – und küssten sich erneut, aber nur ganz sanft. *„Wird uns wieder so etwas passieren?"*, fragte Diana ihn. Jonas schüttelte den Kopf und er nahm ihre Hand wieder, ein drittes Mal. *„Wir sind ein tolles Paar. Was haben wir denn jetzt noch zu verlieren? Das ist der Anfang von einem neuen Glück."* Er öffnete das Fenster und sie stiegen ins Haus zurück. Jonas zuerst, dann Diana, die von ihm aufgefangen wurde, als sie sprang. Gerade wollten sie nach unten gehen, um doch noch ein wenig zu schlafen, da hielt Jonas Diana fest. *„Weißt du noch, was ich dir ich dir im Schwimmbad damals gesagt habe? Die magischen zwei Worte?"* Diana wurde rot. *„Für immer"*, flüsterte sie ihm zu. *„Für immer"*, wisperte er zu ihr hinüber. Und sie gingen, Hand in Hand, nach unten zurück.

Danksagung

Erst einmal, vielen Dank an alle, die sich diesem Buch widmen und in die Welt von Diana und Jonas eingetaucht sind, mitgefiebert, mitgelitten, sich gefreut haben. Dankeschön, es bedeutet mir wirklich sehr viel, da ich hier wirklich sehr viel Arbeit hineingesteckt habe, um meine Leidenschaft zu verfolgen und meinen Traum zu verwirklichen. Ich hoffe, es hat euch gefallen und ihr habt vielleicht indirekte Botschaften daraus mitgenommen und mich ein wenig besser kennengelernt.

Ein ganz großes Dankeschön an die, die es möglich gemacht haben, dieses Werk an die Öffentlichkeit zu bringen und es ist bloß eines von vielen, die bald folgen werden. Ebenso an die, die mich immer wieder unterstützt und weiter vorangebracht haben, die niemals an mir gezweifelt haben und sich mit mir gefreut haben, als ich ihnen die Neuigkeiten mitteilte.

Danke an meinen Vater, der mich in dieser Hinsicht immer unterstützt hat und auch an meine Grundschullehrerin von früher, die mich kennenlernte, als meine Leidenschaft gerade begann. Wenn Sie das sehen, dann vielen Dank für Ihre Unterstützung von damals.

Das ist vielleicht das Ende des Buches, aber gerade erst der Anfang von allem, auch und besonders, wenn man es auf die Geschichte und das Leben von Diana und Jonas bezieht. Ich werde weiterschreiben und freue mich auf die Menschen, die sich dafür entscheiden, mich weiter zu verfolgen! *Dirty Reality – things are not always what they seem* ist der zweite Teil dieses Doppelbandes und ich hoffe natürlich darauf, dass ihr gespannt seid, was darin geschieht! Diana ist so eine mutige, junge Frau.. und ihr könnt ganz genauso stark und wunderschön sein wie sie auch. Gebt nicht auf! Hiermit schicke ich euch viel Wärme, Mut und Kraft.

Liebe Grüße,

eure Maddy.

Herstellung und Verlag:
BoD-Books on Demand, Norderstedt
ISBN: 978-3-7460-8853-2